Dirndl Porno

Andreas Karosser, geboren 1982, Mediengestalter, studierter Germanist und Kommunikationswissenschaftler, (aus-)gebildeter Versicherungsfachmann, fotografiert gerne schöne Frauen, mag gute TV-Serien, Kinofilme und seine Fische. Er würde gerne Gitarre spielen können, weil er laue Grillabende schätzt, hat mal Pfeife geraucht und ist der Spiritualität und dem Pfad der Erleuchtung nicht abgeneigt.

ANDREAS KAROSSER

Dirndl Porno

EROTISCHER HEIMATKRIMI

emons:

Bibliografische Information der Deutschen Nationalbibliothek
Die Deutsche Nationalbibliothek verzeichnet diese Publikation in der Deutschen Nationalbibliografie; detaillierte bibliografische Daten sind im Internet über http://dnb.d-nb.de abrufbar.

FSC
www.fsc.org
MIX
Papier aus verantwortungsvollen Quellen
FSC® C083411

Umschlagmotiv: Andreas Karosser
Umschlaggestaltung: Tobias Doetsch
Gestaltung Innenteil: César Satz & Grafik GmbH, Köln
Druck und Bindung: CPI – Clausen & Bosse, Leck
Printed in Germany 2014
ISBN 978-3-95451-271-3
Erotischer Heimatkrimi
Originalausgabe

Tradition ist die Weitergabe des Feuers
und nicht die Anbetung der Asche.

Gustav Mahler

Nix Gwiss woass ma ned

Dienstag, Tag 1 nach dem Mord an Sarah Lubner

Lorenz Hölzl kratzte sich am Kinn und starrte auf die tote junge Frau zu seinen Füßen. Seine teuren Lederschuhe sogen die Feuchtigkeit der Bergwiese auf, und seine Füße wurden unangenehm kalt. Es war fünf Uhr früh, der Nebel kroch von den Bergen herab, und obwohl es ein schöner Tag werden sollte, fröstelte ihn. Sein frisch rasierter Bart juckte unerträglich.

Lorenz rieb sich die Augen. Er hatte sich auf eine kleine Auszeit gefreut. Gehofft, etwas Ruhe zu finden, auf dem Land, wo die Welt noch in Ordnung war. Wo es höchstens einmal Streitigkeiten geben würde, wenn zwei Nachbarn unterschiedlicher Meinung über den Wuchs eines Apfelbaumes an der Grundstücksgrenze waren. Er hatte sich sogar das Quäntchen Naivität gestattet zu glauben, dass es hier kaum anders zuginge, als es in den Heimatkrimis im Fernsehen immer ausgemalt wurde: knorrige, liebenswerte Menschen vor schöner Alpenkulisse, Natur, Ruhe und ab und an ein skurriler, aber harmloser Fall für ihn.

Und nun stand er hier in diesem Tal am Fuße der Berge, deren Gipfelkreuze er vage durch den Dunst in der Ferne ausmachen konnte, vor ihm dieses tote Mädchen in einem zerrissenen, teuer aussehenden roten Dirndl. Um die zwanzig, schätzte Lorenz. Ihr Blick leer auf einen Punkt irgendwo hinter ihm gerichtet. Kastanienbraunes Haar umwallte ihren Kopf wie ein morbider Leichenschleier. Sie hatte einen leicht orientalischen Touch, eine dunkle Note.

Lorenz ertappte sich dabei, dass er die Tote außerordentlich hübsch fand, und schüttelte sich. Nicht zuletzt deshalb, weil sein Blick immer wieder von dem Messer im Hals der Leiche angezogen wurde. Es steckte bis zum Schaft gleich unterhalb des Kinns. An der Waffe klebte noch das weiße Pulver, das die Spurenermittler benutzen, um Fingerabdrücke sichtbar zu machen. Man hatte ihm jedoch berichtet, dass wegen der rauen und gefurchten Oberfläche des Griffes keine zusammenhängenden Abdrücke zu nehmen waren.

»Verziehen Sie sich und lassen Sie uns in Ruhe unsere Arbeit machen!«

Die Stimme von Franzi Graßmann riss ihn ins Jetzt zurück. Sie war ihm als Partnerin zugeteilt worden, und sie und Lorenz waren vor eineinhalb Stunden von einer Polizeistreife alarmiert worden. Sie hatten sich unten im Ort getroffen und waren dann die schmale Privatstraße zur Kohlgrub-Alm hinaufgefahren. Dort hatte gestern das alljährliche ›Almrausch‹-Festival stattgefunden. Eine angesagte Party, die auf einer nur schwer mit dem Auto erreichbaren Hütte unterhalb des Wendelsteins organisiert wurde und einmal im Jahr als Schmelztiegel von Stadt- und Landbevölkerung fungierte. »Ein Zusammentreffen der Kulturen. Gefestigte, grundsolide Landeier stoßen auf die Schickeria der Großstadt, und es ergibt sich ein bunter Reigen mit legendärem Hin-und-mit-Charakter.« So zumindest hatte seine neue Partnerin ihm die Veranstaltung beschrieben.

Franzi hatte gerade den aufdringlichen Kerl von der Presse verscheucht, der bereits kurz nach ihnen hier aufgekreuzt war und hemmungs- und pietätlos alles und jeden fotografierte.

Lorenz nahm sie zur Seite, froh, sich von dem toten Mädchen abwenden zu können. Sie sagte: »Ich muss keine Forensikerin sein, um die Behauptung aufstellen zu können, dass das Mädchen ermordet wurde, indem ihr jemand ein Messer in den Hals getrieben hat. Einer ihrer Schuhe liegt da drüben. Schicke High Heels, Mörderabsätze.«

Lorenz musterte Franzi aus den Augenwinkeln und versuchte, sie sich in hochhackigen Schuhen vorzustellen. Das hätte eine attraktive, sehr große Blondine mit staubtrockenem bajuwarischem Humor und einer Vorliebe für schwarzen, extrem starken Filterkaffee zur Folge. Franzis Vater kam hier aus der Gegend, aus Weickersing, einem Ortsteil der Gemeinde Samerberg. Er war ein waschechter Oberbayer, vierter Sohn eines Großbauern, heimatliebend bis ins Mark. Ihre Mutter, gebürtige Allgäuerin und esoterik-begeisterter Freigeist, rühmte sich einer wilden Hippie-Vergangenheit. Und Franzi war das schillernde Resultat dieser urbayerischen Vereinigung.

»Habt ihr sonst noch etwas gefunden?«, fragte Lorenz.

»Ihre Tasche, ja. Und damit ihren Geldbeutel mit Ausweis. Sie heißt Sarah Lubner, ist, pardon, *war* dreiundzwanzig Jahre alt. Laut Studentenausweis hat sie in Rosenheim Betriebswirtschaft studiert.«

In der zwölf Kilometer entfernten Kreisstadt befand sich nicht nur das Polizeipräsidium, sondern unter anderem auch eine Fachhochschule. In Lorenz' Augen, der lange in Hamburg gelebt hatte, handelte es sich bei Rosenheim zwar eher um ein größeres Dorf, aber das behielt er vorsorglich für sich.

»Gut. Dann lass uns weitere Informationen über sie sammeln, alles, was wir finden können. Wo hat das Mädchen gewohnt, wie lange war sie schon hier, wen kannte sie? Das Übliche eben. Und ich brauche jetzt einen Kaffee.«

Er stapfte zu seinem Dienstwagen zurück, einem nagelneuen Geländewagen mit für seinen Geschmack viel zu viel Technik-Schnickschnack. Letzte Woche war ihm das Auto übergeben worden, und er hatte sich gleich ordentlich blamiert, als er bei der Suche nach dem Zündschloss den Start-Knopf übersehen hatte und im Folgenden eine Einweisung durch den pickeligen Nachwuchsverkäufer des Autohauses über sich ergehen lassen musste. Er kramte im Kofferraum nach der Thermoskanne, füllte den Deckel mit heißem Kaffee und kehrte zur Leiche zurück.

Er ging in die Hocke und nahm einen großen Schluck aus seiner Tasse. Wieder stellte er fest, dass von dem Mädchen eine eigenartige Anziehung auf ihn ausging. Das Messer im Hals der Toten hatte einen Griff, der aussah wie aus Horn. Lorenz wusste, dass diese traditionellen Messer Hirschfänger genannt und oft von Männern in einer Seitentasche ihrer Lederhose getragen wurden. Meist waren sie aus dem Geweih von Rehen und Hirschen gefertigt, doch damit erschöpfte sich sein Wissen um diese Art Waffe bereits. Die Eintrittswunde blutete kaum, er schätzte, dass der Großteil des Blutes unter der Leiche im Gras versickert war.

Die Tote lag in einer Senke hinter der Alm, etwa fünfundzwanzig Meter von ihr entfernt. Der Almwirt hatte angegeben, das Mädchen gefunden zu haben, als er den Bereich um das

Festgelände nach Gläsern und Flaschen abgesucht hatte, an denen sich seine Kühe verletzen könnten. Sonst hätte er sie wohl gar nicht entdeckt, denn vom Gebäude aus war der Körper nicht zu sehen.

Franzi hatte das Alibi des Mannes bereits überprüft. Er hieß Markus Kreisler, und Lorenz glaubte ihm, dass er nichts mit dem Mord zu tun hatte, denn Kreisler verfügte über eine enorme Leibesfülle. Lorenz schätzte ihn auf mindestens hundertsiebzig Kilo Lebendgewicht. Ein solcher Mann hätte in der feuchten Wiese im lockeren Boden rund um die Leiche Abdrücke hinterlassen, die selbst jemandem, der Fährtenlesen allenfalls aus Indianerfilmen kannte, ohne Weiteres aufgefallen wäre.

Lorenz' Atem kondensierte in der kühlen Morgenluft. Eigentlich war dieser Ort schön. Die Straße hierher führte über weite Strecken an einem wildromantischen Bergfluss entlang, der sich einen Weg durch das Tal gefräst hatte, und war, wie Franzi ihm erzählt hatte, ein beliebtes Reiseziel für gestresste Großstädter. Die Kohlgrub-Alm stellte für viele die Krönung einer schönen Wanderung oder anstrengenden Bergradtour dar, und mit Ausnahme des einmal pro Jahr stattfindenden »Almrausch«-Festivals war dies hier ein nahezu paradiesischer Ort. Mit dem kleinen Schönheitsfehler, dass die Alm nun Schauplatz des Mordes an einer jungen Studentin geworden war, dachte Lorenz.

Just in diesem Moment schob sich die Sonne zaghaft über den Gipfel des Wendelsteins, ließ die feinen Wassertröpfchen in den Gräsern glitzern und tauchte das Antlitz der Toten in ein warmes Licht.

Feuchte Träume

Samstag, 23 Tage vor dem Mord an Sarah Lubner

Sarah betrachtete sich im Spiegel. Die rote Korsage sparte ihre Brüste aus und hob sie sogar ein wenig an, wodurch sie noch voller wirkten. Unter dem Schnürmieder trug sie eine seidene schwarze Trachten-Bluse, durch deren transparenten Stoff ihre Brustwarzen schimmerten. Der Rest ihrer Bekleidung bestand aus einem schwarzen Leinenrock mit einer roten Organza-Schürze. Mit Tracht im traditionellen Sinn hatte ihre Erscheinung nicht mehr viel zu tun, aber irgendwie schaffte Cornelius es immer wieder, dass die Fotos später trotzdem wie für einen Dirndl-Katalog gemacht aussahen. Wie für einen sehr freizügigen Dirndl-Katalog.

Hinter ihr mühte sich Andrea gerade mit ihren Sandaletten ab und schimpfte über den komplizierten Verschluss der zierlichen Riemchen. Sarah kannte Andrea bereits von Cornelius' Bildern, stand aber das erste Mal mit ihr zusammen vor der Kamera. Sie hatte damit kein Problem. Sie war mittlerweile Profi genug, um auch mit ihr bislang unbekannten Partnern vor der Kamera ein erotisches Feuerwerk zünden zu können. Außerdem fand sie Andrea ausnehmend hübsch.

»Du musst die Riemchen hinter der Fessel kreuzen, sonst wird das nichts«, sagte sie zu ihrer Kollegin.

Andrea war wie Sarah ein dunkler Typ. Cornelius fotografierte ungern Modelle unterschiedlicher Haarfarbe zusammen, er achtete penibel auf harmonische Kompositionen. Anders als Sarah trug Andrea ihr Haar nur schulterlang, dafür aber mit einem ausgeprägten Pony, sodass ihre rechte Gesichtshälfte hinter einem Schleier aus Haaren verborgen blieb, wenn sie ihre Strähnen nicht bändigte. Wie Sarah trug sie eine brustfreie Korsage mit Dirndl-Bluse, allerdings in Schwarz mit weißer Schürze.

Cornelius' Idee sah vor, anstelle eines richtigen Dirndls einen Trachtenrock mit besagter Korsage zu kombinieren. Vom Prinzip her war ein klassisches Dirndl ähnlich aufgebaut, die zweiteiligen Modelle bestanden ebenfalls aus Rock und Oberteil, selbstverständlich betonten diese aber nicht derart aufreizend den Busen, sondern allenfalls den Ausschnitt.

Sarah war diese Variationen bereits gewöhnt. Cornelius probierte immer mit ihr seine neuen Ideen aus. Sie hatte Ganzkörper-Netzstrumpfhosen unter dem Dirndl getragen oder das Kleid mit Varianten von Stulpen und Strapsen kombiniert – von Netz bis Latex war alles dabei gewesen. Sie hatte die verrücktesten Schuhe angehabt, von schwindelerregend hohen Plateau-Sandaletten über zierliche Römersandalen bis hin zu allen möglichen Formen von Pumps und Ballerinas, und sie hatte sich aus den abenteuerlichsten Dessous geschält.

Cornelius erweiterte seinen mittlerweile schier unüberschaubaren Fundus regelmäßig in asiatischen Online-Kaufhäusern, die vorrangig billige Ware zu billigen Preisen lieferten, was aber auf den Fotos nie zu erkennen war. Und sein neuester Tick war, das Dirndl nicht nur mit ungewöhnlichen Accessoires zu kombinieren, sondern das Kleid an sich erotischer zu gestalten.

Als Andrea den Kampf mit ihren Schuhen gewonnen hatte, staksten sie aus dem mit weißen Tüchern verhängten Ankleide-Bereich hinaus in den großen Raum, in dem Cornelius gerade die Einstellung seiner Lichtanlage beendet hatte. Er legte den Belichtungsmesser beiseite und goss den beiden Mädchen Sekt ein. Wie immer im Studio war er barfuß, seine großen, behaarten Zehen ragten unter dem Saum seiner beigen Jeans heraus. Den Kragen seines schwarzen Polohemds hatte er aufgestellt. Er musterte seine Modelle von Kopf bis Fuß, wies Andrea an, ihre Schürze auf der anderen Seite zu binden, und reichte Sarah ein schwarzes Kropfband mit einem silbernen Edelweiß. Das Schmuckstück war neu, sie kannte es noch nicht, wusste aber sofort, dass es ihr stehen würde.

»Das wird eine ganze neue Art der Dirndl-Fotografie, ihr werdet sehen«, sagte er euphorisch. »Und mit wem könnte ich das Kind besser aus der Taufe heben als mit meinen beiden besten Modellen?«

Er stieß mit den Mädchen an und zwinkerte Sarah dabei verstohlen zu. Sie wusste längst, dass sie seine Favoritin war, und war es gewohnt, dass Cornelius jedes Model in den Himmel lobte. Er war ein begnadeter Charmeur, in seiner Obhut fühlte sich jedes Mädchen wie eine Göttin. Früher hatte sie mit Cornelius eine leidenschaftliche Affäre geführt, sie hatten sich geliebt und gestritten, bis buchstäblich die Fetzen flogen. Irgendwann ertrugen sie die ständigen Streitereien nicht mehr, und auch der phantastische Sex konnte das nicht aufwiegen. Sarah hatte sich von Cornelius getrennt, war ihm aber als Model und Muse erhalten geblieben.

In Cornelius Wagners Studio gab es eine weiße Hohlkehle, eine runde, knapp drei Meter breite Wand, vergleichbar mit der Innenseite eines breiten Rings. In dieser hatte er weiche weiße Decken, Satintücher und Kissen platziert. Er wies die beiden Mädchen an, es sich darin bequem zu machen. Dann begann das Shooting.

Die einzigen Geräusche waren die leise klassische Hintergrundmusik, das Klicken des Verschlusses von Cornelius' Kamera sowie das Britzeln der Blitzanlage, die ein ums andere Mal auslöste und den Raum für Sekundenbruchteile in grelles Licht tauchte. Cornelius war kein gesprächiger Fotograf, zumindest nicht, wenn er mit seinen Profi-Modellen zusammenarbeitete. Weder feuerte er die Mädchen an, noch gab er ihnen Anweisungen. Das war auch gar nicht nötig, denn beide wussten, was zu tun war und was Cornelius sehen wollte.

Andrea beugte sich nach hinten, sodass ihr Kopf auf Sarahs Schoß lag. Sie kreuzte ihre langen Beine und räkelte sich hingebungsvoll. Leicht berauscht vom prickelnden Sekt, der Aufregung und der entspannten Atmosphäre in Cornelius' Studio liebkoste Sarah zärtlich ihre Partnerin, strich ihr über die Brüste und spürte, wie Andreas Nippel durch den dünnen Stoff der Bluse hart wurden.

Andrea schloss die Augen, schien zufrieden und stöhnte leise. Sarah berührte Andrea am Hals und streichelte sie vorsichtig mit den Fingerspitzen. Dann beugte sie sich nach vorne und ihre Lippen suchten vorsichtig die ihrer Partnerin. Nun begannen beide, sich zunächst sanft, dann zunehmend intensiver zu küssen.

Sarah spürte, dass Andrea ihr die Verschnürung ihrer Korsage öffnete. Sie drückte Sarah nach hinten, beugte sich über sie und zog auch Sarahs Bluse nach unten, sodass ihre Brüste freigelegt wurden. Ihre weinroten Brustwarzen standen nun hart und aufrecht wie kleine Zinnsoldaten in freudiger Erregung wegen der nahenden Schlacht.

Sarah genoss die Berührungen so sehr, dass sie spürte, wie sich Hitze in ihrem Unterleib ausbreitete und sie das Studio, das Klicken der Kamera, das Aufflammen des Blitzes und alles andere um sich herum vergaß. Wenn Sarah vor der Kamera posieren konnte, war sie mit sich und der Welt im Reinen. Dann konnte sie so sein, wie sie sein wollte, ihre Träume und Phantasien ausleben, und es kam ihr ganz recht, das Cornelius wohl ähnlich ticken musste, denn er fand stets neue und prickelnde Themen für ihre Shootings.

Die beiden Mädchen wälzten sich in den weißen Laken und entfesselten ein schamloses und gleichzeitig faszinierendes Treiben. Andrea schien es sich zur Aufgabe zu machen, jeden Quadratzentimeter von Sarahs Körper mit ihren Lippen zu erforschen. Sie befreite nacheinander Sarahs Füße von den Schuhen, sog mit dem Mund an ihren Zehen, küsste ihre Fesseln, ihre Schienbeine, ihr Knie, ihre Oberschenkel und vergrub schließlich ihre Zunge in Sarahs Schoß, wo sie sich als geschickte Erforscherin und Entdeckerin erwies. Daneben zwirbelte sie mit den Fingerspitzen geschickt Sarahs Brustwarzen, was diese ganz besonders mochte und ihr mindestens so viel Lust bereitete wie die vorwitzige Zunge zwischen ihren Beinen.

Schließlich übernahm Sarah die Führung, drückte Andrea in die Kissen und schob ihr die Hand in den feuchten Slip. Ihre Zungen tanzten in Andreas Mund einen wilden Tango, und Sarah stellte befriedigt fest, dass sich Andrea ob der Hand zwischen ihren Beinen nur noch schwerlich konzentrieren konnte. Seufzer der Erregung perlten aus ihr hervor, und das machte Sarah so sehr an, dass auch sie sich nun vollends den Wellen der Lust hingab. Sie bemerkte kaum, wie Cornelius bar jeder Scham draufhielt, sie hörte zwar das Klicken des Auslösers, aber es war ihr, als befänden Andrea und sie sich in einer schützenden Blase, welche die Realität ausschloss.

Die Luft schien zu flirren, erfüllt vom Nebel knisternder Erotik. Ein würziges Aroma hing im Raum, ein Gemisch aus dem kräftigen Holzduft der Dachkonstruktion, dem süßen, kaum wahrnehmbaren Schweiß der Frauen und dem heißen und verbrannten, mechanischen Geruch der Blitzanlage.

Erst als die Mädchen komplett nackt und erschöpft in den Kissen lagen, erklärte Cornelius das Shooting für beendet. Er reichte den beiden jeweils einen flauschigen Bademantel und ihre Sektgläser und setzte sich zu ihnen auf den Boden.

»Das war großartig, meine Damen. Ihr wisst, dass ich kein Mann großer Worte bin, aber heute habt ihr euch selbst übertroffen! Diese Serie wird das Highlight auf der Internet-Seite!« Er prostete den Mädchen zu. »Ich hoffe, ihr erinnert euch noch an mich, wenn ihr reiche und berühmte Fotomodelle seid!«

»Derzeit wäre ich lieber reich als berühmt«, grummelte Sarah.

»Prinzessin, du weißt, dass ich euch für diese Art Fotos weit mehr bezahle als meinen anderen Models. Muss ich mich jetzt schlecht fühlen, weil ich dich nicht ausreichend vergüte?«

»Nein, Cornelius, so war das nicht gemeint. Ich weiß deine Arbeit und auch deine Bezahlung zu schätzen, glaub mir, sonst würde ich das gar nicht machen. Bei mir ist die Kasse nur gerade recht leer …«

Cornelius sah sie durchdringend an, kratzte sich am Hals und lächelte schließlich.

»Wart nur ab, Prinzessin. Deine Zeit kommt schon noch, und wenn du erst einmal richtig durchgestartet bist, dann schaust du ab und an beim armen, unbedeutenden Cornelius auf einen Kaffee vorbei. Wenn es dein voller Zeitplan zwischen den Shootings mit Starfotografen auf der ganzen Welt zulässt!«

Darauf lachten sie alle, prosteten sich zu, und Cornelius begann das Studio aufzuräumen. Die beiden Mädchen packten ihre Sachen und verabschiedeten sich fröhlich. Doch Sarah bemerkte den Blick, den Cornelius ihr zuwarf, als sie sich schon zum Gehen wandte. Ganz kurz nur, aber ihr fiel trotzdem auf, dass er sie für einen Augenblick eindringlich musterte, wie er es noch nie zuvor getan hatte.

Er sagte jedoch nichts, und die beiden Mädchen traten hinaus in die kühle Abendluft.

Brotzeit

Dienstag, Tag 1 nach dem Mord an Sarah Lubner

Lorenz saß am Tisch vor dem Haus und genoss die Morgensonne, während er an seinem Kaffee nippte. Vor ihm stand ein Brotzeitteller. Verschiedene Käsesorten, Wurst und gesalzener Radi leisteten frischem und würzig duftendem Schwarzbrot Gesellschaft. Maria Gruber steckte den Kopf durchs offene Küchenfenster und reichte Lorenz einen Teller mit einem großen Stück Butter heraus.

»Brauchst sonst noch was, Bua?«, fragte sie, und als Lorenz dankend den Kopf schüttelte, verschwand sie fröhlich summend wieder in der Küche.

Er bestrich eine dicke Scheibe Brot mit Butter, belud sie ordentlich mit Radi, lehnte sich zurück und biss herzhaft zu. Die perfekte Idylle. Erst letzte Woche hatte er sich in der kleinen Pension von Frau Gruber eingenistet, die Koffer waren noch nicht einmal ausgepackt. Er hatte keine Lust, sich jetzt schon nach einer festen Bleibe umzusehen. Lorenz wollte keinesfalls eine Wohnung in der Stadt, und selbst wenn Rosenheim nicht mit Hamburg vergleichbar war, hatte er genug von Häuserschluchten, Schatten und zusammengepferchten Menschen.

In einem Vermittlungsportal im Internet war er schnell fündig geworden: eine kleine Frühstückspension vor den Toren der Ortschaft Bad Feilnbach, idyllisch gelegen auf einem Hügel mit famosem Blick aufs Inntal, hatte es ihm sofort angetan. Frau Gruber, die Hauseigentümerin, hatte ihn sofort aufs Herzlichste aufgenommen, und auch ihm war die rüstige alte Frau überaus sympathisch. Sie hatte ihn von Anfang an nur »Bua«, Junge, genannt, auf eine geradezu lächerlich geringe Miete bestanden und schien eine Heidenfreude daran zu haben, ihn zu bekochen. Sie erinnerte ihn an seine geliebte Oma in Galatina, eine Frau, die mit ihrer süditalienischen Heimat so fest verwurzelt war wie eine uralte Eiche mit der Erde, in der sie wuchs. Mit dem kleinen Unterschied, dass Frau Gruber Gerüchten zufolge sehr reich sein sollte. Ihr gehörten demnach mehrere Immobilien hier in Bad Feilnbach, und dazu verfügte sie angeblich über ein enormes, gut angelegtes Vermögen. Wenn man die alte Frau sah, war das allerdings nur schwer zu glauben, lediglich ihre Großzügigkeit könnte man als Beweis für die Richtigkeit dieser Geschichten deuten.

Während Lorenz noch diesen Gedanken nachhing, kam Franzis dunkelgrüner Audi die Einfahrt hochgefahren. Als sie ausstieg, trug sie eine dieser überdimensionierten Biene-Maja-Designer-Sonnenbrillen, die ihr mit ihren zu einem strengen Knoten gebundenen Haaren allerdings ein mondänes Aussehen verlieh. Zusammen mit den knallengen Capri-Jeans, den schwarzen Ballerinas und dem Träger-Top sah sie ausgesprochen gut aus und wäre durchaus eine Sünde wert, dachte Lorenz. Wenn sie keine Blondine wäre. Er bevorzugte den mediterranen Frauentyp, auch wenn er sich manchmal fragte, wie oft er sich noch an süßen Südländerinnen die Finger verbrennen musste, bis er es mal mit einer kühlen Blonden versuchen würde.

Lorenz selbst konnte seine italienischen Wurzeln nicht verleugnen. Mit seinen siebenunddreißig Jahren stand er im vollen Saft seines Lebens. Zwar entsprach seine Körpergröße mit knapp einem Meter siebzig dem südländischen Klischee, dafür war er von Natur aus muskulös gebaut und mit der beneidenswerten Eigenschaft gesegnet, essen zu können, was er wollte, ohne zuzunehmen. Sein Gesicht war fein gezeichnet und attraktiv, mit dichten schwarzen Augenbrauen und tiefblauen Augen. Seine größte Schwäche war seine Leidenschaft für Frauen, der er sich bis zu seinem dreißigsten Lebensjahr hemmungslos hingegeben hatte. Doch dann begann er sich immer mehr nach einer Konstante in seinem Leben zu sehnen. Und genau das sollte seine größte Herausforderung werden, denn bis jetzt hatte keine seiner Beziehungen länger als ein halbes Jahr gehalten. In Lorenz reifte bereits die Furcht, dass ausgerechnet er am Ende übrig bleiben würde.

Sein Haar war ihm schon mit Anfang zwanzig ausgegangen, was ihn zum Glatzenträger machte. Ironischerweise schien es, als wäre das Kopfhaar an seinem Körper nach unten gewandert, denn dort hatte er so viele Haare, dass er sich manchmal fragte, ob sich da nicht ein Affe in seinen Stammbaum eingeschlichen hatte. Aber er mochte seinen männlichen Pelz. Zu seinen schönsten Kindheitserinnerungen gehörten die Urlaube am Strand, in denen sein unglaublich behaarter Vater stets mit nacktem Oberkörper herumgelaufen war. Sein Brusthaar hatte einem wollenen Unterhemd gleich seinen Körper bedeckt.

Heute war Lorenz' Vater seine einzige Verbindung in seine Heimat. Seine Mutter war schon vor vielen Jahren gestorben. Durch ihren Tod hatte sich die Beziehung zu seinem Vater noch mehr vertieft. Es verging keine Woche, in der die beiden nicht mindestens einmal telefonierten. Lorenz erzählte dann in der Regel von seiner Arbeit, sein Vater von seiner kleinen Landwirtschaft in Galatina. Insbesondere ging es da um die Feinheiten der Hühnerzucht, und Lorenz hätte mit seinem Wissen mittlerweile eine eigene Farm leiten können. Für den Fall, dass er einmal genug von der Polizeiarbeit haben würde, wäre das sein Plan B. Dann wollte er irgendetwas Exotisches züchten, Haubenhähne zum Beispiel.

Seine Mutter und sein Vater hatten nie geheiratet. Lorenz' Mutter stammte aus dem Sauerland und lebte in einer kleinen Stadt namens Schmallenberg. Nach Lorenz' Geburt wollte seine Mutter in Deutschland bleiben, doch seinen Vater zog es zurück nach Italien, und seine Eltern entschieden, dass ihr Sohn bei seiner Mama bleiben sollte. Das war auch der Grund, warum er ihren Nachnamen, Hölzl, erhalten hatte. An seine Kindheit hatte Lorenz nur verschwommene, in weiche Watte gepackte Erinnerungen, bestehend aus tristem Westfahlengrau und warmem italienischen Meerblau. Ein ständiges Hin und Her zwischen zwei grundverschiedenen Welten, das ihn damals fast zerrissen hätte und das er bis heute nur schwer vereinen konnte.

Franzi ließ sich mit einem Seufzer auf die Bank ihm gegenüber fallen und schob die Sonnenbrille nach oben.

»Was für ein Morgen!«, ächzte sie und schielte auf Lorenz' Kaffee. »Das Mädchen haben sie jetzt endlich abgeholt und in die Pathologie gebracht. Wir können da später aufschlagen und wissen dann hoffentlich mehr.«

Lorenz stopfte sich den letzten Bissen Brot in den Mund und kratzte sich am Kinn. »Sind die Eltern schon informiert?«

»Nein. Willst du selbst hinfahren?«

»Ja, auf jeden Fall. Aber die Seelsorger sollen vorher anrufen, ich mag die Nachricht nicht überbringen.«

Frau Gruber kam heraus, in der einen Hand eine große Kanne, in der anderen einen zusätzlichen Teller für Franzi.

»Da schau her, da hast was zum Trink'n, und an Hunger hast bestimmt auch.«

Und ob sie den hatte. Während Franzi sich eine Scheibe Brot vom Laib schnitt, starrte Lorenz sinnierend ins Tal.

»Weißt du, wir haben's früher auch oft mal krachen lassen. Gesoffen und gefeiert, und ich war weiß Gott auch kein Unschuldsengel. Wir haben uns geschlägert, wenn es die Ehre verlangt hat, und sind für das, was wir angestellt haben, eingestanden. Aber niemals hätte einer von uns Hand an eine Frau gelegt. Was stimmt mit den Leuten heute nicht mehr? Wer zum Teufel steckt auf einer Party am hintersten Ort der Welt einer jungen Frau ein Messer in den Hals und lässt sie einfach liegen?«

»Isst du die noch?« Franzi zeigte mit einem Stück Käse in der Hand auf eine knallrote Tomate.

Er schüttelte den Kopf, und das Gemüse wurde fein säuberlich in kleine Stücke geschnitten, gesalzen und von Franzi verspeist. Lorenz beobachtete sie fasziniert. So würde das also aussehen, wenn sich ein schöner Schmetterling ein blutiges Steak genehmigte.

»Pragmatischer betrachtet sollten wir uns vielmehr fragen, warum die Leiche hinter der Alm lag«, antwortete Franzi schließlich. »Ich mein, wenn ich der Täter wär, würd ich die da nicht einfach so herumliegen lassen. Mindestens in den Wald werfen. Oder in irgendeiner Gumpe im Fluss versenken. Sonderlich geplant kann das alles nicht gewesen sein, ich würd also eher auf eine Affekthandlung tippen.«

»Das heißt, wir interessieren uns für ihre Verehrer oder auch ihren Freund, sollte es da einen geben.« Lorenz strich sich über seine Glatze, und nachdem er eine Weile lang nichts gesagt hatte, fragte er: »Kennst du das Weinfest, das hier am Wochenende in Feilnbach stattfindet? Ich habe eine Werbetafel am Ortsrand gesehen. Die Gruber ist ganz aufgeregt und meinte, ich müsse dort unbedingt hingehen.«

»Das Eisrebenfest.« Franzi nickte. »Die Veranstaltung schlechthin hier in der Region. Eine Woche lang lassen dann alle die Sau raus, die Leute kommen in Bussen und werden von Rettungswägen wieder nach Hause gebracht. Du wirst eine Lederhose brauchen, wenn ich dich dahin mitnehmen soll.«

Lorenz seufzte resigniert. »Ich hätt's eigentlich wissen müssen. Da suche ich Zuflucht in der tiefsten Provinz, hoffe auf Frieden und Auszeit und erwische ausgerechnet jenen Zeitpunkt, wenn hier hübsche Mädchen sterben und die Irren busweise angekarrt werden. Na, das kann ja was werden.«

D'verführerische Leich

Dienstag, Tag 1 nach dem Mord an Sarah Lubner

Lorenz Hölzl mochte die Pathologie nicht. Es war nicht so, dass er ein Problem mit Toten hatte. Ihn störten eher jene Leute, welche die Toten aufschnitten, ihnen die Gedärme entnahmen, sie wogen und sämtliche Körperöffnungen genau untersuchten. Die Wichtigkeit des Berufs selbst war ihm durchaus bewusst, aber das änderte nichts an seiner Abneigung gegenüber Menschen, für die eine Leiche lediglich ein Arbeitsobjekt darstellte. Das war ihm unheimlich.

Die Pathologie hier war nicht mit dem zu vergleichen, was er aus Hamburg kannte. Die Räumlichkeiten der Kriminalchirurgie Rosenheim befanden sich im Keller des Kreiskrankenhauses und verströmten mit ihren blau gemusterten Fliesen und den gelbstichigen Deckenflutern einen archaischen Charme. Es roch nach Sterilität und Zahnarzt.

Die Gerichtsmedizinerin, eine übergewichtige Mittvierzigerin mit dicker Hornbrille, holte sie an der Tür ab und gab sich von Beginn an alle Mühe, Lorenz' Vorurteile gegenüber ihrem Berufsstand zu bestätigen. Sie stellte sich als Melinda Singer vor und führte sie zu einem Tisch, auf dem Sarah Lubner aufgebahrt lag. Vom Hals bis zu den Oberschenkeln war sie mit einem weißen Tuch bedeckt, die Augen hatte ihr wohl Singer geschlossen. Das verlieh der Toten aber keinesfalls ein friedlicheres Antlitz. Sie sah aus, als hätte sie gerade einen unangenehmen Traum.

Singer stieg auf einen Schemel, zog das Tuch vom Körper des Mädchens und deutete auf die hässliche Wunde am Hals.

»Die Tote ist eindeutig durch das Messer gestorben. Ich habe unter ihren Fingernägeln keine Spuren eines Kampfes entdecken können, auch sonst deutet nichts darauf hin, dass sie sich groß gewehrt hat. Es scheint, als wäre alles ganz schnell gegangen. Möglicherweise ein Indiz für Sie, dass das Opfer seinen Mörder gekannt und ihm vertraut hat.«

Lorenz bemühte sich, nicht auf den bleichen, aber ungemein verführerisch wirkenden Busen der Toten zu starren. Franzi musste es trotzdem bemerkt haben, denn sie drehte sich grinsend zu ihm um und flüsterte: »Starren ihre Brüste deine Augen an?«

Lorenz bekam augenblicklich rote Ohren.

Sarah Lubner musste zu Lebzeiten ein wahres Model gewesen sein, eine unerreichbare Nymphe aus den Niederungen schlüpfrig-schwüler Tagträume. Ihr Körper war vollständig haarfrei, im Intimbereich sah er ein Piercing, und das Schambein zierte ein Tattoo in Form einer Orchidee. Ein weiteres Tattoo, ein orientalisches Zeichen, das Lorenz nicht kannte, befand sich an ihrem rechten Fußknöchel. Er merkte, dass sich seine feinen Nackenhärchen aufstellten.

Reiß dich zusammen, nekrophiler Lustmolch!, dachte er.

»Außer der Stichwunde am Hals gibt es keine Anzeichen für Gewalteinwirkung. Vielleicht interessiert es Sie, dass ich in ihrem Urin Spuren von Benzodiazepinen gefunden habe.«

»Benziwas?«, fragte Lorenz.

»Benzodiazepine. Eigentlich Beruhigungs- und Schlafmittel, aber auch als Droge zu verwenden.« Singer ließ durchblicken, dass sie das für gültiges Allgemeinwissen hielt. Als Lorenz nicht reagierte, fuhr sie seufzend fort: »Sie verstärken die bewusste Wahrnehmung und Intensität von Gefühlen, lindern Ängste, verringern die innere Spannung und dämpfen Aggressionen. Tückisches Zeug. Macht binnen kürzester Zeit süchtig. Im Urin ist der Dreck bis zu sechs Wochen nachweisbar. Vorsichtshalber sollten Sie aber prüfen, ob sie es nicht ärztlich verschrieben bekommen hat. Dann hätte sie es allerdings in den letzten drei Tagen nehmen müssen, denn so lange hält es sich bei therapeutischer Dosierung.«

»Was ist aus dem guten alten Marihuana geworden?«, murmelte Lorenz.

Melinda Singer warf ihm einen abfälligen Blick zu und fuhr fort: »Zwei Sachen noch: Zum einen habe ich einen verstauchten Knöchel diagnostiziert. Der linke. Ist aber schon ein paar Tage her. Und das Zweite: Das Mädel hatte kurz vor ihrem Tod Geschlechtsverkehr.«

Lorenz und Franzi blickten zunächst sich, dann die Gerichtsmedizinerin an.

»Können Sie herausfinden, mit wem?«, fragte Lorenz.

»Derzeit mangelt es mir an Opfertieren für meine Hellseherei, und um ehrlich zu sein, hab ich's auch nicht so mit der Sauerei. Sie müssen mir also schon etwas liefern, mit dem ich die Spuren in der Toten vergleichen kann! Alternativ auch eine möglichst große Wildsau. Viel Spaß bei der Suche.«

Lorenz überging den frotzeligen Kommentar, wünschte der dicken Pathologin aber insgeheim eine juckende Leichen-Seuche an den Hals.

Er verabschiedete sich und fuhr mit Franzi zurück zur Polizeiinspektion. In dessen zweitem Stock befand sich sein neues Büro.

»Warum ziehst du denn deine Schuhe aus?«, fragte Franzi und beäugte ihren Partner skeptisch, der seine roten Penny Loafer fein säuberlich neben dem Eingang seines Büros auf eine Matte drapierte. Sicherlich konnte man Lorenz Hölzl mit Fug und Recht einen Schuhtick nachsagen. Er liebte teures und ausgefallenes Schuhwerk über alles. Dass das fast zwangsläufig die ein oder andere modische Entgleisung mit sich brachte, störte Lorenz nicht im Geringsten. Seine übrige Erscheinung hielt er in der Regel schlicht und elegant, ein klassischer Anzug-Typ, nur die Schuhe mussten immer herausstechen.

»Ist eine alte Gewohnheit von mir«, antwortete Lorenz mit feierlicher Miene. »Ein Ritual, das ich überall dort anwende, wo ich mich zu Hause fühlen möchte.«

»Ist dein Büro also jetzt dein brennender Dornbusch, und du bist Moses, der Gott zu Ehren barfuß geht?«, entgegnete Franzi.

»Wenn dir der Gedanke dabei hilft, die Schuhe auszuziehen, nur zu«, antwortete er und rauschte strumpfbesockt in Richtung seines Schreibtisches. Franzi schnippte ihre Ballerinas achtlos neben die Tür und nahm dann auf der gemütlichen Eckcouch Platz.

Als Erstes legte Lorenz eine Kapsel in seine private, futuristisch aussehende Kaffeemaschine und aktivierte das Gerät. Lorenz gehörte zu den Menschen, die zwar schon ihr ganzes Leben lang Kaffee tranken, aber trotzdem nie zu Gourmets wurden. Und das trotz seiner italienischen Wurzeln. Er mochte Kaffee, weil er Koffein enthielt und weil Lorenz sich im Laufe der Jahre eben an den Geschmack gewöhnt hatte. Genauso wie daran, dass man zu gewissen Tageszeiten und zu bestimmten Anlässen einfach Kaffee trank. Er hatte nie verstanden, warum Menschen Hunderte von Euros für Vollautomaten für die heimische Küche ausgaben, teuren Kaffee in Bohnenform kauften, diesen von der Maschine mahlen ließen, sie dabei regelmäßig zerlegen mussten, um den Schimmel zu beseitigen, teure Ersatzteile kauften und sich durch romandicke Anleitungen kämpften. Alles, damit der Kaffee mehr nach Kaffee schmeckte.

Wenn Lorenz Wert auf besonderen Kaffee legte, besuchte er ein entsprechendes Lokal. Genau so, wie er es tat, wenn ihm nach einem besonderen Wein war. Oder nach einer delikaten Pizza. Wer ein Vermögen für eine Kaffeemaschine ausgab, müsste sich doch auch konsequenterweise einen Steinofen in die Küche mauern oder seinen eigenen Wein anbauen und keltern.

Früher hatte Lorenz seinen Kaffee in einer Kaffeemaschine aufgebrüht und war dann dankbar zu diversen Pad- und Kapsel-Geräten gewechselt. Seiner Meinung nach unterschied sich der Kaffee nicht genug von den Produkten der teuren Vollautomaten, um auf den Komfort der Einweg-Varianten zu verzichten. Lorenz Hölzl war ein pragmatischer Mann.

Franzi schüttelte sich angewidert und ließ ein paar gemurmelte Halbsätze über Retorten-Produkte verlauten, lehnte Lorenz' Kaffee-Angebot ab und setzte sich in den alten Bürostuhl vor dem Schreibtisch.

»Also gut, wir sind jetzt nicht unbedingt schlauer als vorher. Dass sie da oben wahrscheinlich Sex hatten und sich irgendwo ein ungestörtes Plätzchen gesucht haben, ist so ungewöhnlich nicht«, sagte sie.

Lorenz nippte an seinem Kaffee und verbrannte sich die Zunge.

»Porca miseria!«, fluchte er und hechelte wie eine Dampflok.

»Dann eben die klassische Vorgehensweise. Probieren wir's mit guter alter Polizeiarbeit. Ich würde sagen, wir fangen mit der Wohngemeinschaft der Kleinen an und statten dann den Eltern einen Besuch ab.«

Franzi sah auf ihre Armbanduhr. »Es ist kurz nach halb drei. Wenn wir Glück haben, sind die Studenten schon aufgestanden.«

Die san so liab zum Schaun

Donnerstag, 18 Tage vor dem Mord an Sarah Lubner

»Verdammter Mist!« Sarah schmetterte ihr Mobiltelefon in die Polster des alten Sofas. Mit einem dumpfen »Flopp« verschwand es zwischen den abgewetzten Kissen.

In jeder zünftigen Studentenbude musste sich solch ein altes Sofa befinden. Es hatte gewöhnlich eine jahrzehntelange Odyssee hinter sich, auf ihm waren Kinder gezeugt oder zumindest der Versuch dazu unternommen worden, Freunde und Hausgäste hatten auf ihm genauso genächtigt wie verstoßene Ehepartner, und Katzen hatten sich an seinem Überzug vergangen. In seinen Ritzen fand Evolution statt, aus den Resten von dem, was sich über die Jahre dort angesammelt hatte, erhoben sich Mikrokulturen, erfanden die Demokratie und dann die Emanzipation und gingen daran wieder zugrunde. Und immer wenn so ein Sofa dann doch einmal den Weg zum Sperrmüll finden sollte, kreuzte garantiert jemand seinen letzten Gang, meist ein mittelloser Student, der in dem Sofa Charakter und Ausstrahlung sah, sich nicht am Gestank störte und schon gar nicht an der furchtbaren Farbe, und zerrte es ins Wohnzimmer seiner Wohngemeinschaft. In diesem Fall gehörte es Nina, Sarahs Mitbewohnerin, die jetzt hinter ihrem Bücherstapel hervorlugte und die Stirn runzelte. Sie war die gelegentlichen Ausbrüche ihrer Freundin längst gewohnt, dieses Mal schien Sarah jedoch besonders aufgebracht zu sein.

»Sarah, meine Arbeit schreibt sich nicht von selbst, und schon gar nicht, wenn du hier so einen Radau machst. Welche Laus ist dir denn nun schon wieder über die Leber gelaufen?«, fragte sie.

Sarah schnappte sich eines der Bücher auf Ninas Schreibtisch, las den Titel »Immunreaktive Proteine in unterschiedlichen Sorten der bolivianischen Kulturhirse«, gab ein abfälliges Schnauben von sich und ließ sich auf das Sofa fallen. Sie war ausgehfertig und trug ein für Ninas Geschmack unverschämt kurzes schwarz-weißes Etuikleid. Nina hätte es sicherlich auch als nuttig bezeichnet, hätte man sie gefragt, jedoch bezeichnete Nina für gewöhnlich jedes Outfit als nuttig, welches mehr als den unteren Kniebereich einer Frau offenlegte. Nina war eher der Jeans- und Turnschuh-Typ. Und aus Prinzip gegen den sexuellen Ausverkauf von Frauen, den sie vor allem in freizügiger Mode, Musikvideos und Casting-Shows witterte.

Sarah zog eine bezaubernde Schnute und setzte zu einer Schimpftirade an: »Mein Herr Papa hält es für eine pädagogisch wertvolle Erziehungsmaßnahme, wenn er mir mein sogenanntes Taschengeld kürzt. Und ausgerechnet darin ist er sich mit meiner Mutter einig, sodass ich gar nicht erst zu ihr zu rennen brauche.«

»Sie haben dir den Geldhahn zugedreht?«

»Ich habe immer noch so viel Geld, dass ich für den Rest meines Lebens wie eine Königin leben könnte. Vorausgesetzt, ich sterbe nächstes Wochenende. Die Miete für die WG zahlen sie mir noch. Aber sie meinen, mein ›exzessiver Lebenswandel‹ würde mich vom Studium ablenken. Ich solle endlich den Job in der Bibliothek annehmen, den mein Vater mir mit seinen ach so tollen Beziehungen vermittelt hat. Ich glaub echt, es hakt!«

»Kann ich gar nicht verstehen, wie die draufkommen, dass du dein Studium vernachlässigen würdest.«

Dafür kassierte Nina ein Kissen mitten ins Gesicht. Wenn Sarah wütend war, konnte sie erstaunlich gut zielen.

Im selben Moment schrillte die Türklingel.

»Ha, Tanja ist da«, sagte Sarah. »Bist du sicher, dass du nicht mitwillst? Deine Kulturhirse schimmelt dir über Nacht schon nicht weg.«

»Es ist Donnerstagabend, ich habe morgen früh eine Vorlesung, und wenn ich mit euch ausgehe, ende ich entweder im Gefängnis, das wäre die angenehmere Variante, oder, wahrscheinlicher, im Bett oder wahlweise im Lieferwagen eines ostanatolischen Jungfrauen-Händlers. Und bei so einem werdet ihr zwangsweise auch noch landen, wenn ihr immer in solch einem Fummel loszieht. Geht doch gleich nackt!«, antwortete Nina.

Sarah wühlte sich durch die Kissen, hob triumphierend ihr

Handy in die Luft, schlüpfte in die schwarzen Sling-Pumps und stöckelte zur Tür.

»Schätzchen, bald ist dein Studium vorbei und du hast nichts anderes getan als zu studieren. Ich prophezeie dir jetzt, so wie ich hier stehe: Es kommt eine Zeit, da sitzt du mit einer dicken Brille und einem muffigen Kittel vor deinem Mikroskop, blickst auf tausendfach vergrößerte Darmbakterien und denkst an hier und heute zurück, traurig und wütend auf deine altmodischen Prinzipien. Dann würdest du alles tun, um mich heute Abend zu begleiten.«

Sie warf ihrer Mitbewohnerin eine Kusshand zu, rauschte zur Tür hinaus und hinterließ eine kopfschüttelnde Nina, die sich wieder der Klassifikation von Kulturhirse widmete.

Unterm Dirndl

Dienstag, Tag 1 nach dem Mord an Sarah Lubner

Franzi und Lorenz arbeiteten sich durch die Gänge des Studentenwohnheims, das nur einen Katzensprung vom Hochschulgelände entfernt in einer von Eichenbäumen gesäumten Seitenstraße stand. Wenn man nicht wusste, dass man sich in einer Stadt befand, hätte man auch meinen können, man wäre irgendwo in der tiefbayerischen Provinz gelandet: Hier gab es viele Grünflächen mit alten und hohen Bäumen, nur eine schmale Zugangsstraße und kaum Autos. Das Studentenwohnheim selbst war ein schönes Fachwerkhaus in vorzüglich gepflegtem Zustand.

Franzi hatte Lorenz erzählt, dass es sich um ein katholisches Heim handelte. Wer hier ein Zimmer wollte, müsse neben einem tadellosen Lebenslauf mit möglichst vielen sozialen Engagements auch das Empfehlungsschreiben eines Geistlichen vorweisen können. Außerdem herrsche hier noch Zucht und Anstand. Die Stockwerke seien nach Geschlechtern getrennt, Besuche zwischen Mädchen und Jungs nicht erlaubt. Dafür bekämen dann die Studenten ein günstiges, schulnahes Zimmer. Was den Studierenden daran in der Praxis am meisten zu schaffen machte, war, das priesterliche Empfehlungsschreiben zu besorgen. Hier bewährte sich der Kontakt zum Familien-Pfarrer, man munkelte allerdings auch, dass eine etwas großzügigere Anzahlung ein würdiger Ersatz für das ein oder andere Formular sein konnte.

»Das muss es sein«, meinte Franzi, nachdem sie ein paar Minuten in dem verwinkelten und unübersichtlichen Haus herumgeirrt waren.

Sie studierte die Namen an der Tür, die mit einem kitschigen Plakat, einer roten Rose vor schwarz-weißem Hintergrund, verziert worden war, und klopfte. Ein zaghaftes »Ja bitte?« aus dem Inneren war die Antwort, woraufhin Franzi die Tür öffnete und die beiden Kommissare eintraten.

Vor ihnen erstreckte sich ein Zimmer, das zur einen Hälfte

aus einer unordentlichen Küche bestand, zur anderen als Wohnecke diente. Auf einem verschlissenen Sofa, das um einen alten grauweißen Holztisch gruppiert war, saßen zwei verheulte junge Frauen. Lorenz schätzte sie auf Anfang zwanzig. Verschreckt blickten sie aus tränenfeuchten Augen zu den beiden Beamten auf.

»Kriminalpolizei Rosenheim, Kommissar Hölzl mein Name. Sind Sie Nina Preußler und Luisa Sola, die Mitbewohnerinnen von Sarah Lubner?«

Es hätte keiner Antwort der beiden bedurft, das kollektive Schluchzen genügte vollauf. Dies waren jene Situationen, in denen er immer noch ein ungutes Gefühl in der Magengegend verspürte, trotz der Psychologiekurse während seiner Fortbildung zum Kriminalbeamten. Im Herzen war Lorenz Hölzl ein sensibler Kerl, und er schützte sich vor den psychologisch schwierigen Aspekten seines Berufs in der Regel, indem er ihnen aus dem Weg ging. Erleichterung machte sich in ihm breit, als Franzi, die sein Unbehagen offenbar bemerkt hatte, für ihn einsprang.

»Ich bin Kommissarin Franzi Graßmann, Kommissar Hölzls Kollegin. Wäre es für Sie in Ordnung, uns ein paar Fragen über Sarah zu beantworten?«

Eines der beiden Mädchen putzte sich die Nase und stellte sich als Nina Preußler vor. Sie war stämmig, hatte blonde schulterlange Haare, hellblaue Augen und trug einen grauen Jogging-Anzug mit Kapuze. Sie bedeutete den beiden Beamten, sich auf die Couch zu setzen. Lorenz und Franzi ließen sich auf dem uralten Möbelstück nieder, und Lorenz versank sofort in einer der durchgesessenen Kuhlen.

»Frau Kommissarin, ich …« Nina stockte, als sie von einem weiteren Tränenausbruch geschüttelt wurde.

Luisa Sola nahm sie in die Arme. Sie war das reine Gegenteil von Nina, braungebrannt, mit lockigem, langem schwarzem Haar und dunklen Augen. Sie trug Jeans und T-Shirt, war barfuß mit schwarz lackierten Nägeln. Surfbrett unterm Arm und Lotusblume hinterm Ohr hätten das Bild der freizügigen Strandschönheit komplettiert.

»Fragen Sie, wir helfen gerne bei Ihren Untersuchungen«, sagte sie in leicht gebrochenem Deutsch.

»Vielen Dank. Wie lange leben Sie hier schon zusammen in dieser Wohngemeinschaft?«, wollte Franzi wissen.

»Wir leben nun fast eineinhalb Jahre zusammen. Ich komme aus Guatemala. Studiere hier Betriebswirtschaftslehre, genauso wie Sarah. Nina studiert Biologie.«

»Könnten Sie uns Sarah bitte beschreiben? Was war sie für ein Mensch?«

Luisa zupfte nachdenklich an einer ihrer schwarzen Locken. »Sarah war nett. Machte viel Party, immer gut gelaunt, hatte viele Freunde. Und war Fotomodell.«

Diese Information überraschte Lorenz nicht sonderlich.

»Hat sie mit den Fotos Geld verdient?«, hakte er ein. Ihm entging nicht, dass Luisa einen Augenblick zögerte, bevor sie antwortete.

»Ja, ich glaube schon. Obwohl sie viel Geld von ihren Eltern bekommt.«

»Wissen Sie, ob Sarah ein Stipendium erhalten hat?«

»Nein, hat sie nicht«, antwortete Luisa. »Sarah ist … war nicht die fleißigste Studentin, Sie müssen wissen.«

Es schien dem Mädchen sichtlich unangenehm zu sein, diesen Umstand ausgesprochen zu haben, doch das Thema reizte nun Nina Preußler, sich ins Gespräch einzuklinken.

»Im Gegensatz zu uns beiden war Sarah wohl eher das, was sich die Leute unter einem typischen Studenten vorstellen. Viel gefeiert, wenig gearbeitet, lange geschlafen und jede Lücke im System für sich genutzt.«

Luisa wandte sich entsetzt von ihrer Zimmergenossin ab: »Nina! Wie kannst du sagen so etwas! Das ist gemein!«

»Nein, es entspricht den Tatsachen, Luisa, das weißt du auch. Und ich habe ja nicht behauptet, dass das verwerflich ist. Es war halt ihre Art zu studieren.« Nina wischte sich trotzig die Tränen aus den Augenwinkeln. »Ich mochte Sarah genauso gerne wie du«, schob sie hinterher.

»Hatte Sarah einen Freund?«, fragte Franzi.

»Sarah hatte viele Freunde, aber keinen festen«, antwortete

Nina, sichtlich erleichtert, das Thema wechseln zu können. »In einer WG kriegt man so einiges mit, und wie gesagt, Sarah feierte gerne und oft.«

»Ich dachte, das sei ein katholisches Studentenwohnheim«, warf Lorenz ein. »Darf man hier überhaupt Besuch vom anderen Geschlecht haben?«

»Eigentlich nicht«, antwortete Luisa, »aber man muss nur gucken, dass der Besuch vor der Kontrolle morgens wieder verschwindet. Und wenn er das nicht schafft, ist es auch nicht schlimm, erwischt wird nie jemand.«

Aha, dachte Lorenz. Eine Lotterbude unter Aufsicht des Allmächtigen.

»Gibt es denn jemanden, der öfters hier war, oder können Sie uns sagen, mit wem Sarah immer so um die Häuser zog?«, erkundigte sich Franzi.

»Da fragen Sie am besten die Zachel Tanja«, antwortete Nina. »Mit der ist sie ganz oft ausgegangen. Wo sie wohnt, weiß ich nicht, aber sie arbeitet in der kleinen Bäckerei drüben am Rathausplatz.«

»Vielen Dank für den Hinweis. Ich würde gerne noch wissen, ob sich Sarah in irgendwelchen Schwierigkeiten befand. Hat sie Ihnen gegenüber vielleicht einmal etwas erwähnt oder ist Ihnen etwas aufgefallen?«

Luisa verneinte die Frage sofort, doch Nina stutzte.

»Da war schon etwas …«, antwortete sie. »Letzten Freitag ist ihr tatsächlich was sehr Seltsames passiert. Sie wurde auf dem Nachhauseweg von einem Stalker belästigt. Obwohl, belästigt trifft es nicht ganz. Beinahe zu Tode erschreckt schon eher. Ich habe sie dort Gott sei Dank zufällig gefunden, als ich von der Uni heimging, und gemeinsam konnten wir den Kerl in die Flucht schlagen. Ich habe Sarah nach Hause begleitet, aber sie war sehr verstört. Der Mann hatte eine schwarze Motorrad-Kluft an und ein schwarzes Motorrad und hat ihr wohl übel zugesetzt. Sie war völlig am Ende.«

Sieh an, die erste Spur, dachte Lorenz. Hat sich der Besuch hier schon rentiert.

»Konnte Sarah den Mann identifizieren?«

»Nein. Sie meinte, ihn nie zuvor gesehen zu haben.«

»Und Sie? Würden Sie den Mann wiedererkennen, wenn Sie ein Foto von ihm sehen würden?«

Etwas unsicher antwortete Nina: »Ja, ich meine, vielleicht. Es ging alles ganz schnell, müssen Sie wissen. Ich hatte mehr Augen für Sarah als für den Spinner. Und auch hatte ich große Angst, ich hätte mir fast in die Hose gemacht … Ich habe erst später realisiert, in welcher Gefahr wir uns befunden haben, aber der Typ ist ja gleich getürmt. Wenn Sie's probieren wollen, einen Versuch wär's wert, wenn Sie so eine Fotografie von ihm haben.«

Lorenz überlegte kurz, ob er ein Phantombild anfertigen lassen sollte, stellte das aber in Gedanken zurück. »Sie sagen, dass Sie Angst hatten. Hat der Mann Sie bedroht?«

»Na hören Sie mal!«, brach es aus der blonden Studentin heraus. »Es war dunkel, Sarah saß schluchzend auf dem Boden, der Typ in seiner Lederkluft beugte sich gerade über sie – natürlich hatte ich Angst! Aber Gott sei Dank sind wir mit dem Schrecken davongekommen.«

»Vielen Dank, Frau Preußler«, sagte Franzi. »Wir möchten uns jetzt gerne in Sarahs Zimmer umsehen, würden Sie uns bitte hinführen?«

Luisa blickte zu Nina, nickte und stand auf, während ihre Kommilitonin eins der großen Kissen umklammerte und auf der Couch zurückblieb.

Luisa war verführerisch kurvig und schritt mit einem formvollendeten Hüftschwung leicht- und barfüßig voran. Die beiden Beamten folgten ihr durch einen schmalen Flur in ein kleines Zimmer.

Zu Lorenz' besonderen Fähigkeiten zählte die Eigenschaft, dass er sich selbst winzige Details binnen Sekunden einprägen konnte. Gleich nachdem sie den Raum betreten hatten, begann er ihn zu analysieren, Unwichtiges von Wichtigem zu trennen und Letzteres abzuspeichern. Er schätzte, dass Sarahs Zimmer keine fünfzehn Quadratmeter maß, und trotzdem befand sich darin ein großer Schrank, ein Bett und direkt unter dem Fenster, das in einen Hinterhof zeigte, ein Schreibtisch. Letzterer war penibel aufgeräumt, die Stifte steckten in einem bunten Glasbecher. Ein kleines Plastik-Einhorn, ein zugeklapptes Notebook und eine Schreibtischlampe waren die einzigen Dinge, die sich sonst noch darauf befanden. Auf dem Schrank lagen ein großer Koffer und mehrere Plastiktüten, und auch unter dem Bett sah Lorenz verstaute Habseligkeiten. Sarah Lubner hatte den Platz, der ihr zur Verfügung stand, offensichtlich optimal genutzt. Die einzige unverstellte Wand war die, an der das Bett stand. Dort prangte ein Kalender, der eine halb angezogene Frau in einem Dirndlkleid zeigte. Daneben hing ein großformatiger Akt.

Dass es sich bei der Frau auf dem Bild um Sarah Lubner handelte, erkannte Lorenz nicht etwa am Gesicht, das im Schatten verborgen war, sondern an ihrer Tätowierung. Sarah kniete auf dem Foto in einer leicht seitlichen Perspektive, hatte einen Arm locker über die Brüste gelegt und den Kopf nach hinten geworfen, sodass ihr Orchideen-Tattoo als zentrales Element hervorstach.

Luisa, die Lorenz' Blick wohl bemerkt hatte, sagte: »Sarah hat sich gerne fotografieren lassen. Viele schöne Bilder, sie hat sie uns immer stolz gezeigt! Schauen Sie auch den Kalender an, sie war August!«

Lorenz nahm den Kalender von der Wand und blätterte zur ersten Seite, auf der unten der Titel prangte: »Trachtenstrip«. Darüber die Aufnahme einer Frau, die in einem Dirndl tanzte, sodass der Rock sich aufbauschte. Der Clou war der Standpunkt des Fotografen: Aus der Froschperspektive konnte der Betrachter dem Mädchen unter den Rock sehen und erahnen, dass sie keine Unterwäsche trug. Das Gesicht war nicht zu erkennen. Lorenz blätterte bis zum August. Jeder Monat wurde durch ein anderes Model repräsentiert, alle trugen bunte Dirndl, größtenteils freizügig, aber nicht unbedingt schmuddelig.

Lorenz war erstaunt. Er hatte Tracht bislang als synonym mit Langeweile betrachtet. Traditionelle Kleider hingen in seiner mentalen Mottenkiste gleich neben liturgischen Gewändern und Anwaltsroben. Nun stellte er erstaunt fest, dass ein Dirndl tatsächlich sexy sein konnte. Die Kleider im Kalender waren allesamt mit aufwendigen Bestickungen und Verzierungen versehen. Er machte edel wirkende Seidenstoffe, Pailletten und komplexe Muster aus. Dazu trugen manche der Frauen aufwendige Blusen, einige im schulterfreien Carmen-Stil, andere mit Puffärmeln. Auch deren Stoffe schienen hochwertig und waren großteils hauchzart bis transparent. Und jede der abgelichteten Frauen sah in ihrem Dirndl geradezu hinreißend erotisch aus. Miss März räkelte sich auf einem Picknick-Tuch mit unanständig weit hochgezogenem Rock, Miss Juni hatte ihr Oberteil bis zum Nabel aufgeknöpft und goss sich Milch über das Dekolleté. Es gab ein Motiv, auf dem ein Mädchen wie eine Nymphe im Dirndl aus einem See stieg, und ein anderes, welches die Protagonistin in Rückenansicht mit bis kurz unter den Hinternansatz heruntergelassenem Dirndl auf einer saftigen Wiese mit Bergpanorama zeigte.

Der August gehörte Sarah Lubner, die auf einer Holzbank vor einem alten Bauernhaus saß, im roten Trachtenkleid mit schwarzen Pumps, einen Fuß auf die Bank gestellt, die Augen geschlossen, mit genießerischem Gesichtsausdruck, eine Hand am Hals, die andere im Schritt. Das Motiv war weniger freizügig als die anderen, zumindest gemessen am Grad der Nacktheit. Sarah zeigte keine unbedeckten Brüste, und auch der Schambereich war durch ihre Hand verdeckt, trotzdem war die Intention des Bildes Lorenz sofort klar.

Auf der Rückseite des Kalenders fand Lorenz eine Internetadresse und notierte sich diese. Währenddessen untersuchte Franzi den Schreibtisch.

»Was machen wir mit dem Laptop?«, fragte sie Lorenz.

»Pack ihn ein. Wir lassen ihn zusammen mit dem Handy, das wir am Tatort gefunden haben, untersuchen.«

Franzi verstaute das Gerät in einer Plastiktüte und versiegelte diese. Dann ließen sich die beiden Beamten noch das Gemeinschaftsbad der WG zeigen, fanden aber unter Sarah Lubners Habseligkeiten keinen Hinweis auf die Drogen, welche die Gerichtsmedizinerin festgestellt hatte. Und sowohl Luisa Sola als auch Nina Preußler behaupteten, nichts von ärztlich verordneten Medikamenten zu wissen. Also verabschiedeten sich Lorenz und Franzi und machten sich auf den Weg zurück in die Inspektion.

»Nach allem, was ich über das Opfer weiß, wundert mich ehrlich gesagt, dass ihre Eltern ihre Tochter in solch eine kleine Studentenbude gesteckt haben. Immerhin hat ihr Vater sich eine ansehnliche Möbelexport-Firma aufgebaut, zumindest der Website des Unternehmens nach zu urteilen …«, sagte Franzi, während sie auf dem Display ihres Smartphones herumtippte.

Ein ähnlicher Gedanke war Lorenz auch schon gekommen, und er war gespannt, was das Gespräch mit Sarahs Eltern ergeben würde. Er wählte die Nummer, die in der Fallakte hinterlegt war, erreichte aber nur den Anrufbeantworter mit einer seriös klingenden Männerstimme. Lorenz sprach eine kurze Nachricht auf Band und hinterließ seine Handynummer. Dann setzte er Franzi bei ihrem Wagen ab und kehrte in sein Büro zurück. Er wollte unbedingt wissen, was er wohl auf der »Trachtenstrip«-Homepage finden würde.

Trachtenstrip

Dienstag, Tag 1 nach dem Mord an Sarah Lubner

Lorenz Hölzl saß mit einer Tasse Kaffee an seinem PC in seinem Büro in der Inspektion und tippte die Internetadresse, die er sich notiert hatte, in den Browser ein. Es öffnete sich eine Webseite mit unzähligen Bildern in jenem Stil, wie Lorenz sie im »Trachtenstrip«-Kalender gesehen hatte. Die meisten waren frei zugänglich, ein Extra-Bereich der Seite war jedoch nur mit einer kostenpflichtigen Mitgliedschaft erreichbar und warb mit besonders freizügigen Fotos. Er kramte seine Kreditkarte aus dem Portemonnaie und bestellte für den Preis zweier Pizzen ein Monatspaket.

Während er auf die Zugangsdaten wartete, klickte er sich durchs Impressum und stieß auf den Namen Cornelius Wagner, Inhaber der Seite und Fotograf aus Moosbichl, einem Ortsteil von Bad Feilnbach. Eine kurze Suchmaschinen-Recherche brachte ein spartanisches Fotografen-Portfolio zutage, auf dem er im Bereich »Dessous und Akt« auch Fotos von Sarah Lubner fand. Er notierte sich Wagners Kontaktdaten und wählte die im Impressum angegebene Mobilfunkrufnummer. Als nach dem zweiten Versuch trotzdem nur die Standardansage, dass der gewünschte Gesprächspartner derzeit nicht erreichbar sei, abgespult wurde, legte er wieder auf.

Sein Mailprogramm machte sich bemerkbar, die Zugangsdaten für den VIP-Bereich der »Trachtenstrip«-Seite waren angekommen. Lorenz loggte sich ein und staunte nicht schlecht über das, was er dort zu sehen bekam: Die zahlungspflichtigen Bilder waren tatsächlich von einer wesentlich offenherzigeren Art, auf ihnen präsentierten die Mädchen sich in verschiedensten Softporno-Posen, zwar immer mit Dirndl oder Lederhose, aber stets mit ausgefallenen Dessous oder teilweise und ganz nackt. Auf vielen Fotos waren zwei und in einem Fall sogar vier Mädchen zu sehen. Dieser Wagner muss eine Menge zeigefreudige Frauen kennen, dachte Lorenz und war sogar ein wenig neidisch auf den Kerl.

Eine der Galerien zeigte eine hübsche Blondine, die zusätzlich zum Dirndl indischen Schmuck trug und wie einem Bollywood-Film entsprungen schien. In einer anderen saßen zwei Schönheiten halb nackt im Trachtenkleid in einem Gebirgsbach und spielten aneinander herum. Und auch in diesem Bereich fand er Aufnahmen von Sarah Lubner. In einer prominent platzierten Galerie trug sie anstelle eines Dirndl-Oberteils eine rote brustfreie Lederkorsage und räkelte sich mit einem anderen dunkelhaarigen Mädchen in weißen Laken.

Lorenz hatte beim Betrachten der Bilder die Zeit vergessen. Es war kurz vor achtzehn Uhr, als er plötzlich vom Läuten seines Handys ins Jetzt zurückgerissen wurde. Eine ihm unbekannte Nummer leuchtete auf dem Display. Er hob ab.

»Kriminalpolizei Rosenheim, Lorenz Hölzl«, meldete er sich förmlich.

»Grüß Gott, hier spricht Manfred Lubner. Sie haben um Rückruf gebeten?«, antwortete dieselbe tiefe und ruhige Stimme, die Lorenz vor ein paar Stunden bereits auf Lubners Anrufbeantworter gehört hatte.

»Herr Lubner, vielen Dank, dass Sie sich bei mir melden. Ich bin der ermittelnde Kommissar, der den Fall Ihrer Tochter untersucht. Ich möchte Ihnen mein tiefes Beileid über Ihren Verlust aussprechen, Herr Lubner.« Pause. Doch Manfred Lubner schwieg in die Leitung, also schob Lorenz hinterher: »Wann können Sie es einrichten, dass ich Sie besuche? Ich habe ein paar wichtige Fragen an Sie.« Wieder dröhnte aus dem Hörer nur Stille. Lorenz fragte sich schon, ob Lubner vielleicht aufgelegt hatte oder aus der Leitung geflogen war, als dieser sich schließlich doch zu einer Antwort entschloss: »Natürlich können Sie uns besuchen.«

Kurz angebunden. Scheint niemand von der gesprächigen Sorte zu sein, dachte Lorenz und entgegnete: »Sehr gut. Haben Sie heute Abend Zeit? Je eher, desto besser.«

»Heute Abend ist es mir nicht recht, Herr Kommissar, es findet ein Rosenkranz-Gebet für meine Tochter statt. Im engen Familienkreis. Können wir den Termin auf morgen früh verschieben?«

Die Monotonie in der Stimme des Mannes ging Lorenz gewaltig auf den Keks. Er schob es jedoch auf Schock und Trauer und brachte es nicht übers Herz, Lubner seine Bitte abzuschlagen. »Einverstanden. Wo soll ich Sie besuchen?«

»Kommen Sie in mein Haus am Tegernsee, Seestraße fünf. Ich erwarte Sie um zehn Uhr. Ich wünsche Ihnen noch einen geruhsamen Abend.« Und mit diesen Worten legte er auf, ohne eine Bestätigung oder Antwort von Lorenz abzuwarten.

Dieser starrte fassungslos auf sein Handy, atmete dann tief durch und murmelte: »Ein trauernder Vater. Ich möchte nicht mit ihm tauschen.«

Allerdings bedeutete Lubners Absage nun auch, dass er für diesen Abend nichts mehr zu tun hatte, und Lorenz hasste Untätigkeit. Er wählte erneut die Nummer des Fotografen, doch auch dieses Mal blieb sein Anruf unbeantwortet.

Schließlich rief er Franzi an. Die hatte sich in der Zwischenzeit um eine Liste der Halter schwarzer Motorräder im Landkreis bemüht, war aber an der Unbeweglichkeit der Zulassungsstelle gescheitert. Diese hatte dienstagnachmittags geschlossen, und wegen des morgigen Feiertags, dem Tag der Deutschen Einheit, konnte oder wollte der notdiensthabende Beamte Franzi die Liste nicht vor Donnerstag, wahrscheinlicher Freitag in Aussicht stellen. Jetzt musste sie eine Instanz höher gehen, um eine Sondergenehmigung für die Einsicht der Datenbank einzuholen, aber es würde sicherlich noch dauern, bis sie brauchbare Ergebnisse bekam. Auf dem Land mahlten die Mühlen eben langsamer.

»Ich werde nach dem Abendessen noch mal ins Büro fahren«, sagte Lorenz zu Franzi, obwohl er gar nicht wusste, was er dort anstellen sollte.

»Wirst du nicht. Hol mich um sieben ab, wir gehen zusammen aufs Eisrebenfest. Das beginnt heute. Einen kleinen Kulturschock verträgst du schon, und ich könnte mir vorstellen, dass wir dort vielleicht das ein oder andere interessante Gespräch über den Mord aufschnappen können …«

Auf Lorenz' Bildschirm räkelte sich gerade Sarah Lubner und leckte hingebungsvoll einen Maiskolben ab. Er sah auf die Uhr: kurz nach sechs. Besser als Nichtstun, dachte er.

»Na gut, meine Liebe, wenn du mich so charmant darum bittest, kann ich natürlich nicht widerstehen. Ich werde jetzt in die Pension fahren und mich frisch machen. Bis später.«

Als Lorenz in die Pension zurückkam, war Frau Gruber nicht zu Hause. Wahrscheinlich würde er sie später auf dem Weinfest-Gelände finden. Er ging in sein Zimmer und duschte ausgiebig. Während er sich rasierte, vibrierte sein Handy. Sein Vater rief an. Nun, das passte ihm gerade ganz gut, er hatte ihm eh von seinem neusten Fall erzählen wollen.

»Papa, *buona sera*! Schön, von dir zu hören! Was macht der Hof?«, begrüßte Lorenz seinen Vater.

»Lorenzo, *figlio mio*! Du musst besuchen kommen, die neue Legebatterie ist fertig!«

Lorenz' Vater sprach seinen Sohn immer noch mit seinem vollen Vornamen an. Lorenz hatte das »o« abgelegt, als er mit der Schule fertig geworden war. Den Leuten kam das ungewohnte »Lorenzo« nur schwer über die Lippen, und er hatte schon genug damit zu tun, ihnen auszureden, ihn mit dem in Bayern viel geläufigeren »Lenz« anzusprechen. Etwas, was er gar nicht leiden konnte.

»Papa, ich kann gerade nicht. Ich stecke mitten in den Ermittlungen zu einem Mordfall«, antwortete Lorenz.

»Ein Mord? Lorenzo, du sollst dir suchen eine Frau und keine Toten! Zu viele Tote sind schlecht für Gemüt! Was ist denn passiert?«

»Ich hab's mir nicht ausgesucht, Papa. Eine junge Frau wurde umgebracht, und so, wie es aussieht, war sie in eine recht verrückte Geschichte verwickelt, in der es um Erotik und Trachten geht. Ich habe mir gerade die Bilder einer interessanten Internetseite namens ›Trachtenstrip‹ angesehen. Lauter schöne Mädchen in Dirndl-Kleidern, die sich ausziehen!«

»Ah, darfst du ermitteln in Rotlicht, eh?«

Lorenz konnte das verschwörerische Zwinkern seines Vaters durch den Telefonhörer förmlich spüren. Für ihn war der Beruf seines Sohnes so verwegen, wie er das aus den alten italienischen Kriminalfilmen mit ihren borstigen und harten Ermittlern und

Polizisten kannte. Immer pendelnd zwischen Gefahr und Tod, stets im Clinch mit der Mafia und mit einem leichten Mädchen an jeder Hand. Umso mehr verwirrte es ihn, dass Lorenz einfach nicht die Frau fürs Leben zu finden schien, bei der Auswahl, die ihm doch tagtäglich zur Verfügung stand.

»Nein, Papa, ich glaube nicht, dass es mit Rotlicht zu tun hat. Mit Dirndl meine ich die bunten Kleider, die die Frauen auf dem Oktoberfest tragen!«

Jetzt schien seinem Vater ein Licht aufzugehen. Früher war er selbst gerne aufs Oktoberfest gefahren und hatte es dort krachen lassen. Mittlerweile konnte er sich diese Reisen nicht mehr leisten. Das neue Wissen sorgte bei ihm allerdings offenbar nicht dafür, weniger schlüpfrige Gedanken zu hegen: »Oktoberfest? Ich beneide dich. Lass uns tauschen, du kümmerst um Hühner und Ziegen, ich ermittle! Wann soll ich kommen?«

»Papa, du bist ein alter Lustmolch. Bayern ist nicht das Oktoberfest, so wie Rimini nicht Italien ist. Hier geht's nicht überall so zu wie in deiner Phantasie und deiner Erinnerung«, sagte Lorenz, bevor er sich von seinem Vater verabschiedete und in sich hineinschmunzelte.

Eisrebenfest

Dienstag, Tag 1 nach dem Mord an Sarah Lubner

Lorenz wusch sich den Rasierschaum aus dem Gesicht und schlüpfte in eine Jeans und ein marinefarbenes Poloshirt. Dann kramte er die Lacoste-Slipper aus dem Schuhschrank, nahm sein Jackett und machte sich auf den Weg zu Franzis Adresse. Er folgte dem Navi und landete ein paar Kilometer vor Rosenheim in einer mit viel Grün bewachsenen Wohnsiedlung.

Franzi lebte in einem kleinen Holzhaus, das er zunächst für einen exklusiveren Gartenschuppen gehalten hatte. Das Gebäude stand inmitten eines Gartens, hinter dessen akkurater Pflege Lorenz einen zum Landschaftsarchitekten umgeschulten Stabsfeldwebel vermutete. Der Rasenschnitt wäre eines englischen Schlosses würdig gewesen, kein Unkraut, kein Laubblatt verunstaltete ihn. Ein penibel gekehrter Weg aus Schiefersteinplatten führte zur Haustüre, und bei näherer Betrachtung war das Häuschen durchaus nett anzusehen. Es erinnerte an ein kanadisches Forsthaus, mit Wänden aus dicken, runden Baumstämmen, in welche die Erbauer großzügige Fenster geschnitten hatten. Der rustikal-gemütliche Eindruck wurde vom feine Rauchwölkchen ausschmauchenden Kamin vervollständigt.

Lorenz vergewisserte sich nochmals, dass er tatsächlich bei der richtigen Adresse gelandet war, und betätigte die Glocke. Einen Augenblick später öffnete ihm Franzi die Tür, und Lorenz stellte widerstrebend fest, dass sein Herz schneller schlug: Seine Partnerin trug ein braunes Dirndl, knielang, mit lila Schürze.

»Du hast also auch so ein Ding?«, fragte er sie zur Begrüßung.

»Natürlich!«, antwortete Franzi. »Und nicht nur eins. Ich mag Trachtenkleider. Komm herein, ich bin gleich fertig!«

Das viele Holz verlieh dem etwa fünf auf fünf Meter großen Wohnraum eine behagliche Wärme, ein Eindruck, der durch den großen Holzofen gleich neben der Tür noch verstärkt wurde. Lorenz blickte sich verwundert um. Da stand ein massiver Tisch aus Rosenholz mit zwei Bänken. Es gab eine Kochnische, deren Schrankwände und Schubladen mit demselben Holz verkleidet waren wie jenes, aus dem das Haus bestand. Dann waren da noch eine schlichte, mit weißem Leder bezogene Couch mit einem großen Schafwollteppich davor, ein Bücherregal und ein großer Ficus in der Ecke. Keine Bilder an den Wänden, keine schmückenden Accessoires, keine Kerzen und was Lorenz sonst so im Zuhause einer jungen Frau erwartet hätte. Alles war sauber und aufgeräumt, sogar die Bücher im Regal schienen nach Größe und Farbe sortiert worden zu sein. Und all das wirkte auf Lorenz in wundersamer Weise befreiend und heimelig.

Franzi, die gerade aus dem Schlafzimmer kam, hatte seinen Blick bemerkt. »Wunderst du dich über meine Einrichtung?«

»Zugegebenermaßen, ja. Ein bisschen. Zumindest hätte ich das nicht von dir erwartet«, antwortete Lorenz.

»Ich habe vor einiger Zeit für mich entdeckt, dass weniger mehr ist«, sagte Franzi. »Ich bin in den vergangenen Jahren, bevor ich dieses Haus gemietet habe, sehr oft umgezogen, und jedes Mal habe ich mich über den ganzen nutzlosen Krempel geärgert, den ich von Wohnung zu Wohnung mitgezerrt habe. Manches aus nostalgischen Gründen, anderes, weil man es ja irgendwann einmal wieder brauchen könnte. Das ging dann so weit, dass ich manche Umzugskisten gar nicht mehr ausgeräumt habe. Und dann habe ich damit angefangen, rigoros auszusortieren. Ich habe alles, für das ich keine Verwendung mehr hatte, entsorgt. Dabei habe ich festgestellt, dass es mir leichter fiel, Dinge wegzugeben, wenn ich wusste, dass jemand anders sie weiterverwendet. Was ich beispielsweise bei eBay verkaufen konnte, habe ich dort verkauft. Kleidung habe ich an Altkleidersammlungen verschenkt. All das Zeug, das ich auf diese Weise nicht losgeworden bin, habe ich in schwarze Müllsäcke gepackt und bei meinen Eltern ein Jahr lang deponiert. Wenn ich innerhalb dieses einen Jahres nichts aus dem Sack gebraucht habe, ist er unbesehen in den Müll gewandert. Und so wurden es immer weniger Dinge, die ich mit mir herumschleppen muss«, erzählte Franzi.

»Wirklich beeindruckend, aber was bezweckst du mit diesem Verzicht?«

Franzi lächelte. »Das ist kein Verzicht«, sagte sie. »Im Gegenteil. Ich behaupte sogar, dass ich auf nichts verzichte und mir alles gönne, worauf ich Lust habe. Aber eben nur das. Der Minimalismus ist ungemein befreiend. Je mehr wir an nutzlosen Dingen mit uns herumschleppen, desto gebeugter gehen wir. Ich fühle mich so frei wie noch nie zuvor in meinem Leben!«

Und tatsächlich, Lorenz spürte in Franzis Haus eine luftige Leichtigkeit, ein Gefühl von Freiheit.

»Und wie gehst du mit Geschenken um?«, fragte er, zunehmend fasziniert. »Du hast doch auch Geburtstag und feierst Weihnachten, oder?«

Franzi fasste ihre Haare zu einem Pferdeschwanz zusammen und drehte sie zu einem Knoten ein, während sie antwortete: »Ja, das ist tatsächlich manchmal ein Problem, vor allem, weil in unserer Kultur das Schenken so hoch angesehen wird. Meine Familie und Freunde kennen aber mittlerweile meine Einstellung. Deshalb habe ich eine Wunschliste eingeführt. Und wenn ich ein Geschenk dann doch mal nicht umgehen kann, mache ich eben gute Miene zum bösen Spiel. So, ich bin dann so weit!«, sagte sie und schlüpfte in ihre Ballerinas.

Lorenz war jedoch immer noch in minimalistischem Gedankengut gefangen. Er stellte fest, dass er unbewusst wahre Hamsterqualitäten kultiviert hatte. So nahm er zum Beispiel jeden Gratiskugelschreiber mit, den er kriegen konnte. Die schiere Masse an billigen Kulis in seinem Besitz würde wohl schon jetzt bis an sein Lebensende genügen. In seinen Umzugskartons, die derzeit in Frau Grubers Keller standen, fanden sich unzählige Videokassetten, obwohl er gar kein Abspielgerät mehr besaß. Und über die Menge an Schuhen, die er lagerte, aber nie wieder anziehen würde, wollte er am liebsten gar nicht mehr weiter nachdenken. Wie beneidenswert und wegweisend ihm da plötzlich Franzis Ansatz vorkam. Er nahm sich noch an Ort und Stelle vor, bei nächster Gelegenheit ebenfalls auszumisten.

»Kommissarin Graßmann an Kommissar Hölzl, können wir aufbrechen?«, schnarrte Franzi, bugsierte ihn durch den Türrahmen und sperrte hinter ihnen ab.

»Hast du eigentlich keine Lederhose?«, fragte sie ihn, als sie zu Lorenz' Auto liefen.

»Ich brauch keine Lederhose. Ich bin ja kein Einheimischer«, sagte er.

»Warst du noch nie auf dem Oktoberfest? Meinst du wirklich, jeder, der dort ein Dirndl oder eine Lederhose trägt, ist im Trachtenverein? Diese Kleidung ist hier längst überall salonfähig geworden! Außerdem schmeichelt sie der Figur. Bei den Frauen zumindest.« Franzi kicherte.

Das Dirndl stand ihr tatsächlich sehr gut. Ihr nicht gerade üppiger Busen wurde durch den Ausschnitt in die wohlig-pralle Form zweier frisch geernteter, saftiger Melonen gepresst, der eng geschnittene Mittelteil betonte ihre schmale Taille, und der Saum des Kleides bedeckte gerade noch die Knie, sodass ihre langen, makellosen Beine zu sehen waren. Ihre Haare waren wieder streng zurückgebunden, und sie hatte sich Perlen in die Ohren gesteckt. Lorenz tat schwer daran, sich auf den Verkehr zu konzentrieren.

Während der kurzen Fahrt nach Bad Feilnbach erzählte Lorenz ihr von der »Trachtenstrip«-Website und was er dort gefunden hatte, und Franzi lauschte gebannt. Schließlich bogen sie auf den bereits gut gefüllten Parkplatz auf dem Festgelände ein.

Das Eisrebenfest gehörte zu den größten Volksfesten des Voralpenlandes. Über die Jahre war aus einer anfangs kleinen Brauchtumsveranstaltung ein immer größeres Spektakel geworden, das mittlerweile eine Regionalmesse und mehrere Festzelte umfasste.

Im ältesten der Zelte, dem Pfaffenberger Zelt, trafen sich die Alten gern zum gepflegten Tratsch. Dort spielte den ganzen Tag traditionelle Blasmusik, die Männer hatten Bärte, sprachen starken Dialekt und beäugten das Treiben der Jüngeren meist misstrauisch und mit teils unverhohlenem Abscheu. Das war ihnen in gewisser Weise auch nicht zu verdenken, denn es waren die anderen beiden Zelte, welche das Eisrebenfest so legendär gemacht und ihm seinen verwegenen Ruf eingebracht hatten: Im Moosbichler Zelt feierten die jungen Leute im Apres-Ski-Stil ausgelassen, standen gewöhnlich schon am späten Nachmittag singend auf den Bierbänken, und die Zahl der jungen Frauen, die verzweifelt im Rosenheimer Kreiskrankenhaus aufschlugen, um sich die Pille danach verschreiben zu lassen, stieg jedes Jahr zum Eisrebenfest sprunghaft an. Im Steinwieser Zelt trafen sich die betuchteren Festbesucher, hier gab es statt Prosecco Champagner und statt des Hendls einen Fasan. Der Feierwut tat das allerdings keinen Abbruch, und wer abends ab acht Uhr zwischen den beiden Zelten stand, konnte nur schwer beurteilen, aus welchem der größere Krach schallte.

Tatsächlich kamen Jahr für Jahr mehr überregionale Gäste aufs Eisrebenfest. Die Hotels und Gästezimmer waren ausgebucht, die lokalen Medien voll von Berichten. Das freute den Kur- und Fremdenverkehrsverein und natürlich auch die Vermieter und Hoteliers, die Veranstalter und Aussteller, kurz alle, die am Eisrebenfest gut verdienten.

Naturgemäß gab es immer dort, wo die einen profitieren, auch die anderen, die es ihnen neideten oder schlicht gegensätzliche Ansichten und Standpunkte vertraten. So waren die Vertreter der Gebirgstrachten-Erhaltungsvereine gegen den Ausverkauf von Kultur und Tradition auf dem Weinfest. Sie beklagten den Verfall von Pflege und Ansehen der Tracht, wehrten sich gegen Pailletten am Dirndl und gegen Halstücher bei den Männern und prangerten sowohl den hemmungslosen Alkoholkonsum als auch die Vergnügungssucht an. Allerdings gehörten gerade die jüngeren Mitglieder ihrer Vereine zu jenen, die zuerst auf den Bierbänken standen.

Eine weitere Streitpartei waren die direkt am Festgelände wohnenden Hausbesitzer und Mieter, die seit Jahren, auch gerichtlich, gegen die Lärmbelästigung durch das Spektakel anzukämpfen versuchten. Doch auch hier fand man den Nachwuchs der streitbaren Eltern mit großer Wahrscheinlichkeit Abend für Abend beim Feiern in den Zelten, mit dem feinen Unterschied, dass dieser meist über ein wohl gefülltes Paket an Freimarken verfügte, die den Anwohnern als Friedens- oder Beschwichtigungsgeschenk in die Briefkästen geworfen wurden.

Es war Viertel nach sieben, als die beiden Kriminalbeamten das Festgelände betraten. Dort herrschte ein Treiben wie in einem Bienenstock kurz vor der ersten Blüte: Gewaltige Menschenmengen drängten sich an den Ständen vorbei, die Ohren dröhnten vom kirmestypischen Geräuschpegel. Eine breite Palette an Düften schwängerte die Luft, von solchen, die süße Leckereien versprachen, bis hin zu jenen, die von einer schwitzenden, drängelnden und aufgeregten Menschenmasse üblicherweise ausgesondert wurden.

Lorenz war mit dem Gewühl überfordert und nur bestrebt, seine Partnerin nicht aus den Augen zu verlieren. Die steuerte zielstrebig auf eines der Festzelte zu. Kurz vor dem Eingang wurden die beiden plötzlich von einer aufgeregten Frau Gruber abgefangen.

»Ja, grüß euch! Des freut mich aber, dass ihr auch da seid's!«

Die alte Frau packte Franzi an der Hand und zog sie mit bemerkenswerter Kraft und Entschlossenheit ins Innere des Pfaffenberg-Zeltes, wo diesige Luft unter der Decke hing und wuchtige Blasmusik dröhnte. Lorenz dackelte benommen hinter den Frauen her. Überall liefen geschäftig aussehende Bedienungen mit Tabletts voller Schweinshaxn und Hendln umher, schleppten Dutzende Weinflaschen und Gläser durch die Reihen. Frau Gruber bugsierte sie zu einem Tisch im hinteren Drittel des Zeltes, an dem bereits drei Männer und zwei Frauen saßen, die die Neuankömmlinge überrascht musterten.

»Darf ich vorstellen, des ist der Hölzl Lenz, der jetzt bei mir oben wohnt, und seine Kollegin, die Franzi Graßmann.« Frau Gruber plusterte sich auf wie eine ihrer rostbraunen Glucken daheim im Hühnerstall und war offensichtlich äußerst stolz auf ihre Begleitung.

»Eigentlich heißt das Lorenz und nicht –«, setzte Lorenz an, doch Frau Gruber ignorierte ihn einfach.

»Des is der Neuberger Hans, Gauvorstand und gleichzeitig Vorstand von unserem Trachtenverein, und seine Frau, die Traudi.« Sie deutete auf einen älteren Herrn mit grauem Vollbart, buschigen Augenbrauen und einem Trachtenhut, der von einem beeindruckend großen Gamsbart gekrönt wurde. Auch der Rest seiner Kleidung war traditionell, er trug eine knielange dunkle Lederhose und ein grünes Filzjackett über einem weißen Hemd mit einer Tuchkrawatte. Er zog andeutungsweise seinen Hut und nickte.

Gertraud Neuberger war von einer kräftig-gemütlichen Statur und hatte ein hochgeschlossenes lindgrünes Leinendirndl an. Ihr ergrautes Haar war zu einem Dutt hochgesteckt, sie hatte rote Backen und ein freundliches Lächeln im Gesicht.

Der Mann, der den beiden gegenübersaß, wurde Lorenz und Franzi als Christoph Lentner vorgestellt, Kommandant der örtlichen Gemeindefeuerwehr. Lentner hatte kurze, sich lockende blonde Haare, und Lorenz schätzte ihn auf Mitte dreißig. Auch er trug eine Lederhose, dazu allerdings nur ein rot kariertes Hemd, dessen Ärmel hochgekrempelt waren, und eine graue Strickweste. Das fand Lorenz bei der im Zelt herrschenden hohen Temperatur angemessener als der Aufzug des Gauvorstands. Der Kommandant war ihm sofort sympathisch, was wohl nicht zuletzt daran lag, dass Lentner sich erhob und Franzi und ihm zur Begrüßung die Hand reichte.

Das verbliebene Paar am Tisch wurde ihnen als Herr und Frau Eibl vorgestellt. Bernhard Eibl war der örtliche Kurdirektor. Mit seiner leicht untersetzten Statur wirkte er auf Lorenz ein wenig gedrungen. Als Einziger der drei Männer am Tisch trug er keine Lederhose, sondern eine dunkle Jeans mit weißem Hemd. Sein Haar war militärisch kurz geschnitten, sein Dreitagebart sauber rasiert. Er erschien Lorenz mit seinen Anfang vierzig etwas jung für einen Direktor, allerdings musste er sich eingestehen, dass er nicht die leiseste Ahnung hatte, welches Aufgabenfeld ein Kurdirektor zu bearbeiten hatte. Eibls Frau, eine überaus attraktive Blondine, die ihre Haare zu einem Zopf geflochten hatte und ein edel wirkendes Dirndlkleid trug, lächelte ihnen zu. Auch Eibl stand auf und bedachte Franzi und Lorenz je mit einem kräftigen Händedruck.

Als alle am Tisch Platz genommen hatten, sagte Eibl: »Sie ermitteln also im Fall des toten Mädchens?«

Lorenz setzte zu einer Antwort an, wurde jedoch durch eine

Bedienung unterbrochen, die einen Strauß Weinflaschen vor ihm auf den Tisch knallen ließ.

»Rot oder weiß? Oder Bier?«, schnalzte sie.

Lorenz bestellte ein Radler, Franzi einen Spezi.

»Ja, wir bearbeiten den Fall«, sagte Lorenz und rieb sich den Nasenrücken. Er schwitzte.

»Haben Sie die Internetseite unserer Tageszeitung gesehen?«, fragte Eibl. »Da lautet derzeit der Aufmacher: ›Schreckliches Verbrechen auf der Kohlgrub-Alm. War es ein Liebesmord?‹ Sie können sich sicherlich vorstellen, dass ich mir bessere Publicity für einen Kurort vorstellen könnte.«

Lorenz dachte an den Reporter, den Franzi heute Morgen vom Tatort verscheucht hatte. Er hatte diese Art der Berichterstattung nie verstanden. Worin lag der Nachrichtenwert von Morden, Unfällen und sonstigen Unglücken? Was war so berichtenswert an einem schweren Autounfall, bei dem eine halbe Familie ausgelöscht worden war? Seiner Meinung nach gingen die Aufarbeitung von Familiendramen und die Toten irgendwelcher Unglücke ausschließlich die Angehörigen und die beteiligten Behörden etwas an, keinesfalls jedoch die Öffentlichkeit. Doch anscheinend wollten die Leute genau so etwas lesen.

»Kannten Sie denn das Mädchen?«, fragte Lorenz den Kurdirektor.

»Sarah Lubner? Nein, mir war sie bis dato völlig unbekannt. Und weil mir gerade aufgefallen ist, dass Sie überrascht die Augenbraue hochgezogen haben: Das Buschtrommelnetzwerk funktioniert hier ganz vorzüglich. Der Vorfall ist bereits Thema Nummer eins, und jeder weiß, wer die junge Dame war«, sagte Eibl.

Lorenz lächelte, nahm sich jedoch vor, den Wahrheitsgehalt dieser Aussage zu prüfen. Er fragte weiter: »Kennen Sie einen Kalender namens ›Trachtenstrip‹?«

Eibl wollte gerade zu einer Antwort ansetzen, als Neuberger ihm ins Wort fiel: »Der Drecks-Kalender, der! Des is eine solche Schand für unser'n Ort, ich find ja nach wie vor, dass du da einschreit'n müsstest, Berni.«

Für diesen Ausbruch kassierte Neuberger einen Ellbogenstoß von seiner Frau.

Franzi schaltete sich ein: »Was haben Sie denn gegen den Kalender einzuwenden?«

»Des is einfach eine Verunglimpfung von unserer Tracht und unserem Brauchtum, da könnt's alle sagen, was wollt's.« Er schniefte geräuschvoll und fuhr fort: »Kennen Sie die Fotos? Junge Madl'n, halb nackert in diesen Zirkus-G'wändern. Der Fotograf, der sagt immer, des sei eine Hommasch an die Tracht. Ich sag, des is a Sauerei. Außerdem is des ja gar keine Tracht mehr, denn diese ganzen neumodischen Designer-Dirndln, des hat doch gar nix mehr mit dem zu tun, wie des früher mal war.« Er streifte Eibls Frau mit einem Blick und umklammerte seinen Maßkrug.

»Der ›Trachtenstrip‹ spaltet hier von jeher die Gemüter«, erklärte Lentner, der Feuerwehrkommandant. »Ich find den eigentlich ganz lustig, auch wenn der Hans des gar nicht verstehen kann. Wahrscheinlich nehm ich die Geschichte auch nicht so ernst wie er und mir gefallen einfach die jungen Madl'n.«

Er lachte laut, was Neuberger zu einem gebrummelten »Dadrin zieh'n sich ja auch keine Feuerwehrweiber aus« veranlasste.

Darauf meldete sich Eibl wieder zu Wort: »Ich kann den Hans schon verstehen, aus seiner Warte muss er das fast als Affront werten, was der Wagner da treibt. Aber mir sind die Hände gebunden, und selbst wenn ich könnte, würde ich nicht einschreiten. Man kann nicht hergehen und einfach verbieten, was einem nicht passt.«

»Ich hab's dir schon einmal g'sagt«, erwiderte Neuberger, »du musst dich entscheiden, was dir wichtiger ist. Du profitierst doch ganz b'sonders davon, wenn bei uns des Brauchtum gepflegt und g'lebt wird. Auf jedem deiner Prospekte is mindestens ein Plattler drauf! Des dürf'n wir uns ned durch so einen Schliafe kaputt machen lassen!«

»Ge', Buam, jetz' reißt's euch aber zusammen! Wir haben Gäste da und ihr habt's nix Besseres zum Tun, als zum Streiten!«

Frau Gruber unterstrich ihr Machtwort mit einer Bewegung ihres Weinkelchs, den sie wie ein Schwert in die Tischmitte schwang, was ein Klirren anstoßender Krüge und Gläser sowie eine kurze Schweigepause, in der alle mit Trinken beschäftigt waren, zur Folge hatte.

»Kommen Sie später mit rüber ins Moosbichler Zelt? Nach dem Essen?«

Obwohl die Worte an sie beide gerichtet waren, merkte Lorenz, wie Lentner Franzi dabei ansah. Diese sagte zu und Lorenz ebenfalls. Er spürte einen seltsamen Stolz in sich keimen, welcher es ihm nicht erlaubte, seine Kollegin allein mit dem Feuerwehrkommandanten losziehen zu lassen. Außerdem fühlte er sich mit der Situation hier leicht überfordert. Im ganzen Zelt, das bestimmt fünfhundert Quadratmeter bemaß, waberte die Hitze. Überall drängten sich Menschen durch die Gänge, Blasmusik dröhnte in seinen Ohren. Er sah, wie sich der viel zu warm angezogene Gauvorstand den Hut vom Kopf nahm und seine von Schweißperlen übersäte Stirn mit einem Tuch abwischte, und bemerkte dabei, dass ihm selbst auch der Schweiß den Rücken hinablief.

Er hatte keinen Hunger, die Menschenmassen schlugen ihm aufs Gemüt, und deshalb bestellte er sich, solange die anderen ihr Abendessen verzehrten, eine weitere Maß kühlen Radlers. Während sich Franzi abwechselnd mit dem Feuerwehr-Kommandanten und Frau Gruber unterhielt und er selbst noch ein paar Worte mit dem Kurdirektor und seiner Frau wechselte, dachte er über die verrückte Szenerie nach, in der er sich gerade befand. Er saß in einem überfüllten Festzelt in einem kleinen Kuhkaff am Rande der Berge, achthundert Kilometer entfernt von der Stadt, in der er bis vor wenigen Tagen sein halbes Leben verbracht hatte, und untersuchte einen Mordfall. Und jetzt saß er mit gleich zwei Verdächtigen an einem Tisch. Der Gauvorstand hatte ein Motiv, immerhin hasste er den »Trachtenstrip«-Kalender. Es war gut möglich, dass Neuberger von Sarah Lubners Teilnahme wusste, aber warum sollte er dann gerade sie aus dem Weg räumen wollen? An derselben Frage scheiterte er auch, als er über den Kurdirektor nachdachte. Auch dieser könnte eventuell ein Interesse daran haben, dass der vermeintlich rufschädigende Kalender verschwand. Mehr als

Neuberger musste Eibl aber klar sein, dass der Tod des Mädchens dem Kalender genauso gut nützen wie schaden konnte, wenn die Medien erst einmal auf die richtige Fährte gelockt waren.

Lorenz war fast am Boden seiner zweiten Maß angekommen, seine Armbanduhr zeigte kurz nach einundzwanzig Uhr an, als Bewegung in die Gruppe am Tisch kam. Die Eibls verabschiedeten sich, ihr Babysitter sei nur bis halb zehn bestellt, der Kurdirektor lud die beiden Beamten jedoch ein, ihn jederzeit in seinem Büro zu besuchen, wenn er dadurch zur raschen Lösung des Falls beitragen könne.

Frau Gruber wollte mit den Neubergers noch einen Feierabend-Schoppen trinken, und Lentner drängte ins Moosbichler Zelt. Er bugsierte Franzi und Lorenz zielstrebig ins Freie. Dort bekam Lorenz dank der beiden ungewohnt starken Radlermaß eine ordentliche Frischluftwatsch'n geschallert.

Hatte er die Enge im Pfaffenberger Zelt schon bedrückend gefunden, so kam ihm die Atmosphäre im Moosbichler Zelt regelrecht apokalyptisch vor: Kaum jemand saß hier noch auf seinem Platz, der Großteil der Menschen stand auf den Bierbänken und grölte lauthals einen Schlager von STS. Kondenswasser tropfte von der Decke auf die feiernden Massen, Bedienungen walzten mit schrillen Trillerpfeifen im Mund durch die Menge, und wer ihnen nicht schnell genug ausweichen konnte, bekam entweder einen Hörschaden oder eine Beule am Kopf verpasst.

Lentner hatte offenbar gar nicht erst vor, in dem Gewürge einen Platz zu suchen, sondern steuerte eines der Bar-Areale an den Seiten an. Dieses hatte ein Strohdach und sah aus wie eine karibische Hütte. Hinter dem Tresen wuselten Kellnerinnen mit Hotpants im Lederhosen-Stil und schulterfreien Dirndlblusen herum, mixten im Akkord hochprozentige Spirituosen und brachten kistenweise kleine Pils- und Weinflaschen unter die wartende Kundschaft.

Lentner bestellte drei Stamperln mit italienischem Kräuterlikör und überreichte sie seinen Begleitern.

Während er sich mit Franzi unterhielt, wobei sich beide gegenseitig in die Ohren schreien mussten, um einander bei diesem Lärm zu verstehen, ließ Lorenz seinen Blick über die Menge schweifen. Das Moosbichler Zelt war in seinen Dimensionen sogar noch größer als das traditionelle Pfaffenberger. Das Publikum bestand größtenteils aus jungen Leuten, und Lorenz stellte erstaunt fest, dass sie nahezu ausnahmslos Dirndl und Lederhosen trugen. Nach und nach wurde ihm das Ausmaß des Kults, der hier um die Tracht gepflegt wurde, immer bewusster, und er ertappte sich dabei, dass er an sich herunterblickte und sich fast für seine Jeans und das Jackett schämte. Immerhin hatte er die dunklen Lederschuhe an, die sahen wenigstens ein bisschen nach Tracht aus.

Da fiel ihm plötzlich ein Mann mit einem Fotoapparat auf. Lorenz konnte sein Gesicht nicht erkennen, weil er leicht seitlich zu ihm stand und durch den Sucher seiner Kamera blickte. Jeder, der das Objektiv des Mannes auf sich gerichtet sah, straffte sich sofort, warf sich in Position und versuchte offensichtlich, möglichst vorteilhaft zu erscheinen. Drei Mädchen legten zuerst die Arme umeinander und lachten in die Kamera, dann rief der Fotograf ihnen etwas zu und alle drei fassten sich an den Ausschnitt, drückten ihr Dekolleté zusammen und ließen sich mit zum Kussmund gespitzten Lippen ablichten. Der Fotograf belohnte sie, indem er ihnen das Bild im Display seiner Kamera zeigte, dann drehte er sich um und kam in Richtung Bar, wo er aber sofort wieder von einer weiteren Gruppe Jugendlicher aufgehalten wurde, die um ein Foto baten. Lorenz war sich sicher, Cornelius Wagner, dessen Foto er auf seiner Website gesehen hatte, vor sich zu haben. Er berührte Lentner an der Schulter, deutete auf den vermeintlichen Wagner und brüllte Lentner ins Ohr: »Ist das dort drüben nicht der Fotograf des ›Trachtenstrip‹-Kalenders?«

Lentner zog die Augenbrauen hoch und rief: »Ja, das ist er. Moment, ich hole ihn her.« Er formte mit den Händen einen Trichter vor dem Mund und schrie: »He, Conny!«

Es brauchte einige Conny-Rufe, bis der Angesprochene den Kopf drehte, den Feuerwehrkommandanten erblickte und ihm bedeutete, dass er gleich herüberkommen würde.

Als Wagner schließlich zu ihnen stieß, hatte er ein breites

Grinsen im Gesicht und sagte anstelle einer Begrüßung: »Es ist immer wieder erstaunlich, wie wenige der Leute, die ich hier fotografiere, fragen, wofür ich die Bilder verwende. Hauptsache, sie sind auf einem Foto drauf, das irgendwo veröffentlicht wird und dokumentiert, dass sie sich heute Abend in Gesellschaft anderer hipper Leute einmal mehr an den Rand der Besinnungslosigkeit gesoffen haben.«

Er schüttelte Lentner mit kräftigem Druck die Hand und begrüßte Franzi mit einem gehauchten Handkuss, bei dem er ihr tief in die Augen blickte. Dann stellte ihm der Feuerwehrkommandant Lorenz vor.

»Kripo also? Was führt Sie in unser beschauliches Nest am Rande der zivilisierten Welt?«

Wagner war stämmig, sein wüstes Haar schweißnass, sein Trachtenhemd klebte ihm am Körper. Er hatte eine markante Nase und seine dunklen Augen musterten Lorenz aufmerksam.

»Wir führen hier Ermittlungen im Zusammenhang mit einem Todesfall durch. Kennen Sie eine gewisse Frau Lubner?«

Lorenz beobachtete Wagners Gesicht, doch der verzog keine Miene.

»Natürlich kenne ich Sarah. Sie ist eines meiner besten Fotomodelle. Wir hatten unzählige gemeinsame Shootings. Sie ist meine Muse!«

»Entschuldigt, tut mir leid, dass ich störe, aber ich muss mich leider verabschieden. Ihr habt ja jetzt Gesellschaft!«, brüllte Lentner plötzlich gegen den Lärm an. Er drückte Wagner eine Pilsflasche in die Hand, winkte Lorenz und Franzi zu und verschwand in der Menge.

Wagner nahm einen tiefen Schluck aus seiner Flasche und zuckte mit den Schultern, während Lorenz und Franzi etwas perplex dem Kommandanten nachschauten. Plötzlich schlangen sich zwei schlanke Arme von hinten um Wagner, und eine Hand griff ihm in den Schritt. Der Fotograf fuhr erschrocken zusammen und wirbelte um die eigene Achse, was ein lachendes und bildhübsches Mädchen zutage förderte. Sie hatte einige Freundinnen im Schlepptau, die Wagner sofort belagerten. Dieser sah die beiden Beamten entschuldigend an.

Lorenz ging ihre Möglichkeiten durch und entschied, dass hier und jetzt nicht der richtige Ort für ein Verhör war. Zum einen fühlte er sich bereits zu betrunken, und wenn er ganz ehrlich war, trieb ihn auch die irrationale Angst, dass der Mann Franzi um den Finger wickeln könnte.

»Schon gut, wir rufen Sie morgen an«, sagte er also zu Wagner.

Dieser kramte in seiner Hemdentasche und zog eine Visitenkarte hervor, die er dem Polizisten überreichte. »Wir können uns auch gerne morgen tagsüber treffen.«

Eine der jungen Frauen, eine hellhäutige Schönheit mit einem süßen Gesicht voller Sommersprossen, warf Lorenz, nachdem sie ihn von oben bis unten gemustert hatte, einen anerkennenden Blick zu und leckte sich über die Lippen, wandte sich dann aber wieder dem Fotografen zu und verschwand mit ihm und seinen Groupies in der Menge. Früher hätte Lorenz das bedauert, jetzt schwirrten seine Gedanken nur um seine Kollegin.

Den restlichen Abend tauchte Lorenz in einen warmen Schaum aus Trunkenheit und unauffälligem Schwärmen für Franzi. Sie blieben zunächst noch eine Zeit lang im Moosbichler und machten sich dann auf einen Absacker auf in das kleinere Weinzelt, das zwischen den Zelten als eine Art Bar fungierte. Dort war es dunkel und heiß, Franzi und er wurden zu Spielbällen der walzenden Menge, und mehr als einmal wurde Lorenz eng gegen seine Partnerin gedrückt.

Die Luft im Weinzelt war geschwängert vom Qualm der Zigaretten, um das Rauchverbot kümmerte sich hier keiner, der Bass der Lautsprecher brachte Lorenz' Zwerchfell zum Flattern. Und so wohl er sich auch in Franzis Gegenwart fühlte, so froh war er dennoch, als sie ihm schließlich mitteilte, nun genug zu haben und nach Hause zu wollen. Lorenz blickte auf seine Armbanduhr und stellte überrascht fest, dass es bereits kurz vor halb zwölf war. Als sie aus der Bar heraus und vom Festgelände herunter waren, blieb Franzi plötzlich stehen und hielt sich an Lorenz' Schulter fest. Sie zog ihre Schuhe aus und fluchte dabei lautstark.

»Diese Mist-Ballerinas, ich hätte sie vorher einlaufen sollen. Meine Füße schmerzen höllisch. Mir geht dieser Wagner nicht aus dem Kopf. Meinst, ich sollte mich auch mal von dem fotografieren lassen?«

Lorenz stutzte kurz ob des abrupten Themawechsels, was Franzi nutzte, um sich bei ihm einzuhängen. Barfuß stakste sie neben ihm her. Sie roch nach dem Fett, das in den Grillanlagen im Zelt zum Braten eingesetzt wurde, nach Rauch und Schweiß, ihre Haut war warm, so wie ihr ganzer Körper. Lorenz war hingerissen, doch ein neutraler Teil seines Gehirns fragte sich, wie viel der sich gerade entfachenden Leidenschaft dem Alkohol geschuldet und wie viel echte Zuneigung im Spiel war.

Da sie beide getrunken hatten, entschieden sie sich, das Auto stehen zu lassen. Das bedeutete zwar für Lorenz einen bestimmt halbstündigen Marsch zur Pension, aber den nahm er gerne in Kauf. Irritiert und mit einem alkoholgeschwängerten Zierdeckchen über seinen Gedanken antwortete er schließlich: »Ich kann ihn ja dann bitten, dass ich sein Beleuchter sein darf.«

Und nicht zum ersten Mal an diesem Abend wand sich etwas in ihm, wenn er an Franzi dachte. Er schob es auf den Alkohol.

Das Taxi, das Franzi telefonisch bestellt hatte, holte sie ein, Lorenz lehnte das Mitfahrangebot jedoch ab und verabschiedete sich von seiner Partnerin, indem er ihr einen scheuen, flüchtigen Kuss auf jede Wange hauchte, was ihr ein leises Kichern entlockte.

Wenig später spazierte er die Anhöhe hinauf, auf der Frau Grubers Pension lag.

Es war eine sternenklare Nacht, und Lorenz atmete tief durch. Die Luft strömte angenehm kühl in seine Lungen, und er blickte in den Himmel. Er fühlte sich leicht und frei und überlegte kurz, ob er einen der Apfelbäume am Wegrand umarmen sollte, entschied sich dann aber doch dagegen und beschränkte sich auf fröhliches Dahinschlendern und leises Vor-sich-hin-Pfeifen. Lang kam ihm der Weg ohnehin nicht vor, denn schon konnte er im Mondlicht Frau Grubers Haus ausmachen, zumindest wenn er die Augen ganz fest zusammenkniff und sich konzentrierte.

Was dann geschah, konnte Lorenz später nur noch mit

»Wuuusch, und vorbei war er!« beschreiben. Doch selbst wenn er nüchtern gewesen wäre, hätte er nicht viel mehr mitbekommen. Vielleicht hätte er das Knattern eher vernommen. Oder ihm wäre der Schatten, der eine Nuance dunkler als der Rest der Umgebung war und auf ihn zuraste, früher aufgefallen. Jedenfalls hörte Lorenz plötzlich ein Röhren, und ein Motorrad schoss ohne Licht an ihm vorbei, verfehlte ihn nur um Haaresbreite. Er erschrak so sehr, dass er rückwärts trat, die Senke am Straßenrand übersah und in den Graben kullerte. Klatschnass war er. Und er hatte weder ein Kennzeichen noch den Fahrer, der ohnehin einen Helm trug, erkennen können.

Mit klopfendem Herzen hörte er das Motorrad in der Nacht verschwinden, blieb noch eine Zeit lang unschlüssig in dem kleinen Rinnsal sitzen, krabbelte zurück auf die Straße und torkelte zur Pension.

Dort sah er dann auf der Türschwelle den Umschlag liegen.

A unmoralisch's Angebot

Donnerstag, 11 Tage vor dem Mord an Sarah Lubner

Der Bass dröhnte viel zu laut in Sarahs Ohren. Sie kippte ihren Prosecco in einem Zug hinunter und stellte das Glas im Vorbeigehen auf einem Stehtisch ab. Die anzüglichen Blicke der jungen Kerle, die um den Tisch herumstanden, nahm sie zwar wahr, ignorierte sie jedoch. Als sie Cornelius' Tisch erreichte, stand dieser sofort auf und ließ sie neben ihm auf der Bank Platz nehmen.

Die Tannenmühle war zum Bersten gefüllt. Es war Donnerstagabend, zehn Uhr, und wer sich nicht in einer der Sitznischen um die Tanzfläche herum in Sicherheit gebracht hatte, wurde von der wogenden Menge mitgerissen und verschluckt. Aus den Boxen drang ein wilder Mix aus Ballermann-Hits und Retorten-Liedern aus den aktuellen Charts, die routinierten Bedienungen hinter den Tresen schenkten im Akkord hochprozentigen Alkohol aus. Die Kneipe, mehr als das war das Etablissement im Grunde genommen nicht, galt gemeinhin als Phänomen. Hoch oben an einem Bergsee gelegen, diente sie als Mekka für feierwütige junge Leute mit Hang zu ausgefallenen Locations. Das Lokal war mit dem Auto nur über eine kurvige Passstraße hinauf zum Breitenberg-Joch zu erreichen, was stets einen Fahrer erforderte, der den Abend nüchtern durchstehen musste, während sich seine Freunde die anderen Besucher, und manchmal auch sich selbst, schön soffen.

An diesem Abend fuhr Cornelius. Tanja und Ludwig knutschten wild in der Ecke miteinander, als Sarah von Cornelius ein Glas mit perlendem Prosecco vor die Nase gestellt bekam. Zugleich schob er ihr sein Smartphone zu, auf dem er die bereits bearbeiteten Fotos von ihrem letzten Shooting gespeichert hatte.

Sarah blätterte durch die Auswahl. Die Bilder waren ausgesprochen gut geworden. Cornelius hatte sich für eine stark entsättigte Bearbeitung entschieden, die Fotos erschienen fast schon schwarz-weiß. Das machte sie vor der weißen Hohlkehle allerdings nur noch intensiver. In Sarah stiegen die Erinnerungen an das erotische Shooting wieder hoch und ihr wurde wärmer. Erst jetzt bemerkte sie, dass Cornelius sie erwartungsvoll ansah.

»Gefallen dir die Fotos?«, fragte er sie.

»Natürlich, sie sind wunderschön!« Sarah blickte ihm tief in die Augen und spürte, dass sich Cornelius' und ihr Oberschenkel unter dem Tisch berührten. Und da war er wieder, dieser Blick, den er ihr schon im Fotostudio zugeworfen hatte.

»Sarah, ich habe eine Idee für ein neues Projekt, mit dem du dein Geldproblem auf einen Schlag lösen könntest. Ich muss zugeben, ich habe eine Weile überlegt, ob ich mit der Geschichte an dich herantreten soll. Ich habe mich schließlich dann doch dafür entschieden, ganz einfach, weil du mein bestes Model bist.«

Sarah spürte, wie stechende Eifersucht auf große Neugierde prallte und einen wilden Reigen in ihr aufführten. Eifersucht, weil Cornelius sich offenbar erst dazu durchringen musste, sie in sein neues Projekt zu involvieren. Dabei hatten sie schon so viele seiner Ideen zusammen ausprobiert. Zum Beispiel damals, als Cornelius einfiel, ein Mädel im Dirndl durch den Regen laufen zu lassen. Er hatte sich von Freunden aus der Feuerwehr ein Löschfahrzeug auf eine Wiese fahren lassen und Sarah dann durch einen künstlichen Regenschauer gescheucht. Obwohl es ein heißer Sommertag gewesen war, hatte Sarah sich eine böse Blasenentzündung geholt. Aber die fertigen Fotos ließen das als verschmerzbares Übel erscheinen. Ein anderes Mal hatte sie sich über und über mit goldener Farbe bemalt, bis ausnahmslos jede Körperstelle geglänzt hatte. Dann fotografierte Cornelius sie in den verschiedensten Posen vor einem schwarzen Hintergrund im Studio und fertigte phantastische Low-Key-Fotos an, von denen eins sogar in ihrem Zimmer in ihrer Wohngemeinschaft hing. Und jetzt hatte er gezögert, mit seiner neuen Idee zu ihr zu kommen? Gleichzeitig platzte sie fast vor Neugierde, was er sich wohl nun wieder ausgedacht haben mochte.

»Wie wär's damit: Ich werde dir keine Szene machen, weil du nicht gleich zu mir gekommen bist«, sagte sie und setzte ein spitzbübisches Grinsen auf. »Nun spann mich nicht auf die Folter. Um was geht's?«

Wagner holte tief Luft.

»Ich will einen Film drehen. Gewissermaßen den ›Trachtenstrip‹ verfilmen.« Er blickte Sarah unverwandt in die Augen. Diese wusste mit seiner Ankündigung zunächst nichts anzufangen, hatte Wagner sie doch schon mehrmals bei Shootings gefilmt und das Ergebnis als Making-of-Video auf die Website gestellt.

»Der Titel des Films wird ›Dirndl Porno‹ lauten«, sagte er.

Sarahs erster Impuls war eine scharfe, ablehnende Antwort. Doch sie kannte Cornelius mittlerweile zu lange und zu gut, um sich seine Idee nicht zunächst einmal anzuhören. Sie signalisierte ihm mit einer hochgezogenen Augenbraue, dass er fortfahren solle. Er schien seine Worte mit Bedacht zu wählen, als hätte er sie bereits vielfach geübt.

»Ich glaube eine Möglichkeit gefunden zu haben, aus der ›Trachtenstrip‹-Geschichte endlich Profit zu schlagen. Seien wir ehrlich: Der Kalender ist zwar ein Hingucker, aber der ganz große Durchbruch wird uns damit wohl nicht mehr gelingen. Die aktuelle Ausgabe ist die Nummer acht, und ich habe es immer noch nicht geschafft, über eine Auflage von fünftausend Stück zu kommen. Mehr ist mit meinen begrenzten Mitteln einfach nicht drin, und ich weiß nicht, wie ich das ändern könnte. Und wenn ich ehrlich bin, will ich das auch gar nicht. Denn all das bedeutet Arbeit, und ich will nicht für mein Geld arbeiten müssen. Dass es auch ohne geht, zeigt im Kleinen die Internetseite. Einmal eingerichtet, muss ich nicht viel mehr tun, als ab und an neue Bilder einzustellen, und Tag für Tag verdient die Seite Geld. Und da kam mir die Idee mit dem Film. Der Trachten-Boom ist nach wie vor ungebrochen, nie war das Oktoberfest beliebter, nie haben die Leute mehr Trachten gekauft. Vor zehn Jahren wurdest du auf dem Eisrebenfest schief von der Seite angeschaut, wenn du ein Dirndl oder eine Lederhose anhattest, heute ist es genau andersherum! Dieser Boom muss auszunutzen sein! Und jetzt stell dir Folgendes vor: einen richtigen Skandal. Einen Porno in Tracht.«

Er holte tief Luft, und bevor Sarah etwas erwidern konnte, fuhr er fort: »Aber keine Neuauflage von diesen ollen Heimat-

Sexfilmchen von früher. Kein Wildbach, der durchs Unterhöschen rauscht, und kein Jagdrevier der scharfen Gämsen. Und auch kein niveauloser Schmutzfilm. Nein. Ich möchte einen verfilmten ›Trachtenstrip‹-Kalender. Einen Edelporno, der Geschichte machen wird. Und uns reich.«

Wagner lehnte sich zurück, spielte mit den Händen an seinem Sektglas und sah Sarah an.

Die fühlte sich überrollt und auch ein wenig bedroht, und die einzige Antwort, die ihr einfiel, platzte auch sogleich aus ihr heraus: »Du möchtest, dass ich eine Pornodarstellerin werde?«, zischte sie ihn an.

Wagner schien mit so einer Reaktion gerechnet zu haben, denn er antwortete unverzüglich: »Ja.«

Das nahm Sarah jeden Wind aus den Segeln. Sie blickte ihn verdutzt an, und er fuhr fort: »Sarah, denk mal nach: Ich habe es durchgerechnet. Wir könnten mit dem Film innerhalb eines halben Jahres mindestens eine halbe Million Euro verdienen. Der Aufwand dafür ist minimal, die Technik habe ich bereits, das Drehbuch und was wir sonst noch benötigen, ist schon vorhanden. Wir nutzen die Trachtenstrip-Website als Basis und vertreiben dort den Film. Es ist alles schon da! Zusätzlich verkaufen wir an die meistbietenden Erotik-Portale im Internet! Die lechzen geradezu nach Stoffen, mit denen sie sich vom »Youporn«-Allerlei abheben können! Und alles, was mir noch fehlt, ist eine schöne Darstellerin. Eine, die im Dirndl nach etwas aussieht. Die weiß, wie man sich vor einer Kamera bewegt, mit ihr flirtet. Komm schon, Sarah, du müsstest nichts tun, was du nicht auch schon bei einem Fotoshooting gemacht hast.«

Sarah fehlten die Worte. Zu vieles ging ihr im Moment durch den Kopf. Eine halbe Million Euro? So viel Geld für ein Video? Sarah hatte kein Problem damit, sich für Fotos auszuziehen, so großartig anders konnte dies also für einen Film auch nicht sein. Doch Sex vor der Kamera zu haben? Ging das nicht zu weit? Was würden ihre Eltern denken? Eine halbe Million Euro ... Mussten ihre Eltern es denn erfahren? Die meisten ihrer Fotos hatten sie doch auch nie gesehen ... Je länger sie nachdachte, desto verführerischer erschien ihr diese verrückte Idee. Allein bei der

Vorstellung, sich auf diese Geschichte einzulassen, spürte sie ein Kribbeln am ganzen Körper. Doch gleichzeitig schoss ihr eine ganze Batterie Fragen in den Kopf.

Während sie nachdachte, vergingen mehrere lange Minuten, Wagner war jedoch klug genug, sie nicht zu unterbrechen. Er sah sie nur leicht verunsichert an, als hätte er alles auf eine Karte gesetzt und harrte nun der Dinge, die da kommen würden.

»Ich wünschte, ich wäre anständig genug, dir jetzt sofort eine runterzuhauen, aufzustehen und zu gehen. Aber das bin ich wohl nicht. Gesetzt den Fall, ich würde mich darauf einlassen, wer wäre denn mein Filmpartner?«

Cornelius schien sichtlich erleichtert. Sarah sah, wie ihm ein Stein vom Herzen fiel, sie konnte das Rumpeln förmlich spüren. Ihre Entrüstung war wie weggefegt, sie konnte verstehen, warum er zunächst gezögert hatte. Jetzt deutete er wortlos auf den in der Ecke sitzenden und immer noch mit Tanja beschäftigten Ludwig.

»Nein!«, stieß Sarah verblüfft aus und ergriff unbewusst Wagners Oberarm. »Ludwig? Im Ernst? Weiß der etwa schon von deiner Idee?«

»Sie beide wissen es«, antwortete Wagner. »Und damit hätten wir dann auch schon die komplette Besetzung beisammen.«

Sarah fühlte sich, nicht zum ersten Mal in diesem Gespräch, überrollt. Ludwig Graser war Cornelius' Freund, natürlich hatte er ihm von seiner Idee erzählt. Und somit hatte es dann sicher auch Tanja erfahren, immerhin waren die beiden nun seit fast fünf Monaten zusammen. Ludwig war ein gut aussehender Kerl, groß, rasierter Schädel, äußerst muskulös, Feuerwehrmann. Sarah hatte ein paarmal mit ihm herumgeschäkert, mehr war zwischen den beiden allerdings nie gelaufen. Was nicht bedeutete, dass sie Ludwig nicht anziehend fand.

»Du wirst jedoch nicht mit ihm schlafen müssen«, unterbrach Cornelius ihre wirbelnden Gedanken.

»Doch nicht?«, stieß sie enttäuschter aus, als sie es sich eigentlich hatte anmerken lassen wollen.

»Nein«, antwortete er. »Das mute ich dir nicht zu, das ist Tanjas Aufgabe. Aber es freut mich, dass du Feuer gefangen hast!«

Cornelius grinste wie ein kleiner Schuljunge, der gerade der feschen Lehrerin unter den Rock hatte gucken können. Er schnappte sich einen Sektkorken und warf ihn zielsicher Ludwig an die Stirn. Der schreckte hoch wie ein Kettenhund und stierte irr umher auf der Suche nach dem Übeltäter. Als er Cornelius' Blick fing, sah dieser nur zu Sarah hinüber, nickte, und Ludwig verstand. Er ließ von Tanja ab, und die beiden rutschten zu Cornelius und Sarah auf.

»Na Süße, bist du an Bord?«, fragte Ludwig sie.

»Ist sie«, antwortete Cornelius an ihrer Stelle. »Und nun, Freunde, stoßen wir an.« Er hob sein Glas und sagte: »Lasst uns Geschichte schreiben.«

»Dirndl Porno«

Mittwoch, Tag 2 nach dem Mord an Sarah Lubner

Es handelte sich um einen DIN A5 großen Umschlag, auf dem in Druckbuchstaben mit Kugelschreiber »Kommissar Hölzl« geschrieben stand. Lorenz drehte den Umschlag verwundert hin und her. Im Inneren spürte er etwas Festes, Quadratisches in der Größe einer CD-Hülle.

Er blickte sich aus einem Reflex heraus um, konnte aber nichts außer von schwachem Sternenlicht durchsetzte Dunkelheit erkennen. Dann betrat er das Haus, schlich leise über die alte Holztreppe in den ersten Stock und huschte in seine Wohnung. Zumindest glaubte er, leise zu sein, in Wirklichkeit hatte Frau Gruber wohl nur einen überaus gesunden und vom Wein gesegneten Schlaf, sodass sie Lorenz' Gepolter die Treppe hinauf nicht hörte und auch nicht, als er sich im Flur der Länge nach hinlegte, ehe er schließlich sein eigenes Zimmer fand.

Dort angekommen entledigte er sich seiner nassen Kleider, stopfte seine teuren Schuhe mit Zeitungspapier aus und schlitzte dann unbeholfen mit dem Zimmerschlüssel den Umschlag auf. Er schüttelte tatsächlich eine CD-Hülle heraus. In ihr befand sich eine unbeschriftete DVD. Lorenz kramte seinen alten tragbaren Computer aus einer Schublade im Schreibtisch. Im letzten Moment fiel ihm ein, den Ärmel über die Hand zu ziehen, um die DVD nicht mit seinen Fingern zu berühren, dann schob er sie mit einiger Mühe in den Laufwerkschlitz. Das Video-Abspielprogramm öffnete sich. Anscheinend befand sich also ein Film auf dem Datenträger. Dieser begann nach einem kurzen Schwarzbild, während dem eine getragene Ziehharmonika-Musik einsetzte, mit der Einstellung eines wuchtigen Bergpanoramas. In altdeutscher Schrift wurde der Titel des Films eingeblendet: »Dirndl Porno«.

Lorenz spürte, wie sich ihm die Nackenhaare aufstellten und sich der Alkoholnebel lichtete. Er war nicht übermäßig überrascht, als er Sarah Lubner in einer Blumenwiese vor einer romantischen Almhütte im Gras liegen sah. Sie schien zu schlafen, die Kamera wanderte langsam von ihren bloßen Füßen die Beine hinauf, ihr Dirndl war weit nach oben gerutscht und hatte viel von ihren Oberschenkeln freigelegt. Das Kleid war eng geschnürt, ihr üppiger Busen hob und senkte sich langsam im Rhythmus ihrer Atemzüge. Es war ein seltsamer Anblick, das Mädchen lebend zu sehen, das er nur als Leiche kannte.

Sie seufzte zufrieden mit geschlossenen Augen und berührte sich zärtlich am ganzen Körper. Da fiel ein Schatten auf ihr Gesicht. Sie blinzelte verwirrt. Ein Gegenschwenk der Kamera offenbarte den Grund für die Verdunklung: Eine zweite junge Frau, ebenfalls barfuß und im Dirndl, hatte sich neben Sarah ins Gras gesetzt und beobachtete sie. Sie hatte schulterlanges blondes Haar und eine spitze Nase. Sie war ebenso wie Sarah äußerst schlank, und Lorenz meinte, sie bereits im »Trachtenstrip«-Kalender oder auf dessen Website gesehen zu haben.

Die Blondine begann, Sarah zunächst vorsichtig, dann intensiv auf den Mund zu küssen. Dabei wanderte ihre rechte Hand zwischen Sarahs Schenkel und fing an, sie dort zu streicheln. Sarah Lubners Brüste hoben und senkten sich nun schneller und ihre Finger krallten sich fest ins Gras. Die Blondine setzte sich zwischen Sarahs Beine, zog mit einem Ruck die Schleife an der Seite des Slips auf und rupfte Sarah das Höschen weg. Dann beugte sie sich nach unten und schob den Rock des Dirndls noch weiter hoch.

Die Kamera war unanständig nah dran, als das Mädchen Sarahs Schambereich mit ihrer Zunge liebkoste. Zunächst mit einiger Vorsicht, schließlich zunehmend fordernder, tauchte sie die Zunge in das rosa glänzende Fleisch und entlockte Sarah ein zufriedenes Stöhnen. Dann nestelte sie an der Verschnürung von Sarahs Dekolleté und öffnete ihr Oberteil. Sarah stöhnte wieder und massierte ihren Busen, zwirbelte an den Brustwarzen, während ihre Partnerin immer weiter mit ihrer Zunge Sarahs Intimstes erforschte.

Lorenz war wie gebannt. Was er sah, wirkte wie an einem Stück gedreht, nicht wie in den üblichen Pornos, in denen der Geschlechtsakt bis zu einer halben Stunde und länger dauerte und nur in einer Aneinanderreihung von Posen zu bestehen schien, nein, das hier wirkte echt, ungestellt, leidenschaftlich. Die Kamera schwebte um die beiden Mädchen herum, als wäre sie ein Schmetterling, der zufällig Zeuge des sündigen Treibens geworden war.

Die Lust der beiden stöhnenden und schweißüberströmten Frauen entlud sich schließlich in einem heftigen Orgasmus, wie ihn Lorenz noch nie zuvor in einem Pornofilm gesehen hatte. Das war nicht gespielt, da war er sich ganz sicher. Und es wirkte auch nicht abstoßend und schmutzig, sondern, Lorenz fand kein anderes Wort, ästhetisch. Zudem hatte ihn das Video ziemlich erregt.

Etwas verschämt hielt er es an dieser Stelle an und griff zu seinem Handy. Er wählte Franzis Nummer, erreichte aber nur ihren Anrufbeantworter. Er legte wieder auf, ohne eine Nachricht zu hinterlassen, und klickte auf die Wiedergabetaste.

Es folgte eine weitere Szene, in der sich die Blondine mit einem jungen Mann an einem See eingefunden hatte. Der Mann war kräftig gebaut, hatte kurz geschorene blonde Haare und ein kantiges Gesicht. Er trug kein Hemd, die Träger seiner Lederhose spannten sich über seine Brustmuskeln. Die Blondine war dieses Mal nicht mit einem Dirndl bekleidet, sondern hatte einen weißen Spitzenrock mit passender Bluse an. Sie war nass und stand knietief im Wasser. Der Mann war hinter ihr, die eine Hand zwischen ihren Beinen, wo sich seine Finger tief in den Schritt des Mädchens vergruben, die andere Hand an ihren Brüsten, während er sie intensiv küsste.

Es folgte ein Liebesakt, bei dem die beiden sich erst im Wasser vergnügten, anschließend am Seeufer. Lorenz übersprang diese Szene mit der Schnelllauf-Funktion, weil er wissen wollte, ob Sarah Lubner noch mal auftauchte. Und das tat sie auch.

In einer dritten Szene fanden sich alle drei inklusive Sarah in der Hütte wieder. Im Kamin brannte ein Feuer, die beiden Mädchen trugen wieder ihre Dirndlkleider, dazu hochhackige Pumps mit Strümpfen, der Mann seine Lederhose, dieses Mal jedoch mit Hemd und auch einem Trachtenhut. Neben dem Feuer erhellte nur sanfter Kerzenschein den Raum, alle drei hielten Weingläser, stießen miteinander an, blickten sich tief in die Augen. Noch immer hatte keiner auch nur ein Wort gesprochen. Der Mann und die blonde Frau stellten ihre Gläser beiseite und begannen, sich auf dem Fell vor dem Kamin zu küssen.

Sarah beobachtete sie dabei zunächst nur. Schließlich legte sie sich zu ihnen, und nur wenig später hatte sich das Trio in einem schwitzenden und stöhnenden Knäuel verknotet. Die Kamera fing den Akt erstaunlich geschickt ein, zeigte eine ausgewogene Mischung aus Nahaufnahmen der vor Lust verzerrten Gesichter und originellen Perspektiven aus allen Winkeln der Hütte. Lorenz war auf der künstlerischen Ebene schwer beeindruckt, auf der körperlichen brauchte er dringend eine kalte Dusche.

Das Video war gerade an einer Stelle angelangt, an welcher der Mann von der blonden Frau abließ und sich Sarah griff. Er drehte sie auf den Rücken und schob ihr den Rock des Dirndls hoch, sodass sie nackt vor ihm lag. Er griff mit je einer Hand einen ihrer Fußknöchel und spreizte ihre Beine. Seine Brust glänzte bereits vor Schweiß, und es sah aus, als wäre er eingeölt, so golden schimmerte er im schummrigen Licht des Kaminfeuers. Er senkte sein erigiertes Glied in die zitternde Sarah, die dabei einen wohligen Seufzer von sich gab, und stieß kräftig zu. Die Blondine, die nur noch mit den halterlosen Strümpfen und einer durchsichtigen Trachtenbluse bekleidet war, setzte sich rittlings auf Sarah und drückte dem Mann ihre Lippen auf seine. Der ließ sich kurz darauf nach hinten sinken, zog sich aus Sarah zurück und das blonde Mädchen auf seinen Schoß.

Das Finale bestand schließlich aus einer Stellung, in der Sarah und die andere Frau aufeinander lagen und der Kerl die beiden abwechselnd von hinten nahm. Dann endete der Film. Ohne Abspann, ohne Aufzählung der Beteiligten. Einfach durch ein Schwarzbild, das ein weißes »Ende« zeigte.

Lorenz schwitzte. Er hatte hier ein Video zugespielt bekommen, in dem die Tote, deren Ableben er untersuchte, Sex mit einem Mann und einer Frau hatte, und irgendwie wusste er nicht so recht, was er damit anfangen sollte. Warum hatte ihm jemand das Video anonym vor die Tür gelegt? Einen Straftatbestand konnte er nicht erkennen, zumindest schien keiner der Darsteller einem Zwang ausgesetzt.

Lorenz hatte mittlerweile eine Ahnung davon bekommen, wie sehr das Experimentieren mit Tracht hier polarisierte, schon ein aus seiner Sicht harmloses Kalender-Projekt wie der »Trachtenstrip« pflügte tiefe Gräben ins beschaulich-alpenländische Feld der Harmonie. Welchen Orkan musste dann erst ein Pornofilm mit dem Thema Tracht entfachen?

Die naheliegendste Überlegung war natürlich, dass hier jemand um die Brisanz des Themas und des Films wusste und ihn, Lorenz Hölzl, auf eine Spur führen wollte. War das Video der Grund für Sarah Lubners Tod? Aber warum diese alberne anonyme Übergabe mit dem Motorrad? Und überhaupt, das Motorrad. Klingelte da nicht etwas bei ihm? Ach ja, hatte die fade Kommilitonin der Lubner, wie hieß die noch gleich, Nina Preußler, nicht von einem Überfall auf Sarah berichtet? Durchgeführt von einem Vermummten, ebenfalls mit einem Motorrad? Handelte es sich beim Überbringer um einen der Filmproduzenten oder Mitwirkenden, der Angst hatte, in einen Mord verwickelt zu werden? Aber das war doch sehr kurz gedacht, denn natürlich musste Lorenz jetzt als Erstes herausfinden, wer an der Entstehung dieses Films beteiligt war!

Wie auch immer, Lorenz war verwirrt und müde, und jetzt würde er nichts mehr erreichen. Später konnte er den Umschlag und die DVD im Labor untersuchen lassen und versuchen, die Darsteller des Videos zu identifizieren. Immerhin hatte er jetzt eine Spur.

Er fischte die DVD aus dem Computer, schob sie zurück in ihre Hülle und wollte sie gerade wieder in den Umschlag stecken, als er darin einen Notizzettel bemerkte. Benommen fingerte er das Stück Papier heraus und hielt es ins Licht der Schreibtischlampe.

Jemand hatte dort mit einem Kugelschreiber in Großbuchstaben, wahrscheinlich um seine Handschrift zu vertuschen, vier Worte aufgeschrieben, die Lorenz einen eiskalten Schauer über den Rücken jagten. Dunkelheit floss aus den Ecken des

Zimmers und ein dumpfer Druck entstand in Lorenz' Ohren. Sowohl sein Rausch als auch seine Lust waren wirkungsvoller weggewaschen worden, als jede kalte Dusche das vermocht hätte. Immer wieder las er den kurzen Satz:

»Sie alle müssen büßen!«

Wie der Herr …

Freitag, 10 Tage vor dem Mord an Sarah Lubner

Sarah nippte an ihrem Cappuccino, während sie ihren Vater dabei beobachtete, wie er am Telefon einen Mitarbeiter zur Schnecke machte. Auf seiner Stirn pulsierte eine dicke Ader wie ein Wurm, dem der Angler gerade den Haken durch den Leib gerammt hatte.

Ihre Mutter stopfte derweil einen um den anderen Löffel der Eistorte, die sich vor ihr auftürmte, in sich hinein. Sie war ihrer bereits mit einer bemerkenswerten Geschwindigkeit Herr geworden und hatte nur noch ein kleines Häufchen vor sich. Sarah hatte keine Ahnung, wo ihre zierliche Mutter das ganze Essen, das sie täglich in sich reinschaufelte, hintat. Ihrer Figur sah man es jedenfalls nicht an. Sarah hegte den Verdacht, dass sie sich heimlich nach dem Essen den Finger in den Hals steckte, erwischt hatte sie ihre Mutter dabei allerdings nie. Wenn sie mit ihrem Vater zusammenleben müsste, würde ihr sicherlich auch das Kotzen kommen. Gerade hatte er ihr wieder eine Karriere in seiner Firma schmackhaft zu machen versucht. Doch Sarah hatte ihm kaum zugehört.

Ihr Kopf war viel zu voll von der neuen Perspektive, die Cornelius Wagner ihr gestern eröffnet hatte. Pornodarstellerin. Das fühlte sich ungewohnt, ja geradezu abstoßend an, wenn sie auch nur daran dachte. Aber wie mit allem Verbotenen ging damit auch ein unwiderstehlicher Reiz einher. Und der fiel auf äußerst fruchtbaren Boden, jetzt, da sie wieder gezwungen war, Zeit mit ihrem Vater zu verbringen.

Sie konnte nicht behaupten, dass sie ihn hasste. Nein. Da war durchaus Liebe, oder Zuneigung, für ihn. Irgendwo vergraben unter der Decke aus Bevormundung, Sturheit, Strenge und Kühle, die er ihr gegenüber an den Tag legte. Ihre Mutter hatte sie immer wieder davon zu überzeugen versucht, woran sie nicht einmal selbst glaubte: dass ihr Vater dachte, nur im besten Sinne seiner Tochter zu handeln. Mit zunehmendem Alter dämmerte es Sarah, dass ihr alter Herr auch nur schlicht ein Egoist sein konnte, der das Fortleben seines mühevoll aufgebauten Unternehmens gesichert wissen wollte und sich nicht mal im Geringsten darum scherte, dass sein Töchterlein andere Interessen haben könnte. Auch wenn er sich dessen vielleicht nicht bewusst war.

Dazu kam seine unerträgliche Religiosität, die er seiner kleinen Familie geradezu missionarisch aufgedrückt hatte. Sarah hatte die regelmäßigen sonntäglichen Kirchenbesuche stets gehasst. Obwohl die eigentlich nur eine Stunde in der Woche ausmachten, war es genau jene Stunde, vor der es ihr am meisten grauste. Und ihr Vater verpasste nicht einen Gottesdienst. Selbst mit einer Lungenentzündung hatte er sich einmal mitten im Winter in die Kirche geschleppt. Auch hegte er die tief verwurzelte Ansicht, dass sein beruflicher Erfolg und damit einhergehender Wohlstand ein Geschenk Gottes seien. Dem zu Ehren hatte er eine Kapelle in seinen Garten gestellt, die er konsequenterweise mit eigenen Händen errichtet hatte. Darin verbrachte er, wenn er zu Hause war, jeden Abend eine halbe Stunde und betete.

Sarahs Mutter liebte ihn abgöttisch, und das half ihr, die Extreme in Manfred Lubners Leben zu ertragen. Wann sich ihr unerschütterlicher Stoizismus so weit gefestigt hatte, dass man ihn ihr vielleicht auch als Resignation hätte auslegen können, wusste Sarah nicht. Und eigentlich war es ihr auch egal. Mit dem Studium war endlich ihre Freiheit angebrochen, und sie löste sich rasch von ihren Eltern, vor allem emotional.

Sie stellte sich vor, wie ihr Vater reagieren würde, wenn er erfuhr, dass seine Tochter in einem Pornofilm mitwirkte und damit ihr Geld verdiente. Er war ein Geschäftsmann der alten Schule, der sein Netzwerk an Kontakten hegte und pflegte und penibel auf seinen Ruf achtete. Ihm war schon der Kragen geplatzt, als ihm vor zwei Jahren ein Vorstandskollege aus dem Kirchenrat vom »Trachtenstrip« und Sarahs Mitwirken darin erzählt hatte. Er hatte getobt und gezetert und wollte ihr das Modeln verbieten. Natürlich hatte er damit lediglich bewirkt, dass der Graben zwischen ihm und seiner Tochter noch tiefer wurde. Sarahs Mutter hielt sich aus alldem vollständig heraus, und wenn sie sich tatsächlich eingemischt haben sollte und ihrem Mann auf welche Weise auch immer ins Gewissen zu reden versuchte, dann hatte Sarah das Ergebnis nicht mitbekommen.

Sie genoss gerade die Vorstellung, dem Pfarrer ihres Vaters heimlich eine Kopie des »Dirndl Pornos« zuzuspielen, als das Telefongespräch sein Ende zu finden schien. Manfred Lubner legte auf und schob sein Handy in die Innentasche seiner teuren Tegernseer-Trachtenjacke. Er hatte heute geschäftlich in der Stadt zu tun und darauf bestanden, dass sie diesen Umstand nutzen und gemeinsam Kaffee trinken gehen sollten. Nun saßen sie hier am Rosenheimer Rathausplatz in der Hofbäckerei und betrieben angestrengte Konversation. Immerhin wurden sie von Tanja bedient. Es tat gut, das süße Geheimnis teilen zu können. Gerade kam ihre Freundin wieder zu ihrem Tisch und erkundigte sich, ob alles zu ihrer Zufriedenheit sei. Dabei schenkte sie Sarah ein verschwörerisches Zwinkern.

»Bitte entschuldigt«, sagte Sarahs Vater, als Tanja wieder gegangen war. »Wo waren wir stehen geblieben?«

»Wir haben darüber gesprochen, warum ihr mich gängelt, indem ihr mir das Taschengeld kürzt«, murrte Sarah.

Ihre Mutter zog beinahe unmerklich ihren Kopf ein und spießte ein Kuchenstück besonders energisch auf ihre Gabel. Die Miene ihres Vaters verdunkelte sich, als hätte jemand das Licht im Raum gedimmt.

»Weil ich der Ansicht bin, dass du wertvolle Zeit vergeudest. Du könntest schon in diesem Semester deine Zwischenprüfung schreiben, wenn du nicht so trödeln würdest. Ich weiß nicht, wie ich dir sonst Beine machen kann, gutes Zureden allein scheint ja bei dir nichts zu bewirken!«

Es hat keinen Sinn, weiter darüber zu diskutieren, dachte Sarah. Zum einen, weil sie die Diskussion über die Geschwindigkeit, in der sie studierte, schon unzählige Male zuvor geführt hatten, zum anderen, weil ihr Vater ohnehin keine andere Meinung als die seine tolerierte.

»Papa, wann wirst du endlich kapieren, dass ich nicht die jüngere Ausgabe von dir bin und selbst mein Leben leben möchte? Konzentrier du dich auf deine Angelegenheiten und ich kümmere mich um meine. Von mir aus kürz mir doch das Taschengeld, wenn's dir dadurch besser geht. Ist mir mittlerweile wurst. Und weißt du auch, warum das so ist? Ich verrat's dir. Ich habe jetzt meine eigene Geldquelle, und ich verrate dir noch etwas: Die wird dir nicht gefallen.«

Sie versuchte, so viel des zunächst verwirrten und dann kurz besorgten Gesichtsausdrucks ihres Vaters in sich aufzusaugen und zu speichern, wie sie konnte, und spürte dabei eine tiefe Genugtuung. Gleich darauf packte sie ihre Tasche und ihren Mantel, stand auf und verabschiedete sich mit einem knappen Gruß von ihren immer noch sprachlosen Eltern.

Sie verließ den Tisch und das Café mit einem Lächeln auf ihren Lippen. Das sollte das letzte Mal in ihrem Leben gewesen sein, dass sie ihren Vater und ihre Mutter gesehen hatte.

… so's G'scherr.

Mittwoch, Tag 2 nach dem Mord an Sarah Lubner

Am Morgen stand Lorenz noch im Bad, als er durch das offene Fenster Franzi Graßmann hörte, die sich beim Frühstück vor dem Haus mit Frau Gruber unterhielt. Ein strahlend schöner Herbsttag kündigte sich an, und der Wind trug eine angenehm warme und frische Luft in Lorenz' Zimmer. Noch ehe er einen Fuß aus dem Bett schwingen konnte, meldete sich der am Vorabend eingefangene Kater mit hämmerndem Schnurren in seinem Kopf. Hinzu kam, dass Lorenz kein Frühaufsteher war, und er hasste zeitiges Aufstehen fast so sehr wie die Vorstellung, minderwertige Schuhe tragen zu müssen. Außerdem war heute auch noch ein Feiertag, und trotzdem musste er früh aus dem Bett. Er kleidete sich an und gesellte sich zu den beiden Frauen.

Franzi hatte bereits eine halbe Semmel dick mit Marmelade bestrichen und sich darüber hergemacht. Frau Gruber drückte ihm eine ihrer kunterbunten Tassen gefüllt mit dampfendem Kaffee in die Hände. Lorenz wartete, bis die alte Pensions-Inhaberin in die Küche verschwunden war, dann wandte er sich an Franzi: »Was würdest du sagen, wenn unsere hübsche Tote ein Pornostarlett wäre?«

Seine Kollegin riss die Augen auf und verschluckte sich an einem Stück Marmeladensemmel. Sie hustete lautstark und trank eilig einen Schluck Orangensaft.

»Hattest du angenehme Träume, ja?«, brachte Franzi mühevoll heraus.

Lorenz grinste und erzählte ihr von dem seltsamen Motorrad ohne Licht gestern Nacht, von der DVD, die er auf der Türschwelle gefunden hatte, und welch schlüpfriger Inhalt auf dem Datenträger verewigt worden war. Und natürlich von der unheilvollen Ankündigung auf dem Notizzettel. Franzi lauschte staunend und gebannt.

»Nun gut, gehen wir mal davon aus, jemand will uns mit diesem Video etwas mitteilen. Wenn wir's nicht mit einem ganz und gar Verrückten zu tun haben, können wir eigentlich ausschließen, dass das anonyme Vöglein einer von denen ist, die den Film gedreht oder darin mitgespielt haben. Denn das ist ja jetzt unsere erste Spur«, sagte sie.

»So weit war ich auch schon. Als Erstes müssten wir mal herausfinden, wie und wo man an dieses Video herankommt. Ich meine, wenn man es nicht gerade von einem schwarz gekleideten Motorradfahrer vor die Haustür gelegt bekommt. Und dann sollten wir uns überlegen, wer ein Interesse daran haben könnte, dass wir das Ding überhaupt zu Gesicht kriegen. Denn mal angenommen, der Überbringer weiß mehr über diese Angelegenheit, vielleicht sogar, dass es sich hier um ein Verbrechen handelt: Warum gibt er uns dann nicht diese Informationen? Von mir aus auch anonym, wenn er selbst Dreck am Stecken hat?«, sagte Lorenz. »Und was ist mit dieser apokalyptischen Androhung, dass sie alle büßen müssen? Wir müssen schnellstens die beiden anderen Darsteller und die Macher hinter den Kulissen identifizieren, bevor es noch mehr Tote gibt.«

»Der Überbringer muss jemand sein, der weiß, dass du in diesem Fall ermittelst. Außerdem müssen wir davon ausgehen, dass der Lieferant auch Sarah Lubner belästigt hat. Das erklärt vielleicht die Anonymität … Geben wir den Film doch in die Spurensicherung, die sollen den untersuchen. Aber ich möchte ihn vorher auf jeden Fall sehen!«

Lorenz blickte auf die deftige Brotzeit vor ihm. Der Duft der Rühreier und des gebratenen Specks wehte ihm um die Nase. Das flaue Gefühl in seinem Magen wich brodelndem Hunger. Er fällte eine Entscheidung.

»Jetzt frühstücke ich erst einmal. Dann fahren wir in mein Büro, ziehen uns eine Kopie und lassen den Umschlag untersuchen. Und dann bringen wir endlich das mit Sarahs Eltern hinter uns.«

Das Laufwerk des DVD-Brenners ratterte und pfiff, als Lorenz den Film auf einen weiteren Rohling kopierte. Diese unangenehmen Geräusche schienen Lorenz' Rausch wiederzubeleben, er meldete sich in Form von pochenden Kopfschmerzen zurück. Lorenz legte das Original wieder in seine Hülle und steckte es zusammen mit dem Notizzettel in einen Klarsichtbeutel, den er ordentlich versiegelte.

»Die Jungs in der Spurensicherung werden ihre Freude dran haben«, sagte er und startete das Video, um es Franzi zu zeigen.

Er stellte abermals fest, dass das Werk eine faszinierende Stilsicherheit ausstrahlte. Das lag sicherlich auch daran, dass im Film nicht gesprochen wurde. So entstand gar nicht erst die Gefahr, dass die Darsteller alberne Dinge von sich geben konnten. Auch das Stöhnen, die einzigen Laute, die zu hören waren, klang überaus authentisch. Die dezente Volksmusik-Untermalung mit Ethno-Motiven fügte sich unaufdringlich ein und verlieh dem Geschehen etwas Ätherisches. Die Sexszenen waren weniger explizit als bei anderen Vertretern des Genres: Statt minutenlanger Einstellungen penetrierender Geschlechtsteile fand die Kamera immer wieder Totalen aus ungewöhnlichen Perspektiven. Mal lag sie neben den Frauen im Gras, mal schwebte sie umher oder beobachtete hinter einem Kerzenleuchter hervor die verknoteten Leiber.

Auch Franzi gefiel offensichtlich, was sie sah, denn sie starrte gebannt auf den Monitor und zuckte merklich zusammen, als Lorenz sie an der Schulter berührte und bat, nach geeigneten Screenshots der Gesichter zu suchen und diese auszudrucken.

»Und jetzt fahren wir zu den Eltern und horchen dort mal, ob die eine Ahnung hatten, was ihre Tochter in ihrer Freizeit so trieb.«

Bevor sie das Gebäude verließen, machten sie noch einen Abstecher in die Spurensicherung, wo sie unter großem Hallo der beiden diensthabenden Beamten den Umschlag mit der DVD abgaben.

Von Sarahs Universität in Rosenheim bis zum Haus der Lubners am Tegernsee fuhren sie knapp fünfzig Kilometer. Offenbar hatten Sarahs Eltern damals befunden, dass diese Strecke zu lang zum Pendeln wäre und ihre Tochter vor Ort bei ihrer Uni wohnen sollte.

Es war halb neun Uhr morgens, als Lorenz in die lange Einfahrt des Hauses einbog. Das Anwesen lag direkt am See in einer exklusiven Wohngegend und verströmte Reichtum aus jeder Mauerritze. Inmitten eines parkähnlichen Gartens stand ein viereckiges Gebäude im Stil einer toskanischen Villa, das so gar nicht den restlichen, größtenteils traditionellen Gebäuden der Nachbarschaft glich. Was ebenfalls sofort auffiel: die kleine Kapelle im Garten gleich neben dem großzügigen Weiher. Die hatte die Form einer gotischen Kirche, maß gute fünf Meter in der Länge und war mit schwarzen Holzschindeln gedeckt. Große Buntglasfenster zierten die Seitenwände. Lorenz fragte sich, was es mit dem Gebäude wohl auf sich hatte.

Manfred Lubner öffnete ihnen. Er war ein großer Mann mit kurzem grauem Haar und Brille und trug einen schwarzen Pullover mit Rollkragen zu seiner beigefarbenen Leinenhose und dazu edle Lederslipper. Vor allem Letztere nahm Lorenz anerkennend zur Kenntnis.

»Guten Tag, Herr Lubner!«, begrüßte ihn Lorenz.

»Guten Morgen, Herr Kommissar«, antwortete Lubner beinahe teilnahmslos, und Lorenz konnte sich des Eindrucks nicht erwehren, als wäre er in den Augen des Unternehmers ein niederes Insekt, mit dem es sich nun notgedrungen abzugeben galt. Lubner wandte sich Franzi zu: »Und natürlich auch Ihnen einen guten Morgen, Frau …?«

»Graßmann. Kommissarin Graßmann. Freut mich, Sie kennenzulernen. Dürfen wir hereinkommen?«, antwortete Franzi.

»Aber natürlich.« Lubner öffnete die Tür zur Gänze. »Nach Ihnen.«

Er führte die beiden Beamten durch einen langen Flur mit hoher Decke und edlem Marmorboden bis ins Wohnzimmer des Hauses. Dort wartete bereits Manfred Lubners Frau.

Sie hieß Marlen, war zierlich, fast knochig gebaut. Mit ihrem dunklen Teint und ihren dunklen Augen hatte sie große Ähnlichkeit mit ihrer Tochter. Sie trug einen schwarzen Hosenanzug, der zu ihrem traurigen Blick passte.

Nachdem Lorenz und Franzi dankbar das Kaffee-Angebot angenommen, sich gesetzt und den Lubners nochmals ihr Beileid ausgesprochen hatten, fragte Lorenz nach dem Beruf Herrn Lubners.

»Mein Unternehmen ist spezialisiert auf den Import seltener und preisintensiver Hölzer aus aller Welt, die zum Bau und vor allem zur Restauration antiker Möbel verwendet werden«, berichtete Lubner. »Marlen arbeitet ebenfalls in meiner Firma, sie leitet die Buchhaltung.«

Lorenz fiel auf, dass Lubner von *seiner* und nicht von *unserer* Firma sprach. Ob sich daraus Rückschlüsse auf das Verhältnis der Eheleute ziehen ließen? Jedenfalls passte es durchaus ins Bild, dass Sarah Betriebswirtschaftslehre hatte studieren sollen, und auf Lorenz' Nachfrage bestätigte Herr Lubner Lorenz das auch: »Ja, ich hätte es gerne gesehen, dass Sarah meinen Betrieb übernimmt. Das war auch immer Sarahs Wunsch. Sie konnte es gar nicht erwarten, endlich ihr Studium zu Ende zu bringen.«

Da Sarahs Mitbewohnerinnen Lorenz jedoch eine etwas andere Version von deren Studien-Ambitionen geschildert hatten, ging er davon aus, dass Manfred Lubner das entweder nicht wusste oder dass er ihn anlog.

Lorenz konnte nun allerdings verstehen, warum Sarah in einem Wohnheim der Kirche untergebracht gewesen war: Das ganze Haus war voller christlicher Symbole, es gab Kreuze in verschiedensten Varianten, allerlei Ikonen und Bilder biblischer Szenen. Das stand in einem seltsamen Kontrast zur restlichen Einrichtung, die mit ihren edlen Möbeln aus Sheesham-Holz auf dem weißen Marmorboden reichlich dekadent auf Lorenz wirkte.

»Wie ich sehe, sind Sie religiöse Menschen«, sagte er. »Da ist es wohl kein Zufall, dass Sarah in einem katholischen Studentenwohnheim wohnte, richtig?«

Manfred Lubner antwortete mit seiner tiefen Stimme: »Das stimmt allerdings. Marlen und ich sind sehr gläubig, ich habe sogar eine Kapelle im Garten erbaut, übrigens mit meinen eigenen Händen.« Er schien bei diesen Worten aufzublühen, für einen kurzen Augenblick fiel die verschlossene Schroffheit, mit der er sich sonst umgab, von ihm ab.

Lorenz versuchte sich den Mann dabei vorzustellen, wie er das Gebäude Stein um Stein im Schweiße seines Angesichts hochgezogen hatte, und musste feststellen, dass seine Phantasie dafür nicht ausreichte. Der ernste Geschäftsmann vor ihm schien ihm zu aristokratisch und geleckt für derartige körperliche Ertüchtigungen. Und eigentlich auch zu nüchtern für einen Menschen, der so gläubig war, dass er seinen Reichtum und Erfolg einzig mit einer höheren Macht erklärte. Er hätte Manfred Lubner zu gern gefragt, warum er seine Tochter nicht Religionswissenschaften anstelle von Betriebswirtschaftslehre hatte studieren lassen.

Lorenz selbst hatte über die Jahre eine recht lockere Einstellung zu seinem Glauben entwickelt. Auch er stammte aus einer tiefreligiösen Familie, in der sein Papa stets die treibende Kraft gewesen war. Lorenz war ihm allerdings sehr dankbar dafür, dass er von ihm die Möglichkeit erhalten hatte, sich selbst mit dem Thema auseinanderzusetzen, und ihm keine Meinung aufgezwungen worden war. So hatte Lorenz verschiedene Stadien der Religiosität und des Atheismus durchgemacht, um sich am Ende dann eine bequeme Variante in Form einer lockeren Freundschaft mit Gott zusammenzuzimmern.

Nur mit der Kirche kam er nicht gut klar. Für ihn stellten Kirchen egal welcher Religion verknöcherte Horte weltfremden Denkens dar, die allesamt den Anker der Realität längst in den Untiefen von Macht, Furcht, Herrschsucht und Naivität verloren hatten. Außerdem tat Lorenz sich mit all der Gewalt, die im Namen von Religionen verübt wurde, schwer. Lorenz kamen die ständigen Scharmützel unter den Gläubigen vor wie Konflikte, bei denen es darum ging, wer den cooleren imaginären Freund hatte.

Er begann allerdings zunehmend, sich für Spiritualität zu interessieren. Anfangs hatte er Themen wie das Gesetz der Anziehung oder die Spiegelgesetze noch als abergläubischen Tand abgetan. Doch als er schließlich feststellte, dass er immer einen freien Parkplatz bekam, wenn er sich einen wünschte, ließ ihn das aufhorchen. Er fing an, sich mit der Kraft der Gedanken und des Unterbewusstseins zu beschäftigen, und bildete sich ein, dass er von da an tatsächlich seltener unter Erkältungen litt. Im Moment las er ein Buch, das einen lehren wollte, wie man sich selbst liebte, und er erhoffte sich dadurch eine Erklärung, warum er in seinem Liebesleben nicht so recht vorankam.

Während Lorenz seinen Gedanken nachhing, hatte Lubner weitergesprochen: »… und als regelmäßige Gottesdienstbesucher und Gönner der örtlichen Kirche kamen wir in die glückliche Situation, Sarah eine Bleibe in diesem wunderbaren Heim direkt an der Universität beschaffen zu können.«

Lorenz warf Franzi einen verstohlenen Blick zu, den sie mit erhobenen Augenbrauen erwiderte. Er wollte nicht voreingenommen sein, aber Lorenz mochte den Mann nicht. Unterm Strich waren sie noch genauso schlau wie vor dem Gespräch. Er beschloss, tiefer ins verbale Sezierset zu greifen.

»Herr Lubner, hat ein Mann in Ihrer Position, mit Ihrem Vermögen und Ihren Mitteln möglicherweise Feinde, die dazu fähig wären, Ihrer Tochter so etwas anzutun?« Lorenz sprach langsam und eindringlich. Er hasste diese abgedroschene Frage. Aber sie war ein wirksamer Eröffnungszug, der auf die eine oder andere Weise immer eine Reaktion hervorrief, mit der er arbeiten konnte. Im Falle der Lubners war es zum einen ein herzzerreißendes Schluchzen der Mutter und ein sich versteinernder Blick des Vaters.

Es entstand eine lange und unangenehme Pause, in der Manfred Lubner mit gerunzelter Stirn nachzudenken schien. Schließlich antwortete er: »Nein.«

Ein einfaches Nein? Keine Anschuldigungen, keine Beschwerde über mangelnde Pietät, nichts, was sonst an dieser Stelle meist aus den Befragten heraussprudelt?, dachte Lorenz. Offensichtlich wollte Manfred Lubner dem nichts hinzufügen, also musste Lorenz nachhaken.

»Herr Lubner, wussten Sie von den Fotos, die Ihre Tochter –«

»Herr Kommissar, könnten wir das Gespräch bitte draußen weiterführen?« Er blickte zu seiner Frau, die mittlerweile hemmungslos schluchzte und am ganzen Körper bebte.

»Natürlich«, antwortete Lorenz und folgte ihm hinaus auf die Terrasse, von der aus man einen guten Blick auf die Kapelle hatte. Franzi blieb bei der weinenden Gattin.

»Gehen wir ein Stück«, sagte Manfred Lubner. »Herr Hölzl,

ich möchte, dass Sie wissen, dass ich meine Tochter abgöttisch geliebt habe. Und es immer tun werde. Aber ich kann wohl auch nur schwer verheimlichen, dass unsere Beziehung nicht die beste war. Und es ist mir lieber, wenn Sie das von mir als von jemand anders erfahren. Sarah hatte immer ihren eigenen Kopf. Ich hätte es gerne gesehen, wenn sie meine Firma übernommen hätte. Aber ich fürchte, dass sie nur wenige Ambitionen in diese Richtung gehegt hat. Da half wohl auch das Studium nicht, im Gegenteil. Nach allem, was ich darüber weiß, war sie alles andere als fleißig und hat ihre Zeit lieber damit verbracht zu feiern, anstatt zu lernen. Ich dachte dann, ich könnte dem Einhalt gebieten, indem ich ihr den Geldhahn zudrehe und so dafür sorge, dass sie zum einen für ihr Geld arbeiten muss und zum anderen dadurch den Blick aufs Wesentliche richtet, aber das ging nach hinten los. Wir entzweiten uns dadurch nur umso mehr.«

Sieh an, es klappt ja doch mit der Ehrlichkeit, dachte Lorenz. Sie kamen an einem Teich vorbei, in dem große, bunte Kois ihre Bahnen zogen.

»Ich weiß Ihre Offenheit zu schätzen. Wissen Sie nun von den Fotos Ihrer Tochter?«, hakte Lorenz nach.

»Ja«, antwortete Lubner. »Das war auch so ein Reizthema. Ich konnte das nie leiden, es ihr aber auch nicht austreiben. Warum fragen Sie das eigentlich? Hat das etwas mit dem Tod von Sarah zu tun?«

»So weit sind wir noch nicht«, antwortete Lorenz. »Aber Sie verstehen sicher, dass wir nach Spuren und Motiven suchen müssen, und die finden sich meist dort, wo etwas ungewöhnlich oder abseits der Norm ist. Haben Sie mal Fotos Ihrer Tochter gesehen?«

»Nein, ich muss gestehen, dass ich mir das durch unsere Uneinigkeiten bezüglich des Themas verbaut habe. Anfangs wollte mir Sarah noch stolz ihre Werke zeigen, doch ich habe stets abgelehnt oder mich dadurch provozieren lassen, und irgendwann hat sie dann aufgehört, uns, ich beziehe das auch auf Marlen, an ihrem Hobby teilhaben zu lassen.«

»Was können Sie uns über Cornelius Wagner erzählen?«,

schoss Lorenz ins Blaue. Der Verwirrung in Lubners Miene entnahm er, dass er danebengezielt hatte. Lubner schien den Mann nicht zu kennen. Dann zeigte Lorenz ihm die Bilder der beiden Pornodarsteller, Manfred Lubner konnte jedoch keinen der beiden identifizieren. Schließlich fragte Lorenz noch dessen Alibi ab: Lubner gab an, geschäftlich auf einer Kurzreise im Ausland gewesen zu sein, was er durch entsprechende Dokumente auch beweisen könne.

Sie hatten die kleine Kapelle bei ihrem Spaziergang einmal umrundet und gelangten schließlich wieder auf die Terrasse. Von dort aus sah er Franzi auf dem Sofa neben Marlen Lubner sitzen, den Arm um die trauernde Mutter gelegt. Sie musste die beiden Männer bemerkt haben, denn sie drehte sich um und fing Lorenz' Blick auf, der ihr still bedeutete, dass er fertig war. Sie würde ihm später berichten, dass sie versucht hatte, aus Marlen etwas herauszubekommen, die Frau war jedoch schwersttraumatisiert, und alles, was sie ihr hatte entlocken können, war eine Wiederholung dessen gewesen, was ihr Mann ihnen bereits erzählt hatte.

Dann verabschiedeten sich die Beamten von den Lubners und stiegen ins Auto.

Hätte Lorenz beim Verlassen des Grundstücks in den Rückspiegel geschaut, hätte er gesehen, wie Manfred Lubner sein Mobiltelefon aus der Hosentasche zog und mit finsterer Miene eine Nummer wählte.

Hätt i, wenn i, war i

Mittwoch, Tag 2 nach dem Mord an Sarah Lubner

Auf dem Weg zurück versuchte Lorenz abermals, Cornelius Wagner zu erreichen, erwischte aber wieder nur dessen Anrufbeantworter. Diesmal hinterließ er jedoch eine Nachricht, in der er um umgehenden Rückruf bat. Er nahm sich vor, den Mann von einer Polizeistreife in sein Büro schleppen zu lassen, wenn der Kerl ihn in den nächsten drei Stunden nicht zurückrufen würde.

Da das Studentenwohnheim ohnehin auf dem Weg lag, beschlossen die beiden Beamten, Sarahs Zimmergenossinnen einen weiteren Besuch abzustatten. Vielleicht konnten die ihnen helfen, die anderen beiden Darsteller des »Dirndl Pornos« zu identifizieren.

Das Studentenwohnheim lag wie im Dornröschenschlaf zwischen Bäumen, deren Blätter der Herbst bereits golden und dunkelrot gefärbt hatte. Als Lorenz und Franzi durch das raschelnde Laub auf das Gebäude zugingen, kam ihnen just in diesem Moment Nina Preußler entgegen. Sie trug eine dicke Strick-Wollmütze und einen langen grauen Schal, den sie mehrmals um den Hals gewickelt hatte. Dazu eine Daunenjacke aus einem dunklen, metallisch glänzenden Stoff, Cordhosen mit Kniestrümpfen und wuchtige Moonboots. Kurzum, sie sah aus, als hätte sie sich für einen sibirischen Winter mit zweistelligen Minusgraden gekleidet und nicht für einen vielleicht dreizehn Grad warmen Herbstvormittag.

Sie war so sehr damit beschäftigt, auf den Boden zu starren, dass sie die beiden Beamten fast über den Haufen gerannt hätte, wenn Franzi ihr nicht einen Augenblick vor dem Zusammenprall ein »Guten Morgen, Frau Preußler!« entgegengeschmettert hätte.

»Wohin des Weges am Feiertag?«, erkundigte sich Lorenz.

Nina Preußler zuckte zusammen und schien kurz Schwierigkeiten zu haben, aus den fernen Landen ihrer Gedanken ins Hier und Jetzt zurückzufinden.

»Ich, ähm, ich bin auf dem Weg in die Bücherei …«, antwortete sie umständlich. »Wollten Sie zu mir?«

»Ja. Allerdings. Frau Preußler, Sie müssen uns noch einmal weiterhelfen.«

»Hm, ja, okay. Können wir vielleicht reingehen? Mir ist so kalt«, sagte Nina.

»Ist das Ihr Ernst? Die Sonne scheint … Aber gut, daran soll's nicht scheitern. Nach Ihnen«, antwortete Lorenz.

Sie betraten das Studentenwohnheim und nahmen auf einer Sitzgruppe im Eingangsbereich Platz. Der Raum war mit fader Eintönigkeit gestaltet und hätte so auch in einem beliebigen Plattenbau Hamburgs existieren können – wäre da nicht der gewaltige Hirschkopf an der Wand gehangen, der ironischerweise auf ein überdimensioniertes Holzkreuz an der gegenüberliegenden Wand zu röhren schien. Nina Preußler machte keine Anstalten, auch nur eins ihrer Kleidungsstücke abzulegen.

»Schauen Sie sich bitte diese Bilder an. Kennen Sie eine der abgebildeten Personen?« Franzi hielt der Studentin die Fotos hin.

Nina blätterte sie vorsichtig durch und sah zuerst Lorenz, dann Franzi ängstlich an. Sie schien schon wieder einem Tränenausbruch nahe zu sein, riss sich jedoch zusammen und deutete auf ein Foto der Blondine.

»Das ist Tanja Zachel, die Freundin von Sarah«, sagte sie. »Die beiden waren am Wochenende oft zusammen aus. Den Mann kenne ich nicht. Bekommt Tanja jetzt Schwierigkeiten?«

»Nein, Sie brauchen sich keine Sorgen zu machen. Wir müssen ihr nur ein paar Fragen stellen.«

»Wissen Sie vielleicht, ob Sarah neben ihrer Tätigkeit als Fotomodell, auch Filmaufnahmen gemacht hat?«, fragte Lorenz die Studentin.

Sie sah ihn an, runzelte die Stirn und sagte: »Soweit ich weiß, hat Sarah sich ausschließlich von Cornelius Wagner fotografieren lassen. Sie hatte zwar viele andere Angebote und immer davon gesprochen, mal einen anderen Fotografen auszuprobieren, ich glaub aber, dazu ist es nie gekommen. Und Videos hat sie auch keine gedreht. Was meinen Sie denn überhaupt damit? Solche Musik-Clips oder Werbung oder was?«

Lorenz konnte aus ihrem Gesicht nur plumpe Verwirrung lesen. Entweder war sie eine verdammt gute Schauspielerin, oder sie sprach die Wahrheit und hatte tatsächlich keine Ahnung von Sarahs Pornokarriere.

»Das ist nicht so wichtig. Viel interessanter für uns wäre aber, mehr über diese beiden Personen zu erfahren. Den Mann kennen Sie wirklich nicht?«

Das Mädchen schüttelte den Kopf.

»Können Sie uns etwas über Frau Zachel erzählen?«

»Tanja arbeitet in der Bäckerei am Rathausplatz. Sie war nur ganz selten hier, meist um Sarah abzuholen und hier etwas vorzuglühen. Dann sind sie zusammen in der Stadt ausgegangen.«

»Waren Sie da nie dabei?«

»Nein, in dieser Schickimicki-Szene habe ich mich nicht zurechtgefunden. Sarah und Tanja haben sich immer irgendeinen Schnösel oder ein reiches Muttersöhnchen geangelt, sich von ihm einen Abend lang aushalten lassen und ihn dann meist gleich wieder abserviert.«

Ah. Lorenz fühlte sich plötzlich sehr verbunden mit dem sonderbaren Mädchen. Das, wovon sie da sprach, kannte er nur zu gut. Eine seiner Exfreundinnen, Laura, war wie Sarah eine Tochter aus reichem Hause und damals seine Eintrittskarte in das schillernde Großstadt-Nachtleben Hamburgs gewesen. Während er sich das Ausgehen von seinem damals noch spärlicheren Beamtensold hatte abknapsen müssen, konnte Laura aus ihren von Papi stets gefüllten Taschen schöpfen, und der Champagner floss in Strömen. Und selbst den bezahlten sie selten selbst, denn irgendjemand fand sich immer, der den Mädels einen ausgeben wollte. Lorenz war dabei eben irgendwie mitgeschwommen. Dank Laura war er in die angesagtesten Clubs hineingekommen.

Eine Zeit lang hatte er das alles genossen. Doch immer öfter fühlte er sich wie das fünfte Rad am Wagen, auch wenn Laura ihn das nie hatte spüren lassen. Hinter der schönen Fassade lauerte eine hässliche Fratze in Form einer scheinheiligen Doppelbödigkeit. Wer einem in jenem Moment ins Gesicht lächelte, zerriss sich im nächsten hinterrücks das Maul. Den Schein aufrechtzuerhalten verbrauchte zudem viel Energie, und Lorenz ermüdete schnell unter dem Druck der aufgezwungenen Etikette. Er begann, sich nach einem einfachen Bier mit guten Freunden in einer Kneipe zu sehnen.

Irgendwann kam dann der Schnitt, Lorenz hatte die Nase voll gehabt, es hatte wieder ordentlich gekracht zwischen ihm und Laura. Und von da an war er nur noch selten mitgegangen, wenn sie mit ihren Mädels um die Häuser zog. Er hatte sich wieder mehr mit seinen eigenen Freunden getroffen, ohne den Glitzer und ohne den Glamour, und Lorenz weinte dieser Zeit keine Träne hinterher.

»Frau Preußler, wo waren Sie eigentlich in der Nacht von Montag auf Dienstag?«, fragte Franzi.

Irgendwie hatte Lorenz eine potenzielle Beteiligung von Sarahs Kommilitonin von Beginn an ausgeschlossen. Das Mädchen erschien ihm viel zu brav und unschuldig.

»Auf dem Konzert unseres Astas, zusammen mit Luisa«, antwortete Nina. »Oben im Zimmer am Reißbrett hängen noch die Karten, wenn Sie die sehen wollen.«

Das Mädel schaut wie ein Frosch mit Tunnelblick, dachte Lorenz, und ein Lächeln umspielte seine Lippen.

Die Hofbäckerei am Rathausplatz befand sich seit vielen Jahren in einem der alten Backsteinhäuser im Herzen der Fußgängerzone. Sie war eine der ältesten Bäcker- und Konditoreien der Stadt und fungierte als beliebtes Frühstückscafé für ein bunt gemischtes Publikum. Vom Geschäftsmann im feinen Zwirn über verschlafene Studenten bis hin zu Großmüttern mit ihren Enkeln im Schlepptau konnte man dort eine illustre Gästeschar antreffen. Die Räumlichkeiten besaßen einen archaischen Charme, und die Einrichtung hätte schon vor zwei Jahrzehnten jeden Innenarchitekten frühzeitig ergrauen lassen, doch gerade jener altmodische Stil erschuf die gemütliche Atmosphäre, welche die Besucher so sehr schätzten.

Als Lorenz und Franzi den Laden erreichten, der dem Café angegliedert war, konnten sie schon von draußen durch das

Schaufenster die blonde Tanja Zachel erkennen, gekleidet in ein grünes Dirndl. Sie war gerade damit beschäftigt, die Körbe mit Gebäck nachzufüllen. Die einzige Kundschaft im Geschäft, eine alte Frau mit Kopftuch und Einkaufstrolley, verließ die Bäckerei just in dem Moment, als die beiden Beamten eintraten. Lorenz kramte die Polizeimarke aus seiner Hosentasche und legte sie auf den Tresen.

»Frau Zachel?«

Das blonde Mädchen hatte die beiden Beamten zwar beim Eintreten bemerkt, sich aber gleich wieder ihren Körben zugewandt. Nun widmete sie ihnen ihre volle Aufmerksamkeit. Verunsichert blickte sie zuerst die Marke, dann Lorenz an und antwortete mit einem zaghaften: »Ja?«

»Kommissar Hölzl von der Kriminalpolizei, Kommissarin Graßmann. Wir müssen Ihnen ein paar wichtige Fragen stellen. Können Sie sich hier kurz ausklinken?«

Tanja blickte sich hilfesuchend um. »Hat des nicht Zeit, bis i Feierabend hab?«, brachte sie, mit einer Prise zu viel Arroganz, um abgebrüht zu wirken, heraus.

Plötzlich lag sie vor Lorenz' geistigem Auge wieder nackt auf der Bergwiese und wälzte sich mit Sarah Lubner im Gras. Bilder ihrer vollen Brüste und weißen Schenkel stiegen in ihm auf und beschleunigten seinen Puls. Das ärgerte Lorenz.

Tanjas Sommersprossen verliehen ihr eine kindliche Unschuld. Was allerdings gar nicht zu ihrer gefälligen Erscheinung passen wollte, war ihre tiefe Stimme mit dem mühsam unterdrückten bayerischen Dialekt. Diese kratzte sofort an Lorenz' Nerven. Und er hatte im Moment überhaupt keine Lust auf Spielchen. »Nein, das hat keine Zeit. Bitten Sie doch eine Ihrer Kolleginnen, Sie zu vertreten. Haben Sie hier einen Aufenthaltsraum, in dem wir reden können?«

»Na gut, kommen S' mit«, nuschelte Tanja Zachel und führte sie hinter die Theke in einen Raum, der den Mitarbeitern offensichtlich für ihre Pausen zur Verfügung stand. Er war vergleichsweise karg eingerichtet, es gab kein Fenster. An einer Wand hingen Jacken und Mäntel, auf dem Tisch standen leere Kaffeetassen und Wasserflaschen. Tanja Zachel bat die beiden

Beamten, Platz zu nehmen, verschwand kurz, um ihre Kollegin zu benachrichtigen, und setzte sich schließlich missmutig zu ihnen an den Tisch.

»Frau Zachel, ich möcht gar nicht lange um den heißen Brei herumreden, und ich bin sicher, Sie ahnen ohnehin schon, warum wir hier sind. Wissen Sie, dass Sarah Lubner in der Nacht von vorgestern auf gestern verstorben ist?«, fragte Lorenz.

Tanja Zachel sah plötzlich sehr betrübt aus.

»Ja. I hab versucht, sie anz'rufen, aber ihr Handy war aus. Dann hab i in ihrer WG ang'rufen und es so erfahren. I kann's immer noch nicht fassen.«

»Ich weiß, dass Sie oft mit Sarah aus waren. Sind Sie an jenem Abend auch auf dem ›Almrausch‹-Festival gewesen?«

»Ja …!« Die junge Frau stockte. Nun sah sie sehr klein und verletzlich aus. Sie schluckte mehrmals, bevor sie fortfuhr. »Wir waren am Montag zusammen auf dem ›Almrausch‹-Festival, i bin g'fahren. Anfangs hab'n wir noch zusammen gefeiert, dann hab i Sarah im Getümmel verloren. I hab dacht, die hätt sich einen Kerl geschnappt.«

»Und wann genau haben Sie Sarah verloren?«, hakte Franzi nach.

»I hab ned auf die Uhr g'schaut, aber i denk, dass es so um einundzwanzig Uhr rum g'wesen sein muss.«

»Und dann sind Sie heimgefahren, ohne Sarah mitzunehmen?«

»Na ja, wissen S', des wär nicht des erste Mal gewesen, dass Sarah mit einem Kerl heimgeht. I hab versucht, sie anzurufen, aber ans Handy is ned rangegangen. I hab mir ehrlich nichts dabei dacht!«

»Wann haben Sie denn das ›Almrausch‹-Festival verlassen?«

»I weiß nimmer. Kurz vor Mitternacht, glaub i.«

»Und wo sind Sie dann hingefahren?«

»Nach Hause.«

»Allein?«

»Ja. Eigentlich wollt i noch zum Ludwig Graser, meinem Freund, fahren, aber des war schon zu spät, und der musste am nächsten Tag arbeiten. Also bin i heim.«

Franzi schien vorerst zufrieden zu sein und blickte zu Lorenz.

»Frau Zachel, wir sind noch aus einem ganz anderen Grund heute bei Ihnen«, sagte er, machte eine dramatische Pause und genoss das wachsende Unbehagen des Mädchens. »Wir möchten, dass Sie uns alles über Ihr kleines Videoprojekt erzählen. Als Erstes nennen Sie uns bitte die Namen aller beteiligten Personen.«

Zachels Kinnlade klappte herunter, und für einen kurzen Moment schien sie sprachlos. Als sie sich wieder im Griff hatte, stammelte sie: »Woher wissen Sie von dem Video? Des wurde nie veröffentlicht!«

»Beruhigen Sie sich. Der Film wurde uns zugespielt, und wir haben den dringenden Verdacht, dass dies im Zusammenhang mit Frau Lubners Tod geschehen ist. Bitte beantworten Sie meine Frage: Wer steckt hinter dem Film? Wer ist der männliche Schauspieler?«

Tanja Zachel schien den Tränen nahe zu sein. Plötzlich war ihre Arroganz verflogen.

»Des Video hat Cornelius Wagner gedreht. Er ist der Fotograf eines Kalenders namens ›Trachtenstrip‹. Irgendwann kam er mal mit der Idee an, ob wir denn ned Lust hätten, in einem Erotikfilm mitzuspielen. Er hat's zunächst gar ned Porno genannt. Nun, i hab zwar relativ wenig Hemmungen, was Nacktheit angeht, aber das fand i doch ziemlich krass. Er hat uns dann aber mal vorgerechnet, wie viel Geld damit zu verdienen wär, und er ist ja einer, der total dran glaubt, dass diese ganzen Trachten-G'schichten allesamt zu vergolden wär'n. Seine Rechnerei hat mi überzeugt.«

Sie machte eine kurze Pause und nestelte an der Schleife ihrer Schürze herum.

»Sarah hat er schließlich gekriegt, als ihr ihre Eltern dann den Geldhahn zu'dreht hab'n. Der Kerl im Video ist der Ludwig Graser, mein Freund. Cornelius und er sind gute Spezln. Mehr war'n wir ned, nur zu viert. Cornelius hat alles g'filmt und selber g'schnitten.«

»Sie haben vorhin den Eindruck erweckt, als wären Sie nicht darüber erfreut, dass wir von dem Video wissen«, sagte Lorenz.

»Um damit Geld zu verdienen, hätte es aber doch auf jeden Fall veröffentlicht werden müssen. Haben Sie Ihre Meinung mittlerweile geändert?«

»Nein, des ned … Aber …« Das Mädchen dachte nach, dann gab es sich einen Ruck und sprach weiter: »Eigentlich steh i voll hinterm ›Dirndl Porno‹. Oder stand. Aber nachdem nun des mit Sarah passiert ist, hab i ehrlich gesagt ein wenig Angst bekommen … Was, wenn i auch sterben muss, so wie Sarah?«

Lorenz musste wieder an den Notizzettel denken. »Sie alle müssen büßen!« Sieht so aus, Mädel, als wäre deine Angst nicht unbegründet, dachte er.

»Unter anderen Umständen wäre Ihnen die Veröffentlichung also egal gewesen?«, meldete sich Franzi zu Wort. Sie hatte die Konversation bislang still verfolgt und sich nur ab und an eine Notiz gemacht.

»Ja, i denk schon. Wissen S', laut Cornelius hätt jeder von uns mindestens fünfzigtausend Euro an der Sache verdienen können. Und des war erst der erste Film. Haben Sie eine Ahnung, was die mir hier in diesem Drecksladen bezahlen? I verdien das nicht mal ansatzweise im Jahr. In einem ganzen verdammten Jahr! Wenn i dafür meine Titten zeigen muss und vor laufender Kamera vögle, dann is des eben so. Des wär's mir wert«, brach es aus Tanja heraus.

»Nun, immerhin verstehen Sie es, Ihren Standpunkt deutlich zu machen«, kommentierte Franzi lakonisch.

»Ach, Sie ham doch koa Ahnung! Sie meinen, von oben auf mich runterblicken zu können, weil i mich den Werten unserer ach so tollen G'sellschaft ned anpassen will. Mich kotzt diese Doppelmoral so unglaublich an. Vornrum wird der Zeigefinger g'schüttelt, hintenrum kaufen genau diese Leut die Pornos. Es ist immer des Gleiche.«

»Beruhigen Sie sich, Frau Zachel«, versuchte Lorenz das aufgebrachte Mädchen zu beschwichtigen. Er konnte ihr nicht widersprechen. Der Umgang mit Sexualität schien sich nicht im selben Maße dem gesellschaftlichen Fortschritt angepasst zu haben, wie das in den meisten anderen Lebensbereichen der Fall war. Heutzutage konnten Autos ohne menschliches Zutun einparken und im Supermarkt gab es Schnitzel für den heimischen Toaster, aber über Sex, eine der natürlichsten Angelegenheiten dieser Welt, traute sich kaum einer öffentlich zu sprechen. Und wie immer, wenn etwas geschmäht und unterdrückt wurde, bildeten sich Grauzonen, in denen findige Geschäftemacher gute Gewinne erzielten. Und einer der umsatzstärksten Märkte dieses Schlages war die Pornoindustrie. Wer über genug Mut oder vielleicht auch nur einfach über mangelnde Berührungsängste verfügte, konnte dort bestimmt wunderbar partizipieren. Und so jemand war dieser Cornelius Wagner. Tanja Zachel hingegen? Nun, das Mädchen schien genau das richtige Maß an Skrupellosigkeit, Naivität und Geschäftssinn zu besitzen, um sich für solch ein Projekt begeistern zu können.

»Meinst du, das Mädel ist auch in Gefahr?«, fragte Franzi ihren Kollegen, als sie die Bäckerei verlassen hatten und auf dem Weg zurück zum Auto waren.

»Davon müssen wir ausgehen. Aber warum hat der Mörder sie dann nicht auch gleich auf der Alm um die Ecke gebracht? Wir müssen die Zachel beobachten lassen. Und am besten auch gleich noch den Wagner und den Graser.«

»Das können die Kollegen Lallinger und Kerschl übernehmen, die haben heute eh nix zu tun«, sagte Franzi. Sie zog ihr Handy aus der Tasche und wählte eine Nummer. »Servus, Siggi, da ist die Franzi. Du, der Kerschl und du, ihr müssts an Personenschutz organisieren. Da geht's um den Fall mit der toten Studentin. Ja, ich weiß dass ihr heut freihabts, aber glaub mir, des wird euch gefallen.« Sie sagte dem Beamten, wo er sich mit seinem Kollegen einzufinden hatte und wen sie warum zu beobachten hatten.

Lorenz hatte keine Ahnung, um wen es sich bei Kerschl und Lallinger handelte, zwar hatte er bei Dienstantritt eine kleine Vorstellungsrunde gedreht, aber an die beiden Namen erinnerte er sich nicht. Auf dem Papier war Lorenz um einiges dienstälter als Franzi und stand im Rang auch deutlich über ihr. In der Praxis war er jedoch noch viel zu sehr auf sie angewiesen. Zumindest bis er sich hier eingelebt hatte. Aber selbst dann lag ihm nichts daran, auf die Rangfolge zu beharren, ihm war ein harmonisches, gleichgestelltes Miteinander bedeutend lieber.

Nachdem Franzi aufgelegt hatte, gingen die beiden schweigend nebeneinanderher, bis Lorenz schließlich sagte: »Dieser Wagner hat's faustdick hinter den Ohren. Der weiß genau, dass er mit dieser Porno-Trachten-Geschichte ein heißes Eisen im Feuer hat. Mit dem Kalender hat er es im Kleinen ausprobiert, die allgemeine Empörung gab ihm recht, und jetzt hat er das ganz große Ding geplant: einen Pornofilm im Trachten-Setting. Doch kurz bevor er sein Werk vergolden kann, wird seiner Darstellerin mit einem Hirschfänger die Kehle durchtrennt. Ich würde sagen, wir statten dem guten Herrn Wagner jetzt endlich einen Besuch ab.«

Da Schnacksl-Film

Mittwoch, 5 Tage vor dem Mord an Sarah Lubner

Cornelius' Geländewagen schob sich im Schritttempo über den schlecht planierten Feldweg den Berg hinauf. Trotz der hohen Bodenfreiheit des Autos schrammte das Gras an dessen Unterseite entlang und sorgte für unangenehm kratzende Geräusche im Innenraum. Vor ihnen erstreckte sich eine große Senke, in der die kleine Almhütte inmitten saftig grüner Wiesen thronte. Etwas abseits davon glitzerte der kleine See im warmen Morgenlicht. Die Hütte gehörte Ludwigs Vater. Hierher verirrte sich kaum ein Wanderer, denn die Alm wurde nicht mehr bewirtschaftet, sondern von Graser senior nur bei Bedarf vermietet. Somit war die Wahrscheinlichkeit recht hoch, dass sie hier den ganzen Tag ungestört sein würden.

Sarah hatte sich den Tag immer und immer wieder vorgestellt und war dann zu dem Schluss gekommen, dass sie den Filmdreh wie ein ganz normales Fotoshooting angehen würde. Und darin war sie ja geübt.

Cornelius hatte keine großen Anforderungen an ihre Garderobe gestellt, lediglich ein paar schöne Dessous und zwei Dirndlkleider hatte er sich gewünscht. Das alles befand sich nun in einer Tasche im Kofferraum, zusammen mit den Sachen von Tanja und Ludwig. Falls die beiden aufgeregt waren, ließen sie es sich nicht anmerken. Sie schäkerten die ganze Fahrt über und waren fast schon übertrieben fröhlich. Nun ja, dachte Sarah, auch eine Art, seine Anspannung abzubauen.

Cornelius parkte den Wagen vor der Hütte und verschwand in der Alm, während die anderen ebenfalls aus dem Auto stiegen. Mit einer Flasche Champagner und vier Gläsern kam er zurück und goss allen ein. Feierlich erhob er sein Glas und sprach jene schicksalsträchtigen Worte, die Sarah damals einfach nur albern fand und welche sie später verfluchen würde: »Freunde, ich spür's, das wird was Großes. Wir stellen die ganze verbohrte Trachtenwelt auf den Kopf und verdienen uns eine goldene Nase. Nach heute wird nichts mehr sein wie zuvor.«

Er prostete jedem Einzelnen zu und leerte sein Glas mit einem tiefen Zug. Dann wies er sie an, ihre Sachen in die Hütte zu bringen und begann selbst damit, seine Ausrüstung auszuladen. Sarah trug ihren Koffer und den Kleidersack mit den Dirndln in die Alm. Deren Inneres kam ihr heimelig vor, das Gebäude bestand nur aus zwei Räumen, einem großen Wohnzimmer und einem Schlafzimmer mit zwei Stockbetten. Neben der kleinen Kochnische war das beherrschende Element des Wohnzimmers der große, offene Kamin. Ganz aus roten Backsteinen gefertigt, mit einem Hirschkopf über und einem flauschigen Fellteppich vor der Feuerstelle. Außerdem gab es noch eine Sitzecke mit einem alten Holztisch und einer gemütlichen Eckbank.

Ein paar Minuten später rief Cornelius alle zusammen und erklärte ihnen seinen Plan: »Also. Ich möchte drei Szenen im Film haben. Es gibt keine Handlung, keiner von euch muss etwas sagen. Los geht's mit einer Szene zwischen Sarah und Tanja. Die spielt auf dieser Wiese da …« Er drehte sich um und deutete auf einen sonnenbeschienenen Hang in Sichtweite der Alm. »Dann machen wir unten am Weiher weiter. Dort drehen wir ein Intermezzo mit Ludwig und Tanja, und zu guter Letzt folgt der Höhepunkt in der Almhütte. Sarah, Tanja, würdet ihr bitte eure Dirndl anziehen? Darunter einfach Dessous, nur BH und Slip. Ihr braucht euch nicht besonders zu schminken. Betont die Augen ein wenig und benutzt etwas Puder. Es soll alles natürlich bleiben. Schuhe sind auch egal, oben filme ich euch barfuß, zieht am besten feste Schuhe an, um raufzukommen. Noch Fragen?«

Beide Mädchen verneinten.

»Gut. Ludwig, du hilfst mir mit der Ausrüstung, okay?«

Sarah war froh, dass Cornelius die Zügel so straff in die Hand nahm. Erstens war sie das von den Shootings gewohnt – Cornelius nannte das immer scherzhaft seinen Fotografen-Modus –, und zweitens kam nun doch die Aufregung. Sie schenkte sich ein zweites Glas Champagner ein und kehrte zusammen mit Tanja in die Hütte zurück, um sich fertig zu machen.

Sarah entschied sich für ihr lilafarbenes knielanges Dirndl und einen weißen Spitzenstring mit passendem BH. Beide Teile waren durchsichtig und verdeckten kaum, aber Sarah mochte die Dessous. Sie waren damals, als Cornelius sie ihr geschenkt hatte, sehr teuer gewesen. Sie legte das schwarze Kropfband an und betrachtete sich in dem kleinen Spiegel, der neben dem Stockbett über dem Waschbecken hing. Sie befand sich als schön. Ihr Kastanienhaar umwallte ihr Gesicht, die Augen hatte sie sich dunkel geschminkt, das Lila des Dirndls unterstrich ihren dunkeln Teint.

Ein schicker Pornostar werde ich sein, dachte sie und verzog gleichzeitig den Mund. Hatte sie das wirklich gerade gedacht? Was tat sie hier eigentlich? Was würden ihre Eltern, ihre Freunde dazu sagen? Scheiß drauf, raunte eine trotzige Stimme in ihr. Dein ganzes Leben lang haben sie dich rumkommandiert, wollten dir vorschreiben, was du zu tun und zu lassen hast, und hier ist jetzt die Chance, dein Schicksal selbst in die Hand zu nehmen. Was ist schon dabei? Zeig denen, was du hast. Das ist nichts Widernatürliches. Nichts, was normale Leute nicht tagtäglich tun, und die, die es nicht tun, schauen schönen Menschen wie dir dabei zu, wie du es tust. Und sie bezahlen dich dafür. Du hast das Privileg, nicht dein Leben lang irgendeinen dummen Job ausüben zu müssen, am Fließband zu stehen oder im Büro zu sitzen. Das ist deine Chance, und du wirst den Teufel tun und jetzt an dieser Stelle kneifen.

Sarah drehte sich vom Spiegel weg zu Tanja, die gerade damit beschäftigt war, ihre Schürze zu knoten. Sie schlang die Arme von hinten um ihre zukünftige Filmpartnerin, legte ihr die Hände auf die Brüste und biss sie zärtlich in den Hals. Die völlig überraschte Tanja quiekte erst und brach schließlich in Gelächter aus, in das Sarah dankbar mit einstimmte.

Beflügelt verließen die beiden Mädchen die Hütte und gesellten sich zu den Jungs, die schon auf sie gewartet hatten. Die Männer schulterten das Gepäck, Cornelius seine Kamera mit Schwebestativ und seine Objektive, Ludwig ein zusätzliches Stativ mit einem Ausleger, an dem ein großer runder, mit Goldfolie bespannter Reflektor befestigt war. Einen zweiten hatte er sich unter den Arm geklemmt.

Die Wiese, die Cornelius sich ausgesucht hatte, lag gute hundertfünfzig Meter von der Alm entfernt und war recht abschüssig. Der Reflektor warf einen warmen, goldenen Lichtkegel aufs Gras. Mit dem zweiten Reflektor sollte Ludwig nach Cornelius' Anweisungen die Gesichter der beiden Mädchen beleuchten. Als die Technik stand, wandte sich Cornelius endlich Tanja und Sarah zu.

Sarah konnte ihre Anspannung kaum noch verbergen. Aber es war eine wohlige Aufregung, eine voller Vorfreude, und sie konnte es nicht mehr erwarten, dass es endlich losging. Das leichte Zittern in Cornelius' Stimme, der sehr schnell und fast schon überdreht seine Anweisungen gab, verriet ihr, dass auch der Fotograf aufs Äußerste angespannt war. Auf Ludwigs Gesicht spiegelte sich eine freudige Erwartung. Immerhin würde er gleich sehen, wie seine Freundin Sex mit einem schönen Mädchen haben würde, mit dem er später vielleicht selbst noch würde schlafen dürfen. Tanja hingegen war sehr still geworden. Kleine Schweißtröpfchen benetzten ihre Stirn. Ob diese von der Hitze und dem Marsch zur Wiese oder von ihrer Aufregung herrührten?

»So, Mädels, es wird ernst«, sagte Cornelius. »Ihr müsst nichts machen, was ihr nicht schon einmal im Studio gemacht hättet. Mit dem kleinen Unterschied, dass ich euch heute dabei filmen werde. Wir beginnen so: Sarah legt sich hier ins Gras«, er deutete auf den Lichtkegel, »und sonnt sich. Tu so, als würdest du es genießen, schließ die Augen ...«

Da Schüldhahn

Mittwoch, Tag 2 nach dem Mord an Sarah Lubner

Lorenz hatte sich die Impressumsdaten aus Wagners Portfolio notiert. Er ging davon aus, dass es sich dabei auch um seine persönliche Anschrift handelte. Franzi hatte einen Termin mit Sarahs Hausarzt, den sie wegen der Drogen in Sarahs Blut befragen wollte, deshalb war er allein losgefahren. Die Adresse führte ihn hinaus ins hügelige Vorgebirge nach Wilharting. Sein Ziel war ein umgebauter alter Bauernhof, idyllisch gelegen an einem kleinen Weiher in einem großzügigen Garten.

Lorenz parkte neben einem schwarzen Audi und klingelte. Das Gebäude schien aus einer Zeit zu stammen, in der die Menschen allesamt einen Kopf kleiner gewesen sein mussten, so niedrig kam Lorenz der Türrahmen vor. Als sich auch nach dem dritten energischen Klingeln immer noch niemand meldete, beschloss er, eine Runde um das Haus zu drehen. Der Wagen vorne ließ ja die Vermutung zu, dass sich hier jemand aufhielt.

Die Terrasse auf der anderen Seite des Hauses war verlassen. Auf dem Gartentisch fand er jedoch drei Sektflöten und eine leere Prosecco-Flasche sowie eine halb leer gegessene Schale mit Schokoladen-Pralinen. Die Terrassentür stand offen und gab den Blick in eine großzügige Küche mit angrenzendem Wohnzimmer frei. Wer auch immer sich hier gestalterisch ausgetobt hatte, hatte durchaus Geschmack bewiesen. Offensichtlich war die Decke angehoben worden, sodass auch ein Mann von Lorenz' Größe bequem stehen konnte. Sie war mit urigem Altholz verkleidet, auf dem Boden lag ein übergroßer, flauschiger Teppich. Auch die meisten Möbel waren aus Altholz gefertigt. Die avantgardistischen Kunstwerke, seltsam verformte Skulpturen und grellbunte Leinwände, wären Lorenz zwar nicht ins Haus gekommen, er musste allerdings zugeben, dass sie sich durchaus stimmig ins Gesamtbild einfügten.

Auch hier konnten ein paar energische Rufe ins Haus keinen Bewohner aufschrecken, also setzte er seine Umrundung fort. Aus dem hinteren Bereich des Gebäudes, der einst wohl als

Stall und Heutenne gedient hatte, war leise Musik zu hören, Lorenz meinte, »Rehab« von Amy Winehouse zu erkennen. An der Stirnseite befand sich ein großes Tor, und weil dieses unverschlossen war, schob er es einen Spaltbreit auf und zwängte sich ins Innere. Dort sah es aus wie auf einem Filmset.

Vor ihm erstreckte sich eine Halle, etwa zwanzig Meter lang und zehn Meter breit, der Dachstuhl war sichtbar und von den Balken an der Decke hingen verschiedenste Leuchten, Blitzanlagen und Ketten, an denen große Reflektoren befestigt waren. Aus den Boxen einer Musikanlage tönte tatsächlich Amy Winehouse, und am anderen Ende des großen Raumes war ein Fotoshooting im vollen Gange.

Eine brünette Frau in einem türkisblauen Dirndl mit dunkelroter Schürze kniete in einer großen weißen Hohlwand. Sie hatte sich zurückgebeugt, den Kopf nach hinten geworfen, die Augen geschlossen. Das Oberteil ihres Kleides war aufgeknöpft, Lorenz sah ihre großen weißen Brüste. Eine zweite Frau in einem braunen Dirndl mit hellblauer Schürze und feuerroten lockigen Haaren beugte sich gerade über sie, eine Hand auf dem nackten Bauch der anderen Frau, und leckte ihr über den entblößten Busen. Immer wieder blitzte es, und der Raum wurde in gleißendes Licht voller tanzender Schatten getaucht. Cornelius Wagner lag vor den beiden Frauen auf dem Boden, in der Hand eine große Kamera, die stakkatoartig Klick-Geräusche von sich gab.

Lorenz' höfliches Räuspern führte zu keinerlei Ergebnis, sein Rufen wurde erst gehört, als er fast schon auf den vor ihm liegenden Fotografen draufsteigen konnte.

Als Wagner den Besucher bemerkte, fiel seine Reaktion ganz anders aus, als Lorenz erwartet hatte. Er begrüßte ihn fröhlich und bat die beiden Frauen, die zwar überrascht schienen, offenbar aber über keinerlei Schamgefühl verfügten, sich eine Zigarette anzustecken und draußen zu warten. Dann schenkte er Lorenz seine volle Aufmerksamkeit.

»Grüß Gott, Herr Hölzl! Freut mich, dass Sie den Weg in meine bescheidenen Räumlichkeiten gefunden haben.«

»Herr Wagner. Nett haben Sie's hier. Und damit verdienen

Sie also Ihren Unterhalt?«, fragte Lorenz und blickte sich in dem Studio um.

»So sieht's aus, Herr Kommissar. Ich lebe meinen Traum und bekomme auch noch gutes Geld dafür!«, antwortete Wagner und grinste selbstgefällig.

»Lebt es sich denn so gut als Fotograf?«, entgegnete Lorenz, ohne sich anmerken zu lassen, dass Wagner kurz davor war, das Fass zum Überlaufen zu bringen.

»Man muss schon ein Talent haben für den Beruf, aber daran mangelt's mir nicht. Möchten Sie ein Bier?«, sagte Wagner und griff nach seiner eigenen Flasche, die neben der Fotoleinwand auf einer Kommode gestanden hatte.

»Nein, ich möchte mit Ihnen über den gewaltsamen Tod Ihrer Muse sprechen«, antwortete Lorenz.

»Ja, ein schreckliches Unglück. Sarah hinterlässt ein Loch, das ich nicht mehr werde füllen können«, antwortete Wagner geleckt.

»Das ist sehr bedauerlich. Meine Frage lautet nun: War Frau Lubner immer einverstanden mit dem, was Sie von ihr veröffentlichten? Oder gab es da Unstimmigkeiten zwischen Ihnen?«, fragte Lorenz.

»Herr Hölzl, ich bin kein Idiot. Reden wir Klartext. Ich gehe davon aus, Sie spielen auf unsere letzte gemeinsame Produktion an. Ich bin Profi genug, um mich bei jedem Auftrag oder Projekt vertraglich abzusichern. Ich kann Ihnen gerne den von Sarah unterzeichneten Model-Vertrag vorlegen. Sie werden feststellen, dass alles seine Richtigkeit hat. Warum sollte ich sie umbringen? Sehen Sie sich um. Es mangelt mir nicht an Geld, es mangelt mir nicht an Ansehen, ich lebe meinen Traum. Wissen Sie, was manche Männer bezahlen würden, um das zu tun, was ich als mehr als gut vergütetes Hobby bezeichne? Und ich kann dieses Projekt, das für mich im Übrigen nur eine Fingerübung war, jederzeit mit neuen Modellen durchführen.«

»Könnte es sein«, fragte Lorenz, »dass Sie bisher nicht erwähnt haben, um was genau es sich bei besagtem Projekt handelt?«

Wagner lächelte verschmitzt. »Es hätte ja sein können, das mein kleiner Videofilm doch erfolgreich unter dem Radar geblieben wäre und Sie eines unserer letzten Shootings meinten, aber so, wie es aussieht, hat sich das Ding bereits verselbstständigt. Haben Sie es gesehen?«

»Allerdings. Und wenn Sie nicht in den Mordfall um Frau Lubner verwickelt wären, würde ich Ihnen sogar verhaltenen Respekt dafür zollen. Ich hatte mir vom Titel her Schlimmeres erwartet. Für einen Pornofilm ist Ihr Werk durchaus gelungen«, sagte Lorenz. »Was hielt Sarah Lubner denn von dem fertigen Film?«

»Ich bin also in einen Mordfall verwickelt? Interessant. Sie sagen, Sie haben das Video gesehen. Ist Ihnen da irgendetwas an Sarah aufgefallen? Schien sie traurig, schien es, als hätte man sie zu etwas gezwungen, gab es irgendeinen Hinweis darauf, dass sie das nicht freiwillig gemacht hätte?«, konterte Wagner.

»Herr Wagner, bitte beantworten Sie meine Fragen nicht mit Gegenfragen«, erwiderte Lorenz. »Aber für dieses Mal: Nein, das trifft nicht zu. Theoretisch hätte sie das ja aber auch einfach nur spielen können, oder?«

»Sarah war zwar ein Fotomodell, ein gutes noch dazu, vielleicht mein bestes, doch sie war sicherlich keine Schauspielerin. Aber wissen Sie was? Nehmen Sie das Rohmaterial vom Dreh mit und werten Sie es aus. Sie werden tonnenweise Material finden, aus dem hervorgeht, wie viel Spaß sie an der Sache hatte. Sagen Sie, woher haben Sie denn das Video eigentlich? Ich zumindest habe es nämlich bisher nicht veröffentlicht …«

»Schon wieder eine Frage, mein lieber Herr Wagner. Ich hatte gehofft, dass Sie mir sagen könnten, wer es mir gestern Nacht vor die Tür gelegt hat«, antwortete Lorenz. »Wer hatte denn alles eine Kopie des Films?«

»Na ja, jeder der Darsteller natürlich. Sonst niemand. Und ich habe ihnen eingebläut, das Video unbedingt für sich zu behalten. Und ich weiß, dass *ich* Ihnen keinen Besuch abgestattet habe«, sagte Wagner.

»Waren Sie am Montag eigentlich auch auf dem ›Almrausch‹-Festival?«

»Nein. Das habe ich mir gespart. Ich muss nicht überall dabei sein und wollte meine Kräfte fürs Eisrebenfest schonen.

Außerdem hatte ich an jenem Abend einen kleinen Workshop, wenn Sie verstehen, was ich meine.«

Er schnappte sich einen Tablet-PC, der neben ihm in einem Regal gelegen hatte, drückte und wischte ein wenig darauf herum und reichte ihn schließlich Lorenz. Dieser sah Fotos von einer nackten Frau, die sich in einer Badewanne voller Milch räkelte.

»Wenn Sie mal bitte Ihre Aufmerksamkeit auf die Dateinamen richten wollen …«, sagte Wagner, und Lorenz erkannte, dass die Bilder allesamt das Datum vom vergangenen Montag im Namen trugen.

»Und Sie glauben, das genügt mir als Alibi? Geben Sie mir lieber mal die Nummer des Fräuleins, das Sie da abgelichtet haben.«

Wagner nahm ihm das Tablet ab, tippte wieder ein paarmal und präsentierte Lorenz schließlich eine Nummer, die er in sein Notizbuch übertrug.

»Wie gedenken Sie denn mit dem Film umzugehen? Wollen Sie Rücksicht auf Sarahs Eltern nehmen und die Veröffentlichung des Films vielleicht noch einmal überdenken? Immerhin sind Herr und Frau Lubner ja äußerst religiös und um ihren guten Ruf besorgt …«

Wagner sah ihn forschend an, als überlege er, was sich hinter dieser Frage wohl verbergen mochte.

»Herr Kommissar, ich glaube, ich bin Sarahs Eltern keine Rechenschaft schuldig. Ich betrachte das alles als reine Geschäftssache, und wenn das einer versteht, dann sicherlich der Herr Lubner. Natürlich werde ich den ›Dirndl Porno‹ trotzdem veröffentlichen. Aber falls es Sie beruhigt: Ich warte gerne noch damit, bis sich die Wogen etwas geglättet haben, und vor allem, bis Sie mit Ihren Ermittlungen fertig sind.«

Ein Fuchs, der Mann, dachte Lorenz. Man möchte ihn am liebsten an die Wand klatschen, während man ihm anerkennend die Hand schüttelt. Laut sagte er: »Ihre Antwort überrascht mich nicht. Eine abschließende Frage habe ich allerdings noch, Herr Wagner.«

»Und die wäre?«

»Haben Sie Feinde? Kennen Sie jemanden, der fähig wäre, Sarah so etwas anzutun, und in Folge vielleicht auch Ihnen? Ich möchte Sie nicht beunruhigen, aber wir gehen auch Hinweisen nach, dass Sarah vielleicht nicht das letzte Opfer in diesem Fall sein soll.«

»Hm …«, machte Wagner. »Natürlich sind da immer die üblichen Verdächtigen aus der Brauchtums-Ecke, die ja auch nicht müde werden, gegen den ›Trachtenstrip‹ zu wettern. Aber die halte ich eigentlich für harmlos. Jemand anders kann ich Ihnen leider nicht nennen. Sagen Sie, muss ich mir Sorgen machen?«

Zum ersten Mal erkannte Lorenz so etwas wie Unsicherheit in der Haltung dieses Mannes, als hätte er kurz hinter die perfekte Maske des arroganten Fotografen blicken können.

»Seien Sie einfach vorsichtig, Herr Wagner. Wir werden alles daransetzen, den oder die Verantwortlichen so schnell wie möglich zur Strecke zu bringen. Wir haben heute bereits Personenschutz für Sie organisiert, die Kollegen werden in Kürze hier vorstellig werden und die Gegend sowie Ihr Haus die nächsten Tage im Auge behalten. Sie können mich jederzeit anrufen, wenn Ihnen danach ist oder Ihnen noch etwas einfällt. Stellen Sie sich aber mal vorsorglich drauf ein, dass wir beide uns in nächster Zeit noch öfters sehen. Und wenn ich Sie das nächste Mal anrufe, dann gehen Sie gefälligst ans Telefon.«

»Aber natürlich, Herr Kommissar! Ich freue mich schon!«, antwortete Cornelius Wagner und lächelte dünn.

Dirndl, du hätt'st mi' gern

Mittwoch, 5 Tage vor dem Mord an Sarah Lubner

Sarah tat, wie ihr geheißen. Die Wiese war trocken und warm vom Sonnenschein. Sie spürte die harte Grasnarbe im Rücken, was ihr aber nicht unangenehm war. Sie hatte die Augen geschlossen und nahm um sich nur Stille wahr. Sie hörte lediglich, wie Cornelius sich bewegte, als er eine passende Perspektive suchte. Er filmte mit seiner Spiegelreflexkamera. Das Gerät konnte hochauflösende Videos aufnehmen, und so brauchte Cornelius keine teure Videokamera anzuschaffen – die Qualität der modernen Spiegelreflex war einer solchen ohnehin ebenbürtig. Außerdem war Sarah den Anblick der Kamera bereits gewohnt, und das nahm ihr einen Großteil ihrer Aufregung.

Cornelius wies sie an, sich zu streicheln. Wie in Trance fuhr sie sich mit einer Hand über die Wange, über ihr Schlüsselbein, strich über ihren Busen. Ihre Hand wanderte tiefer in ihren Schoß, sie zog die Beine an sich heran und strich mit ihren Fingerspitzen über die Innenseiten ihrer Schenkel. Der Stoff des Dirndls rutschte dabei ein wenig hoch. Sie öffnete ihren Mund und streckte den Kopf noch weiter zurück. Schon war sie wieder im Fotomodus. Alle Angst war verflogen.

Plötzlich spürte sie einen Schatten im Gesicht, und sie blinzelte. Feuchte, warme Lippen berührten die ihren, und Tanja küsste sie zärtlich auf den Mund. Ein wohliger Schauer durchfuhr Sarahs Körper, ein Schauer, der noch intensiviert wurde von Tanjas Fingern, die vorsichtig an der Verschnürung von Sarahs Dirndl nestelten. Sie hakte die feinen Ketten aus und öffnete die wenigen Knöpfe. Tanjas Lippen ließen von Sarahs ab und widmeten sich nun ihrem nackten Bauchnabel.

Sarah hatte die Welt um sich herum völlig vergessen. Sowohl Cornelius, der lautlos um die beiden Mädchen herumwandelte, als auch Ludwig, der zur Salzsäule erstarrt mit großen Augen das Treiben vor ihm verfolgte und sich wohl im Paradies wähnte.

Tanja hatte begonnen, Sarahs Brustwarzen durch den Stoff der transparenten Bluse hindurch mit dem Mund zu liebkosen, öffnete dann aber rasch die zwei Knöpfe, sodass sich ihr Sarahs Brüste wie zwei reife, volle Apfelsinen mit einem harten Kern obenauf präsentierten. Sarah bäumte sich lustvoll auf und erschauerte abermals, als sie Tanjas neugierige Lippen auf ihrem Körper spürte. Gleichzeitig fühlte sie, wie eine Hand zwischen ihren Beinen verschwand und geschickte Finger ihren feuchten Slip zur Seite schoben. Ihre eigenen Hände gingen nun ebenfalls auf Wanderschaft, fanden den Reißverschluss an der Seite von Tanjas Dirndl, rupften ihn regelrecht auf und schoben sich in ihren Schritt. Sie spürte, dass auch Tanjas Lust bereits am Sieden war, und ging mit geschickten Fingern zu Werk.

Beide Mädchen wälzten sich im Gras, mit jeweils halb vom Leib gerissenen Dirndln, stöhnten und schwitzten vor Lust. Sarah fühlte sich großartig. Sie wusste nicht, wie ihr geschah. Sie hatte bereits in Fotoshootings Sex mit Frauen gehabt, doch nie zuvor war das so erregend gewesen. Sie spürte, wie in ihr ein gewaltiger Orgasmus heranrollte. Mit weit gespreizten Beinen kniete sie mittlerweile über Tanja, die eine Hand an deren zuckendem Geschlecht, mit der anderen stützte sie sich auf, während Tanja sie von unten verwöhnte. Sie spürte, wie sie von einer warmen Welle purer Lust mitgerissen wurde, und ebenso, dass Tanja unter ihr gleichzeitig mit ihr kam.

Der Orgasmus entlud sich wie ein Gewitter, das einen Blitz in den Boden schickte, und Sarah sank erschöpft und schwitzend auf Tanja und rollte sich zur Seite. Sie war so fertig, dass sie nicht einmal daran dachte, ihre Blöße zu bedecken, wozu auch. Sie war glücklich, sämtliche Angst und Anspannung war von ihr abgefallen.

Tanja küsste sie sanft auf die Wange und setzte sich auf. Ludwig schien immer noch sprachlos und seine Hose zeigte in der Leistengegend eine deutliche Anspannung. Er blickte Tanja an, als würde er am liebsten an Ort und Stelle über sie herfallen.

Cornelius fand als Erster seine Stimme wieder und nutzte sie, um die beiden Mädchen überschwänglich zu loben. Er sagte, dass die Szene absolut phantastisch geworden sei, und gestand, dass er insgeheim befürchtet hatte, sie mehrmals drehen zu müssen, aber nun war er sich sicher, mehr, als er erträumt hatte, im Kasten zu haben. Sarah kannte seine euphorischen Reden nach einem Shooting, doch dieses Mal überschlug sich seine Stimme fast, er schien es ernst zu meinen.

Sie war noch immer ganz benommen. Einerseits war sie dankbar, dass sie nun eine Drehpause haben sollte, während Cornelius Ludwig und Tanja filmen wollte, anderseits fühlte sie eine unerwartete Lust und hätte am liebsten sofort weitergedreht.

Gott erhalt's

Mittwoch, Tag 2 nach dem Mord an Sarah Lubner

Als Lorenz Wagners Grundstück verließ und zu seinem Auto zurückkehrte, bog im Schneckentempo ein Streifenwagen in die Straße ein. Fahrer und Beifahrer blickten sich angestrengt um und versuchten offensichtlich, sich zu orientieren. Als der Beifahrer Lorenz erblickte, deutete er auf ihn und sagte etwas zu seinem Kollegen, der dann den Wagen auf Lorenz' Höhe steuerte und das Fenster herunterkurbelte.

»Entschuldigen S', kennen Sie sich hier aus? Wir suchen des Haus vom Wagner Cornelius«, sagte der Polizist, seinem Rang nach ein Polizeiobermeister. Das Namensschild identifizierte ihn als A. Kerschl, einen der beiden Beamten, die Franzi zum Personenschutz eingeteilt hatte. Der Mann verfügte über eine Statur, mit der er nur mit Mühe Platz auf dem Fahrersitz des Mercedes fand. Seine Körpermasse umspülte den Sitz und einen großen Teil der Mittelkonsole. Dabei war er nicht im eigentlichen Sinne fett, sondern vielmehr stämmig und muskulös, alles an ihm war übergroß geraten. Sein Gesicht schien das eines Zehnjährigen im Körper eines Erwachsenen zu sein. Lorenz vermochte das Alter des Mannes nicht zu schätzen, wahrscheinlich hatte er die dreißig schon weit hinter sich gelassen.

Sein Kollege trug das Schulterabzeichen eines Polizeihauptmeisters und war somit sicherlich der Kopf des Duos – das ungleicher wohl nicht hätte sein können. Der zweite Mann, dessen Namensschild an seiner Jacke ihn als S. Lallinger auswies, sah aus wie eine Bohnenstange, der man die Essensrationen gekürzt hatte. Nie zuvor hatte Lorenz einen so ausgemergelten, noch lebenden Menschen gesehen. Das Haar des Mannes war bereits schlohweiß, demnach war er wohl nicht nur aufgrund seines Ranges der dienstältere der beiden.

»Was wollen Sie denn von diesem Wagner?«, fragte Lorenz, gespannt, was Kerschl wohl antworten würde.

»Des geht Sie ja mal gleich gar nix an«, brummte Lallinger.

»Wissen Sie des jetz oder ned?«, schob Kerschl hinterher.

»Natürlich liegt es mir fern, Ihnen Ihre kostbare Zeit zu stehlen, meine Herren«, antwortete Hölzl. »Das Haus der Person, die Sie suchen, ist das direkt hinter mir. Aber denken Sie nicht, dass Sie für eine Observation eine etwas unauffälligere Tarnung hätten wählen sollen?«

»Wie meinen S' des –«, setzte Kerschl an, wurde aber sogleich von Lallinger unterbrochen: »Wer sind na Sie?«, fragte er mit einem scharfen Unterton in der Stimme.

»Ich bin Hauptkommissar Lorenz Hölzl und ermittle hier im Mordfall Sarah Lubner. Und Sie beide müssen die Kollegen Kerschl und Lallinger sein, die Oberkommissarin Graßmann angefordert hat. Ich wiederhole meine Frage: Wenn Sie hier einen Verdächtigen und zugleich potenzielles Opfer eines Anschlags beschatten sollen, hätten Sie sich dann nicht eine andere Tarnung als die des Polizeibeamten aussuchen sollen?«

Lorenz genoss die aufsteigende Panik im dicken Gesicht Kerschls, doch Lallinger verzog keine Miene und entgegnete trocken: »Sie sind also der neue Kommissar aus Hamburg.« Er unterzog Lorenz einer erneuten Musterung, als würde er ihn jetzt erst tatsächlich wahrnehmen. »Entschuldigen S', wenn wir g'wusst hätten, dass scho Fasching is, hätt i meinen Cowboyhut mitgebracht. Laufen Sie immer so rum?«

Schweigen. Lorenz rückte pikiert seine Krawatte zurecht. Dann atmete er tief durch und sagte: »Okay, Szene neu. Grüß Gott, ich bin Lorenz Hölzl, der dienstführende Kommissar im Mordfall Lubner. Hinter mir sehen Sie das Haus von Cornelius Wagner, den ich zum einen verdächtige, etwas mit dem Mord zu tun zu haben, der zum anderen aber auch Ziel eines möglichen Racheakts werden könnte. Bitte fahren Sie nach Hause, ziehen Sie etwas Ziviles an und kehren Sie mit einem zivilen Fahrzeug hierher zurück. Dann werden Sie bei Wagner vorstellig und überwachen ihn rund um die Uhr. Und das Ganze bitte pronto! Guten Tag, die Herren.«

Damit drehte er sich um und stieg, ohne die Reaktion der beiden Polizisten abzuwarten, in seinen Wagen und raste zurück zur Pension.

»Oh, oh, da ist aber jemand schlecht gelaunt«, begrüßte Franzi ihn, als er sie bei der Pension aufgabelte, von wo aus sie zu Johann Neuberger weiterfahren wollten. »War's so schlimm beim Wagner?«

Lorenz schnaubte. »Nein, aber ich hatte das große Vergnügen, meine beiden neuen Kollegen Kerschl und Lallinger kennenlernen zu dürfen«, antwortete er.

Auf Franzis Gesicht stahl sich ein Grinsen. »Ach schau an, und wie ist es gelaufen?«, fragte sie.

»Reizende Gesellen, besonders dieser Lallinger. Da hast du Deutschlands beste Eingreiftruppe aktiviert, stimmt's? Die beiden wollten tatsächlich mit einem Streifenwagen in einem Weiler mit fünf Häusern eine Person observieren. Mal ganz abgesehen davon, dass die zwei auch privat garantiert zum Küssen sind. Ich freue mich schon auf die erste Weihnachtsfeier«, antwortete er.

»Ach, ihr werdet schon warm miteinander, wirst sehen. Das sind im Grunde ganz liebe Kerle. Der Siegfried ist vielleicht ein bisserl stoffelig, ja, aber verlässlich und loyal. Musst halt lernen, mit ihrer Art klarzukommen«, lachte Franzi. »Bedenk außerdem, dass wir in Rosenheim nur selten, oder eigentlich nie, solche Verbrechen wie dieses hier haben. Du darfst uns nicht mit einer Stadt wie Hamburg verwechseln. Die meiste Zeit schieben Polizisten wie Kerschl und Lallinger Dienst auf Volksfesten oder regeln den Verkehr. Aber die kriegen des schon hin.«

Lorenz war ganz und gar nicht wohl bei dem Gedanken, einen Fall wie diesen mit solchen Anfängern bestreiten zu müssen, aber im Moment blieb ihm nichts anderes übrig, als Franzis Urteil zu vertrauen.

»Was hast denn nun beim Wagner rausgefunden?«, unterbrach Franzi seine Gedanken.

»Der Mann hat eine dunkle Seele. Sich mit dem zu unterhalten ist wie ein Seiltanz auf einer Hochspannungsleitung. Möglicherweise ist er nur ein aufgeblasener, arroganter Schwätzer. Aber ich vermute, dass er zudem ziemlich gerissen ist. Als Alibi gibt er an, in der Mordnacht ein Shooting gehabt zu haben. Das müssen wir noch überprüfen. Was mich aufhorchen lässt, ist das Kalkül, mit dem Wagner mir begegnet ist. Als würde ihm Sarahs Tod nichts ausmachen und als wäre er nur darauf bedacht, seine Weste möglichst rein zu halten.«

»Hast du ihn mit dem ›Dirndl Porno‹ konfrontiert?«

»Ja, habe ich. Der will den Film trotz Sarahs Tod veröffentlichen, ohne Rücksicht auf Kollateralschäden. Das Problem ist: Wir haben tatsächlich nichts gegen ihn in der Hand. Obwohl mir mein siebter Sinn sagt, dass der da ganz tief mit drinsteckt. Aber gut.« Lorenz wechselte das Thema: »Was hat denn eigentlich Sarahs Arzt gesagt?«

»Ist eine Sackgasse«, antwortete Franzi. »Die Lubner hat keine Medikamente verordnet bekommen. Das Mädel hat also tatsächlich Drogen genommen.«

»Na gut. Dann schlagen wir jetzt ein neues Kapitel auf und sehen uns mal diesen Neuberger etwas genauer an …«

Es war gleich sechzehn Uhr, als Lorenz den Wagen vor dem riesigen Bauernhof neben einem Fahrsilo parkte. Die beiden Beamten stiegen aus und sahen sich um.

Nach kurzer Suche fand Lorenz die Haustür. Zumindest glaubte er, dass es sich um die Haustür handeln musste, denn es gab keine Klingel. Allerdings hing an der Wand neben der Tür ein getöpfertes Schild, auf dem »Neuberger« stand.

Franzi lugte in eines der Fenster, konnte aber nichts erkennen.

»Wohl keiner daheim …«, sagte sie, doch so leicht wollte Lorenz nicht aufgeben. Er hatte noch nie zuvor einen so großen Bauernhof gesehen. An das dreistöckige Wohnhaus, das ganz aus alten roten Ziegeln gebaut worden war, schloss unmittelbar ein Stall mit Tenne an. Daneben stand nochmals ein gigantischer Laufstall und dahinter eine Bergehalle, in welcher der Landwirt seine Maschinen aufbewahrte. Beide Gebäude waren vollständig mit Fotovoltaik-Anlagen eingedeckt. Auch eine Biogasanlage gab es. Derzeit hatte sie sich kugelrund aufgebläht und sah aus wie ein nippelloser grüner Busen, der aus der Erde spross. Neuberger musste zu den betuchteren Landwirten gehören und definitiv auch zu den zukunftsorientierten, jedenfalls was die Energienutzung betraf.

Als die Haustür auch nach mehrmaligem Klopfen verschlossen blieb, entschieden sich die beiden Kommissare, es auf der anderen Seite des Anwesens zu versuchen. Franzi merkte an, dass jetzt eigentlich Stallzeit sein müsse, vielleicht fänden sie Neuberger also bei der Arbeit.

Auf der Rückseite des Hauptgebäudes stand ein riesiger Traktor, dessen Reifen so groß waren, dass Lorenz die Oberseite nur mit ausgestreckter Hand berühren konnte. Er hoppelte umher wie eine Elfe beim Feuertanz, weil er Angst hatte, sich seine Penny Loafer zu versauen, denn der Boden hier auf der Rückseite des Hauses war schmutzig und schlammig.

Sie gingen an einer Reihe von Kälberiglus vorbei, aus denen ihnen niedliche kleine Kühe entgegenstarrten. Zumindest fand Lorenz sie so lange süß, bis er eine von ihnen streicheln wollte und das Kalb seine feuchte Zunge ausfuhr, um ihm großzügig über Hand und Ärmel zu schlecken. Immerhin schien das Franzi zu erheitern, und ihr glockenhelles Lachen entschädigte ihn für den Wiederkäuersabber auf seiner Hand.

Im Stall des Altbaus fanden sie niemanden, nicht einmal Tiere – dieser Bereich wurde von Johann Neuberger nur noch als Lager benutzt. Also überquerten die beiden den Hof und betraten den Laufstall. Lorenz staunte nicht schlecht, als er das Innere der taghell erleuchteten Halle erblickte: Unzählige Kühe standen in seltsam aussehenden Metall-Konstruktionen und fraßen würzig stinkendes Silofutter, andere liefen frei umher, eine Kuh ließ sich gerade von einer großen rotierenden Bürste den Rücken schrubben. Irgendwie wirkte hier alles mehr wie eine Fabrikhalle denn wie ein Kuhstall.

Und dann sah er auch den Gauvorstand, der gerade damit beschäftigt war, mit einem Radlader neues Silo in den Stall zu karren. Als er schließlich die beiden Beamten erblickte, stellte er den Motor der Maschine ab, stieg aus und ging ihnen entgegen. Für Lorenz sah der Mann ohne seine Tracht irgendwie nackt aus. Neuberger trug eine graue Latzhose, die er in grüne Gummistiefel gesteckt hatte, dazu einen beigefarbenen Bundeswehr-Parka und eine Wollmütze. Er zog seine Handschuhe aus und reichte erst Franzi, dann Lorenz zur Begrüßung die Hand.

»Bitte verzeihen S', dass wir Sie bei der Arbeit stören …«, sagte Lorenz und ertappte sich dabei, wie er versuchte, in der Gegenwart des Trachtlers im Dialekt zu sprechen. »Wir würden Ihnen gerne ein paar Fragen stellen.«

Neuberger winkte ab. »Ach, des passt schon. I bin eh fast fertig mit'm Einfüttern. Wie kann i Ihnen denn helf'n?«

Wider Erwarten roch es in der Halle nicht nach Kühen, stellte Lorenz erstaunt fest. Es hing zwar der penetrante Siloduft in der Luft, von den Ausdünstungen des Kuhdungs war aber nichts wahrzunehmen. Als Lorenz den Landwirt darauf ansprach, bekam er einen Crashkurs in der Funktion des Laufstalls: Die Kühe konnten sich in der Halle frei bewegen, sie waren nicht angekettet. Eine bewegliche Schiene am Boden zog in regelmäßigen Abständen die Exkremente ab, sodass sich kein Gestank bilden konnte. Wenn eines der Tiere gemolken werden musste, brauchte es nur den Melkroboter im hinteren Bereich des Stalls aufzusuchen, der dann automatisch am Euter der Kuh andockte und sie molk, ganz ohne Zutun des Landwirts. Der musste sich eigentlich nur noch um die Fütterung kümmern. Lorenz hörte fasziniert zu. Er hatte immer gedacht, Landwirtschaft sei ein Knochenjob, der hauptsächlich aus anstrengendem Melken und Ausmisten bestand. Doch so wie Neuberger ihm seine Arbeit beschrieb, kam er eher zum Schluss, dass der Bauer viel mehr der Ablaufkoordinator eines ausgeklügelten, nahezu vollautomatischen Produktionsprozesses war. Dafür sprach auch, dass Neuberger behauptete, seine knapp einhundert Kühe lediglich zusammen mit seiner Frau und einem Betriebshelfer versorgen zu können. Aber so interessant das alles auch war, deswegen war Lorenz heute nicht hier, und er beschloss, zum eigentlichen Thema zu kommen.

»Herr Neuberger, wo waren Sie in der Nacht von Montag auf Dienstag?«, fragte er.

»Da war i auf der Kohlgrub-Alm«, antwortete Neuberger und kniff die Augen leicht zusammen, als müsste er nachdenken.

»Auf dem ›Almrausch‹-Festival?«, hakte Lorenz nach.

»Ja, genau«, sagte der Gauvorstand.

»Und wie lange waren Sie dort?«

»I bin um zehn Uhr rum runtergegangen. Als mir die Musi dann zu modern g'wordn is.«

»Herr Neuberger, wir wissen, dass das Mordopfer Teil eines Projekts war, mit dem es sich unter den Brauchtums-Anhängern nicht nur Freunde gemacht hat. Sie selbst haben ja bereits Ihre Abneigung zum Thema ›Trachtenstrip‹ kundgetan. Können Sie sich vorstellen, dass manche Trachtler es nicht nur bei verbalen Schimpfereien belassen, sondern auch handgreiflich werden würden?«

Neuberger lehnte sich auf die Metallbrüstung, die den Gehweg von den Tieren trennte, und starrte auf seine Kühe.

»Des hab ich mich auch schon g'fragt. Schaun S', des Problem ist nur, als Gau- und Trachtenvorstand hab i so viele Leut, für die i verantwortlich bin, dass i gar ned alle kennen kann. I betreu ja ned nur mein' Verein, sondern alle Vereine in meinem Gau.«

»Aber grade deswegen dachte ich, dass Sie uns helfen können. Sie haben ja einen sehr großen Überblick. Haben Sie denn nicht irgendwas aufgeschnappt? Oder vielleicht wurde Ihnen ja auch was zugetragen, irgendeine ungewöhnliche Reaktion eines Mitglieds zum Beispiel?«

Neuberger überlegte. »Da is schon viel g'schimpft word'n über den ›Tracht'nstrip‹. Mir hab'n des Thema auch a paarmal in Ausschusssitzungen g'habt, aber am End is immer nur raus'kommen, dass mir da nix machen können. Sie ham ja selber g'hört, wie beispielsweise unser eigener Kurdirektor zu der ganzen Sache steht. Nur Wischiwaschi, ja keinem auf die Füße steig'n. Es is zum Rearn.«

»Verzeihung, rearn?«, fragte Lorenz.

»Weinen«, soufflierte Franzi.

»Ah, danke«, sagte Lorenz. »Herr Neuberger, erklären Sie einem Stadtmenschen wie mir doch bitte, warum ein Projekt wie der ›Trachtenstrip‹ hier eigentlich auf solchen Widerstand stößt.«

Neuberger seufzte wie jemand, der ein unliebsames Thema zum wiederholten Male durchkauen musste. Trotzdem sagte er geduldig und nahezu emotionslos: »Wissn S', heutzutage wird es immer schwerer, für echte Werte einzusteh'n. Wir leb'n in einer Zeit, in der immer alles noch schneller gehen muss und de Welt sich ständig verändert. Es gibt aber da drauß'n g'nug Menschen, die wollen des ned mitmachen. Die Hetzerei, den Druck, des ständig Neue. Es tut gut zu wissen, wo man hing'hört, was z'haben, das es scho immer gibt und heut noch so is wie vor zweihundert Jahr. Und des sind unsere Traditionen, des Brauchtum. Des meng S' jetz vielleicht ned versteh'n, aber ich mag des, wenn i Regl'n hab, die i befolgen kann. Wenn's Rituale gibt, an de i mich halt'n kann. Des gibt mir Sicherheit. Brauchtum is nix anderes wie a Sicherheit. A Dahoam, des ma mit andere Gleichgesinnte teilen kann. A Trachtenverein is wie jeder andere Verein a Treffpunkt für Leut, die dieselb'n Interessen hab'n. Nur dass wir halt keine Eisenbahnen zusammenbau'n oder Fußball spiel'n, sondern de Tracht pflegen und erhalten.«

Neuberger seufzte erneut, dann fuhr er fort: »Und jetzt is in de letzten Jahre was passiert, des uns des Leb'n zunehmend schwer macht: Die breite Masse hat die Tracht für sich entdeckt. Wer heut aufs Oktoberfest geht, der meint, dass er da a Dirndl oder a Lederhos'n trag'n muss. Weil ma des halt so macht, weil ihm des die Werbung und da Fernseher erzähl'n, dass sich des g'hört. Und kaum einer denkt dabei dran, was des eigentlich für uns Brauchtumsschützer bedeutet, wenn unsere geliebt'n Trachten so verschandelt und unsere Werte ins Lächerliche zog'n werden. Und des Verrückte: De Leid glaub'n ja a no', dass sie der Tracht was Gut's tun. Nämlich indem's ihr zu neuem Glanz verhelf'n. Was die allerdings ned bedenken: Es geht ned drum, beim Sauf'n und Feiern a Dirndl anzuhab'n. Es geht um unsere Werte. Um die Pflege der Tradition, de alt'n G'wander, de Rituale, um die Familie, um des Weitererzähl'n von unserer Geschichte. Und des Salz in der Wunde sind dann Leut wie der Wagner, die aus purer Geldgeilheit auf unser'n Werten rumtrampeln.«

Neuberger rieb sich ein Auge. Lorenz schwieg. Er verstand den Gauvorstand nun bedeutend besser, zumindest sah er ein, warum Neuberger den »Trachtenstrip« so sehr ablehnte. Lorenz hatte ebenfalls geglaubt, dass die Trachtler sich doch eigentlich über die neue Kundschaft freuen müssten. Aber da hatte er sich wohl getäuscht. Irgendwie kam ihm Neuberger wie ein Käfer auf einem Sandhaufen in einem Bächlein vor, der eine Sturzflut herannahen sah und sich fragte, was am Ende noch bleiben würde, wenn sie ihn erst einmal überrollt hatte.

Sie baten den Gauvorstand, sich für sie in den Vereinen umzuhören, verabschiedeten sich und fuhren zurück zur Inspektion nach Rosenheim. Eingehüllt in ein Aroma aus Siloduft und Neubergers Melancholie.

Ja hat denn koana an Genierer …?

Mittwoch, Tag 2 nach dem Mord an Sarah Lubner

Der Feiertag machte das diesjährige Eisrebenfest zu etwas Besonderem, ermöglichte er den Besuchern doch ein ausschweifendes Feierwochenende inklusive zwei Brückentagen. So herrschte den ganzen Tag Festbetrieb. Nach dem Frühschoppen saugten sich die Gäste, vornehmlich Männer, die sich eine Art inoffiziellen zweiten Vatertag genehmigten, an den Biertischen fest und verließen sie nur, um sich diverser Körperflüssigkeiten zu entledigen.

In den ersten Jahren des Eisrebenfestes, in denen die Veranstaltung noch im Ortskern Bad Feilnbachs stattfand, war die Geruchsbelästigung eine nicht zu unterschätzende Herausforderung für die Organisatoren gewesen. Es war ein weitverbreitetes Phänomen, dass Männern mit steigendem Alkoholpegel die Benutzung einer Toilette zunehmend rückständig erschien. Ein penetranter Uringeruch war lange Zeit ein vertrauter Begleiter des Weinfestbesuchers – bis der örtliche Bauhof eine chemische Keule fand, die er mittels eines ausgemusterten Schaumzumischgeräts der Feuerwehr und eines Dampfstrahlers jeden Morgen auf dem Festgelände verteilte. Seither gehörte sowohl der alte als auch der neue Festplatz außerhalb des Dorfes zu den unkraut- und ungezieferfreisten Plätzen weithin, doch das hatte bislang noch niemanden gestört, die Vorteile überwogen.

So ertragreich der Feiertag für die Festwirte sein mochte, war er gleichzeitig der umsatzschwächste Tag für die Betreiber der Fahrgeschäfte und Fressbuden, da die Familien und vor allem die Kinder ausblieben. Welche Mutter wollte schon riskieren, dass die Sprösslinge den Herrn Papa dabei erwischten, wie er hinter den Stand mit den Losen reiherte?

Die Jugendlichen hingegen nutzten den freien Tag und den Brückentag, um ein langes und rauschendes Wochenende einzuleiten. Ihr verantwortungsvoller Umgang mit Alkohol beschränkte sich allerdings im Wesentlichen darauf, nicht allzu viel davon zu verschütten.

Als Lorenz und Franzi das Festgelände gegen neunzehn Uhr erreichten, schien die Stimmung bereits wieder am Siedepunkt. Sie hatten zuvor das Haus von Ludwig Graser aufgesucht, nur um festzustellen, dass die ganze Familie aufs Eisrebenfest gegangen war.

Im Moosbichler Zelt spielte eine Trachtenkapelle einen alten Goisern-Hit und schaffte es, sehr zu Lorenz' Erstaunen, dass auf nahezu allen Bierbänken mitklatschende und -johlende Menschen standen. Franzi bugsierte ihn zu einer Bar auf der linken Seite des Zeltes und orderte bei der verdächtig jung aussehenden Bedienung hinter dem Tresen eine Flasche Weißherbst mit zwei Gläsern und eine Flasche Mineralwasser.

»Mir wäre ein Bier lieber«, beschwerte sich Lorenz. Er hatte wieder Jeans und ein schwarzes Hemd an, während Franzi diesmal ein dunkelblaues Dirndl mit weißer Schürze und weißen flachen Sandalen gewählt hatte. Ihre Haare hatte sie lose hochgesteckt. Lorenz war hingerissen.

»Das ist ein Weinfest, wir müssen uns anpassen!«, sagte Franzi lachend und drückte ihm ein Glas in die Hand. »Obwohl das mit dem Anpassen so eine Sache ist ...« Sie musterte ihn von oben bis unten. »Morgen gehen wir einkaufen. So kann das nicht weitergehen, mit dir fällt man ja auf wie mit einem Pony im Pumagehege.«

Lorenz konnte ihr da nicht einmal widersprechen. Er hatte seit ihrer Ankunft noch keine fünf Besucher ohne Tracht gesehen. Die Männer mit Lederhosen, die Frauen im Dirndl. Nur ein Mädel war ihm begegnet, das aus der Reihe gefallen war: Sie trug eine kurze Lederhose, die nur knapp ihren knackigen Hintern bedeckte, sowie ein bauchfreies Trachtenhemd. Doch die gehörte zur Kapelle, stand jetzt auf der Bühne und schmetterte »Que sera, sera« ins Mikrofon, also zählte sie nicht. Er spielte tatsächlich mit dem Gedanken, sich eine Lederhose zuzulegen, er wollte Franzi nur nicht das Gefühl geben, so schnell gewonnen zu haben.

»Frauen mögen Ponys. Außerdem, wenn ich dir jetzt recht gebe, dann liegen wir beide falsch«, antwortete er und nippte an seinem Wein. Er schmeckte kühl und lieblich, ein echter

Schädelsprenger. Lorenz fragte sich, was Frauen immer nur mit ihren süßen Weinen hatten. Er mochte Wein am liebsten staubtrocken, seine Mutter hatte immer zu ihm gesagt, dass man ihm auch Essig servieren könne und ihm würde das munden.

Aus der Menge schälte sich plötzlich eine prallbusige, schokobraun gebrannte Blondine im knallgelben Minidirndl und mit Haaren, die so kurz waren wie die eines Kalbs im Sommer, und steuerte zielstrebig auf die beiden Beamten zu. Lorenz straffte sich bereits, doch die Frau beachtete ihn gar nicht und fiel stattdessen Franzi um den Hals.

»Uschi, dich hab ich ja schon ewig nicht mehr gesehen! Seit wann bist du aus Bali zurück?«, schrie Franzi gegen den Lärm an.

»Seit zwei Wochen! Kann mir doch das Eisrebenfest nicht entgehen lassen!«, antwortete die Frau namens Uschi.

»Das ist mein Kollege Lorenz Hölzl«, sagte Franzi und drehte sich zu Lorenz. Doch Uschi bedachte ihn nur mit einem kurzen, desinteressierten Blick, nickte freundlich und wandte sich dann wieder Franzi zu. Die beiden beschlossen, ihr Wiedersehen mit einem Drink an der Bar zu feiern, und Lorenz war damit entlassen.

Er spürte ein Brodeln in seiner Magengegend, als er seiner Partnerin hinterherblickte. Er wollte sich nicht verlieben. Das war unprofessionell. Aber die quirlige Franzi weckte jenen launigen Geist in ihm, den er noch nie hatte kontrollieren können und der sich nun mit voller Kraft an die Pflege der Kokons machte, aus denen später die Schmetterlinge schlüpfen würden. Franzi war so anders, so erfrischend! Sie hatte Prinzipien und stand mit beiden Beinen im Leben. Sie schien alles mit Humor und Leichtigkeit zu nehmen und stets gut gelaunt zu sein. Doch was wusste er denn wirklich über dieses Mädchen? Über ihre Vergangenheit, über ihre Gefühle, über ihre Pläne? Nicht viel, wie er sich eingestehen musste. Aber der launige Geist redete ihm ein, dass das auch völlig egal war.

Jedenfalls gab Franzis Abwesenheit Lorenz die Gelegenheit, seinen Blick in Ruhe über die feiernde Menge schweifen zu lassen. Die Kapelle hatte ein Potpourri bekannter Schlager angestimmt, und Jugendliche grölten jedes der Lieder, bei denen sie außerhalb des Weinfests nur die Nase gerümpft und den Sender gewechselt hätten, lauthals mit. Auf Lorenz' Glatze bildeten sich schon wieder feine Schweißperlchen.

Plötzlich erspähte er ein vertrautes Gesicht. Er schob sich durch die Menge, trat auf ein paar Füße und bahnte sich hier und da mit sanfter Gewalt einen Weg, bis er schließlich Christoph Lentner auf die Schulter tippen konnte. Der Feuerwehrkommandant begrüßte ihn überrascht. Er hatte einen Mann im Schlepptau, den Lorenz bereits splitterfasernackt gesehen hatte. Das letzte Mal heute Vormittag.

Manchmal kann Polizeiarbeit so einfach sein, dachte Lorenz, als ihm der Hauptdarsteller des »Dirndl Pornos«, Ludwig Graser, vorgestellt wurde und er dem Mann die Hand schüttelte. Graser hatte offensichtlich nicht gewusst, mit wem er da gerade bekannt gemacht wurde, denn sein Gesicht verlor schlagartig alle Farbe, als Lorenz seinen Namen nannte: »Lorenz Hölzl, Kriminalpolizei. Es freut mich, Sie kennenzulernen. Wir wären uns die Tage ohnehin begegnet, wenn uns der Zufall hier nicht zusammengeführt hätte.«

Graser blickte zu Lentner, der seine rechte Augenbraue bemerkenswert weit hochzog und dann Lorenz erwartungsvoll ansah.

»Reine Routine!«, sagte Lorenz zu dem Feuerwehrkommandanten. »Herr Graser, können wir uns draußen unterhalten?«

Graser, immer noch käseweiß im Gesicht, nickte vorsichtig und folgte Lorenz zum Ausgang.

Vor dem Zelt, wo es trotz des Gedudels der Fahrgeschäfte etwas leiser war, sagte Lorenz zu Graser: »Ihrer Reaktion nach schließe ich, dass Sie bereits ahnen, warum ich mit Ihnen sprechen möchte.«

»Tanja hat mir von ihrem Verhör heute erzählt. Außerdem war vorher bereits a Polizist bei mir, der hat g'meint, er würd zu meiner Sicherheit in den nächsten Tagen ein bisserl auf mich aufpassen. Er wollt aber ned sagen, warum, und hat g'meint, seine Kollegen würden mir des dann erzählen«, antwortete

Graser. »Und dann war's ja nur eine Frage der Zeit, bis einer wegen Sarah auf mich zukommen würd, oder?«

»Da haben Sie richtig vermutet. Herr Graser, bitte beschreiben Sie Ihre Rolle –«

»Habe ich etwas verpasst?«, platzte Franzi plötzlich dazwischen. Sie begutachtete Graser von oben bis unten.

Lorenz meinte zu bemerken, dass sie sich ganz leicht straffte, den Busen herausdrückte und die Lippen unmerklich spitzte. Er konnte es ihr nicht verübeln, Graser war ein mehr als stattlicher Kerl in engen, kurzen Lederhosen, knapp zwei Meter groß, sein geschorener Schädel war mit einem feinen Schweißfilm überzogen und glänzte, unter seinem grünen Trachtenhemd, welches er drei Knöpfe weit geöffnet hatte, spannten sich seine Muskeln. Er hatte ein kantiges Gesicht mit einem etwas dumpfen Ausdruck, tiefblaue Augen und einen Dreitagebart. In jedem seiner Ohrläppchen steckte ein Ohrschmuck in Form eines schmalen, silbernen Zapfens. Der geborene Pornodarsteller, schoss es Lorenz durch den Kopf. Selbst er spürte die animalische Anziehungskraft, die von diesem Mann ausging.

»Ich habe Herrn Graser gerade gebeten, mir seine Rolle in Cornelius Wagners Filmprojekt zu beschreiben«, sagte er.

Graser holte tief Luft, blickte auf seine Füße und schien den Trubel des Festes ganz vergessen zu haben.

»Nun, wie soll i des erklären, ohne dass Sie in mir jetzt einen komplett Perversen seh'n … Eigentlich bin i zufrieden. Oder sollt's sein. Mein ganzes Leben is vorausgeplant. I bin jetzt sechsundzwanzig Jahre, arbeit' als Mechaniker in diesem Kaff und soll später d'Werkstatt von meinem Vater übernehmen, der aber mindestens noch zehn Jahre die Zügel in der Hand hab'n wird. Des is okay, aber i würd auch gern die Welt anschau'n. Und dann ist da ja noch meine Freundin, die Tanja. Für die würd i alles tun, um ihr ein schönes Leben z'ermöglichen. Sie hat mich ja überzeugt, da mitzumachen.« Er schluckte mehrmals, als hätte er einen Frosch im Hals. »Cornelius' Projekt war unser Ticket in'd Freiheit: etwas Geld mitnehmen, und dann wär'n wir weg. Klar, es ginge wohl auch ohne Kohle, aber wenn sich die Gelegenheit schon bietet …«

»Da kann ich Sie besser verstehen, als Sie vielleicht glauben, immerhin habe ich meinen Tellerrand auch erforscht, wenngleich ich nicht auf die Idee gekommen wäre, ausgerechnet in einem Porno mitzuwirken.«

Lorenz musste kurz lächeln, als er sich vorstellte, wie seine Karriere im horizontalen Gewerbe wohl verlaufen wäre, hätte er sich damals nicht für die Polizei entschieden. Auch er hatte einst eine Phase gehabt, in der er einfach nur wegwollte. Er konnte jene Leute, die in ihrem Ententeich saßen und dachten, sie hätten den einzigen Flecken Wasser auf dieser Welt gefunden, nicht verstehen. Er war fast ein Jahr lang durch Asien gereist, mit dem Rucksack einmal quer durch Mexiko gelaufen und hatte sich mehrmals vorgenommen, niemals zurückzukehren. Am Ende hatte dann doch das Heimweh gesiegt. Er musterte den geknickten Mann, dessen Geständnis so gar nicht zu seinem Erscheinungsbild passen mochte.

»Herr Graser, wo waren Sie denn in der Nacht von Montag auf Dienstag?«, fragte Lorenz.

»Nicht auf'm ›Almrausch‹-Festival. Ich hab bis spät am Abend a Auto repariert, zusammen mit einem Spezl, dem Biebler Schorsch. Dann bin i daheimgeblieben«, antwortete Graser.

»Danke«, sagte Lorenz. »Ich denke, das reicht für heute. Wo sind Sie denn morgen Nachmittag anzutreffen, damit wir Ihre Aussage aufnehmen können?«

»Sie finden mi' in meiner Werkstatt. Ich hab morgen frei, schraub aber trotzdem ein wenig an meinen Autos. Des is ganz oben in der Hocheckstraße, können's ned verfehlen. Kann i jetzt gehen?«, fragte Graser.

»Ja, sicher. Moment, eins noch ...«, rief Lorenz.

Graser drehte sich nochmals um und blickte Lorenz fragend an.

»Zeigen Sie mir mal Ihren Hirschfänger?«

Graser stutzte kurz, zog dann aber das Messer aus der Seitentasche seiner Lederhose und reichte es Lorenz. Es hatte nichts mit der Mordwaffe gemein. Die Klinge steckte in einer schlichten Lederscheide, der Griff war aus einem einfachen, glatten Horn, insgesamt war das Messer viel kleiner und leichter. Lorenz gab es an seinen Besitzer zurück.

»Herr Graser, ich muss Ihnen noch etwas erzählen: Wir müssen davon ausgehen, dass es draußen jemanden gibt, der nach Rache für Sarahs Tod sinnt. Uns liegt ein entsprechender Drohbrief vor. Fällt Ihnen spontan jemand ein, der Ihnen etwas Böses will? Das ist übrigens auch der Grund, warum der Kollege heute bei Ihnen vorstellig geworden ist.«

Graser dachte kurz nach und antwortete: »I hab keine Ahnung, wer mir was antun wollt. Und ganz ehrlich, um mich mach i mir auch keine Sorgen. Wer mir was antun will, soll nur kommen, i hab an Jagdschein und weiß mir schon zu helfen. Wichtiger is mir, dass der Tanja nix passiert.«

»Seien Sie unbesorgt, wir passen gut auf Tanja auf«, sagte Lorenz und hoffte inständig, dass der Zweifel über seine eigenen Worte nicht zu offensichtlich herauszuhören war. Er bedankte sich bei Graser und entließ den Mann, der sogleich von der Menge verschluckt wurde.

Da spürte Lorenz ein Kribbeln im Nacken und blickte instinktiv nach rechts. Dort setzte sich gerade ein großer Mann in Bewegung, der die beiden Beamten und Graser offenbar beobachtet hatte und nun Grasers Verfolgung aufzunehmen schien. Lorenz konnte das Gesicht des Mannes nicht erkennen, wohl aber, dass er einen Filzhut und eine dunkle Trachtenjacke trug.

Lorenz bedeutete Franzi, dass sie mit ihm mitkommen sollte, und folgte dem Unbekannten. Dieser lief tatsächlich Ludwig Graser hinterher, und in Lorenz' Magengegend breitete sich ein mulmiges Gefühl aus. Was, wenn es sich hier um den Attentäter handelte? Lorenz war unbewaffnet, und mit seinen Nahkampfkünsten war es auch nicht weit her. Vor allem, weil sein potenzieller Gegner über eine wirklich imposante Statur verfügte. Lorenz hatte lediglich das Überraschungsmoment auf seiner Seite. Ob er Verstärkung rufen sollte? Nein, erst musste er sich ganz sicher sein. Außerdem wollte er sich nicht vor Franzi blamieren, mehr noch: Vielleicht konnte er sich hier sogar profilieren? Der Gedanke daran, seiner Partnerin zu imponieren, flößte ihm neuen Mut ein.

Graser hatte gerade den rappelvollen Weinstadl betreten. Sein Verfolger machte kurz vor der Hütte halt und schien unschlüssig, wie er weiter vorgehen sollte. Da sah Lorenz seine Chance gekommen. Er sammelte all seinen Mut, schloss zu dem Mann auf und packte ihn an der Schulter, sodass dieser sich umdrehen musste. Das Erste, was Lorenz erblickte, war ein Strauß Zuckerwatte, den ihm sein Opfer vor Schreck fast ins Gesicht gestoßen hätte. Hinter Lorenz begann Franzi zu kichern, als sie erkannte, wen Lorenz da verfolgt hatte: Vor ihnen stand Polizeiobermeister Kerschl und starrte ihn verständnislos an. In seinem schlecht rasierten Bart klebten kleine Zuckerwattefäden. Seine Schweinsäuglein weiteten sich in plötzlichem Erkennen.

»Kerschl! Was zum Teufel treiben Sie denn hier?«, schnauzte Lorenz ihn an und kam sich augenblicklich äußerst dumm dabei vor. Natürlich wusste er genau, was Kerschl hier machte.

»Na, i observier den Graser, so wie Sie mir des ang'schafft haben, Herr Kommissar!«, antwortete Kerschl und genehmigte sich einen weiteren Happen Zuckerwatte.

Mit seiner fülligen Gestalt fungierte er wie ein Fels in der Menschenmenge, die ihn sanft umspülte, während Lorenz ständig angerempelt wurde. Das trug nicht gerade zu Lorenz' guter Laune bei, aber weil Franzi anwesend war, riss er sich zusammen. Lorenz entwich ein Seufzer. »Okay. Wer kümmert sich um die anderen beiden?«, fragte er.

Immer noch auf seiner Zuckerwatte kauend, antwortete Kerschl: »Der Lallinger schaut nach dem Mädel. Der hat beim Strohhalmzieh'n gewonnen. Und die Juffinger passt auf den Fotografen auf.«

Na gut, wenigstens machte den Job überhaupt wer. Lorenz musste sich wohl vorerst mit den ihm gegebenen Mitteln begnügen. In einer plötzlichen Anwandlung von kollegialem Mitgefühl entschloss er sich dazu, nett zu Kerschl zu sein. Immer doppelt so viel loben wie kritisieren, hatte er damals in der Personalführungslehre gelernt.

»Gut getarnt haben Sie sich diesmal!«, sagte er also zu Kerschl.

Der straffte seine Haltung, und ein stolzes Grinsen bildete sich in seinem bubenhaften Gesicht. Wie ein kleiner Junge, der von der Mama gelobt wurde. »Danke, vielen Dank. Hab mir extra Mühe gegeben!« Kerschl wedelte überschwänglich mit der Zuckerwatte. »Jetzt muss i aber wieder auf den Graser aufpassen!«

»Nur zu«, sagte Lorenz. »Lassen Sie sich von uns nicht aufhalten.« Und damit verschwand der große Mann im Gewühl des Weinstadls.

Lorenz strich sich mit der Hand über Stirn und Glatze. Er bemerkte erst jetzt, dass Franzi erwartungsvoll neben ihm stand und ihn musterte.

»Na, fertig mit Denken?«, fragte sie schmunzelnd. »Ist was Vernünftiges dabei herausgekommen?«

»Selbstverständlich kommt da was Vernünftiges heraus«, antwortete Lorenz. »Meinst, der Graser hat was mit dem Mord zu tun? Wenn das stimmt, was er uns erzählt hat, hätte er sich ja tief ins eigene Fleisch geschnitten, wenn er Sarah aus dem Weg räumt und so die Veröffentlichung des ›Dirndl Pornos‹ gefährdet.«

»Wie kommst du denn darauf, dass der Mord den ›Dirndl Porno‹ aufhalten könnte? Hast du dir mal überlegt, dass die Darsteller vielleicht auch vom Tod der Lubner profitieren, indem sie dann ganz einfach nur noch durch drei und nicht mehr durch vier teilen müssen?«, fragte Franzi.

»Vielleicht haben der Graser und die Zachel ja gemeinsame Sache gemacht, um mehr für sich rauszuschlagen … So gesehen hätten natürlich beide ein Motiv. Nur: Hatten sie auch die Möglichkeit dazu? Wir müssen dringend überprüfen, ob der Graser wirklich nicht auf dem ›Almrausch‹-Festival war«, sagte Lorenz.

»Zu Befehl, Chef!«, rief Franzi und deutete einen Knicks an. »Und wenn Sie nun so freundlich wären und Ihrer Kollegin einen Drink spendieren würden, damit sie sich nicht umsonst herausgeputzt hat?«

Lorenz reichte ihr seinen Arm, und sie hakte sich ein. Schon wieder war Franzi ihm so unzüchtig nah, und er spürte ein Kribbeln im ganzen Körper. Sie sah aber heute auch verdammt gut aus. Und irrte er sich oder war da ein Glitzern in ihren

Augen, das ihm zuvor noch nie aufgefallen war? Sein Herz schlug schneller, als er sie durch die Menge führte, in Richtung des Moosbichler Zeltes.

Wahrscheinlich liegt's nur an den Hormonen, dachte er sich. Ich hab in den letzten beiden Tagen einfach zu viele Pornos gesehen und führe mich jetzt auf wie ein brünftiger Bock, dachte er. Wie sagten die Bayern doch immer so gerne? Herrgottsagrament. Oder so. Aber das fühlte sich gut an. Herrgottsagrament. Und er sollte es sich noch einige Male an diesem Abend denken.

Vom Wollen und Können

Mittwoch, 5 Tage vor dem Mord an Sarah Lubner

Mittlerweile war es Mittag, und weil Tanja wohl ähnlich empfand wie Sarah und sofort die nächste Szene filmen wollte, entschieden sie sich dazu, gleich zum Weiher umzuziehen und das Mittagessen noch etwas zu verschieben.

Der Teich hinter der Alm wurde durch einen kleinen Gebirgsbach gespeist, der für steten Nachschub an kühlem Quellwasser sorgte. Die Grasers hatten eine Uferseite von Pflanzen befreit und feinen Kies aufgeschüttet, sodass ein Strand entstanden war. Dieser wurde eingerahmt von buschigem Schilf, das bedächtig im warmen Wind wogte. Zum Schwimmen war der Teich wegen seiner stets frostigen Temperaturen nicht geeignet, wohl aber zur Abkühlung nach einem heißen Saunagang. Es gab direkt an der Esplanade nämlich eine kleine Blockhütte, in der sich eine Kelosauna befand. Deren Vordach spendete wohltuenden Schatten, und Sarah machte es sich auf einer der beiden Holzliegen bequem.

Von hier aus hatte sie einen Logenplatz für die Dreharbeiten der zweiten Szene: Ludwig sollte Tanja überraschen, die am Ufer saß und mit den Füßen im Wasser planschte. Cornelius war gut vorbereitet: Er hatte eine Wathose angezogen, die ihm bis zur Brust reichte, und stand wie ein Fischer im tiefen Wasser, anstelle einer Angel seine Kamera im Anschlag. Er rief Tanja Anweisungen zu, sie solle sich die Arme und das Gesicht mit Wasser benetzen, als wolle sie sich erfrischen. Sarah stellte sich vor, wie das kühle Nass ihre Haut berührte. Ihr war heiß, trotz des Schattens, und sie überlegte kurz, ob sie ihr Dirndl ausziehen sollte. Doch sie entschied sich dagegen. Obwohl sie halb hinter dem Schilf verborgen lag und Cornelius sie wahrscheinlich nicht sehen konnte, wollte sie nicht stören und verhielt sich still.

Jetzt winkte Cornelius Ludwig herbei, der sich auf der anderen Seite des Ufers versteckt gehalten hatte und sich nun hinter Tanja kniete. Er trug nur eine Lederhose, war barfuß und sein muskulöser Oberkörper glänzte vor Schweiß. Ludwig war komplett unbehaart, auch das Körperhaar rasierte er sich. Offensichtlich war er sehr aufgeregt.

Er begann, Tanjas Hals zu küssen. Sie bog ihren Kopf genießerisch nach hinten und öffnete den Mund. Cornelius bat Tanja, sich umzudrehen und sich auf Ludwig zu setzen. Sie tat, wie ihr geheißen, drückte Ludwig zurück und küsste ihn leidenschaftlich. Ludwig bebte am ganzen Körper. Ob das gut gehen würde?

Auch Cornelius schien Ludwigs Verhalten bedenklich vorzukommen, und er wies ihn an, sich zurückzuhalten. Tanja sollte damit beginnen, Ludwig langsam vom Kinn abwärts zu küssen und schließlich seine Lederhose zu öffnen. Sie nahm sich dafür viel Zeit, leckte über Ludwigs Brust, bedeckte seinen muskulösen Bauch mit Küssen und nestelte quälend langsam an den beiden Knöpfen der Hosenklappe. Als sie diese dann endlich öffnete und Ludwig nackt unter ihr lag, geschah das Malheur: Ludwig, den es vor Lust schier zu zerreißen schien, entlud sich bei der ersten Berührung seines stocksteifen Gliedes. Tanja konnte gerade noch den Kopf zurückwerfen, als er mit einem gewaltigen Strahl auf Tanjas Dirndl ejakulierte.

Sarah konnte nicht anders. Aus ihr brach schallendes Gelächter. Der Anblick, der sich ihr bot, war einfach zu köstlich: Ludwig lag stöhnend unter Tanja, und als seine Lust verflog und er sich bewusst wurde, was er gerade angerichtet hatte, wandelte sich seine Miene in die eines schuldbewussten Schuljungen. Tanja sah aus, als wüsste sie nicht, wie ihr geschah. Sie saß mit ausgebreiteten Händen und voller Ludwig auf dem armen Wurm, und Cornelius schien für den Augenblick sprachlos, als hätte er ein Gespenst gesehen.

Die Szenerie war für Sarah auch deshalb so erheiternd, weil sie ihr das Offensichtliche vor Augen führte: dass sie alle eben doch nur blutige Amateure und keine abgebrühten Pornodarsteller waren. Junge Leute mit natürlichen Trieben, die sich nicht unter Kontrolle hatten. Und so schlimm das vielleicht gerade für Ludwig sein musste, Sarah war ihm für diesen Moment unglaublich dankbar.

Schließlich ließ sich auch Cornelius vom Lachen anstecken

und Tanja rügte ihren Liebhaber und ermahnte ihn, dass sie zwar wisse, was für ein erotisches Prachtweib sie sei, er sich aber doch bitte am Riemen reißen solle, der höheren Sache wegen. Das brachte auch Ludwig zum Lächeln, und schließlich rief Cornelius die Mittagspause aus, in der Ludwig sich erholen sollte und Tanja sich umziehen konnte.

Cornelius hatte eine ganze Kühlbox voller Leckereien mitgebracht, die vor allem viel Obst enthielt. Süße, kernlose Trauben, knackige, rot glänzende Äpfel und reife, saftige Zwetschgen. Dazu reichte er frisches Brot mit Butter, Käse, Paprika und würzigen Landjägern, und sogar einen Radi hatte er im Gepäck. Sarah merkte erst beim Anblick dieser Tafel, wie hungrig sie war.

»Sorry noch mal, dass i die Szene versaut hab, buchstäblich«, sagte Ludwig, während er sich Paprikastreifen auf sein Brot legte und Schnittlauch darüberstreute.

»Nach der Show der beiden Mädels auf der Wiese hätte es mich wahrscheinlich schon zerrissen, wenn Tanja sich auf mich gesetzt hätte«, tröstete ihn Cornelius. »Gehörst du vielleicht auch zu den Träumern, die glauben, die Kerle in Pornofilmen wären omnipotente Rammelmaschinen?«

»Nein, oder ja, ach, was weiß denn ich. Bis jetzt hab i mir da noch nicht wirklich viele Gedanken gemacht, bisher hatt's bei mir ja auch immer prima hing'hauen …«

»Und ob's des hat!«, warf Tanja zwinkernd ein und drückte Ludwig einen Kuss auf den Oberarm.

»Wir liegen ohnehin super im Plan«, sagte Cornelius. »Ich hatte ehrlich nicht damit gerechnet, dass die erste Szene mit den Mädels so schnell im Kasten sein würde. Nach dem Essen versuchen wir die Weiher-Szene einfach noch mal und nehmen uns so viel Zeit, wie wir brauchen.«

Eine halbe Stunde später saß Sarah wieder auf der Liege vor der Kelosauna und beobachtete die Dreharbeiten. Die anderen hatten sich wieder am Teich eingefunden, Cornelius wollte die Szene noch einmal genau so drehen. Und dieses Mal lief es besser.

Tanja trug lediglich ihren weißen Unterrock mit dem Spitzensaum und ihre ebenso weiße halb transparente Dirndlbluse. Ihre schönen Brüste schimmerten durch den leichten Stoff. Sie saß am Weiher und malte versonnen kleine Kreise ins schimmernde Wasser. Dann trat Ludwig wieder an sie heran, bückte sich und küsste ihren Nacken. Tanja schloss genießerisch die Augen. Nach einer Weile drehte sie sich um, drückte Ludwig nach hinten und setzte sich auf ihn. Sie küsste ihn heftig auf den Mund und knöpfte sein Hemd auf. Dann arbeitete sie sich mit ihren Lippen wieder vom Hals in Richtung Lendengegend vor.

Als sie ihm schließlich die Lederhose aufgeknöpft hatte, schien Ludwig nicht mehr ganz so von Lust erfüllt zu sein, und kurz befürchtete Sarah, dass Cornelius die Szene abermals abbrechen musste. Aber Tanja wusste genau, wie sie ihren Freund wieder auf Touren bringen konnte. Er wuchs zwischen ihren Lippen und durch ihre geschickte Zunge schon nach kurzer Zeit wieder zu stattlicher Größe heran.

Sarah hatte noch nie jemanden beim Sex beobachtet. Natürlich hatte sie schon den einen oder anderen Pornofilm gesehen, aber sie stellte fest, dass es noch mal etwas ganz anderes war, es tatsächlich live und in Farbe zu erleben.

Das Paar war nun in einen Rausch verfallen, in der es weder Cornelius mit seiner Kamera noch irgendetwas anderes um sich wahrnahm. Beide lagen halb im Wasser, schienen die Kälte jedoch nicht zu spüren. Als Tanja merkte, dass Ludwig wieder in voller Fahrt war, hörte sie mit dem Oralverkehr auf. Sie rutschte nach vorne, streifte sich ihren Slip ab und setzte sich auf Ludwig. Dieser stöhnte lustvoll auf, als er sein Becken hob und tief in sie eindrang. Auch Tanja seufzte leise. Unwillkürlich fragte sich Sarah, wie sich Ludwig wohl jetzt in ihr anfühlen würde, und spürte, wie das Verlangen in ihr wuchs.

Während sie auf Ludwig ritt, zog Tanja ihre Bluse aus und schleuderte sie zur Seite. Den durchnässten Unterrock behielt sie an, er klebte an ihr wie eine zweite Haut.

Sarah musterte Cornelius, der stur durch den Sucher seiner Kamera stierte. Plötzlich kniete er sich hin und setzte an, sich nach vorne zu legen, auf der Suche nach einer tieferen Perspektive, wie Sarah es viele Male bei Shootings bei ihm gesehen hatte. Doch jetzt schien er vergessen zu haben, wo er sich befand, und schon tauchte er mit dem Latz seiner Wathose ins kalte Wasser. Er erschrak, und fast schien es, als wolle er die Kamera fallen lassen, doch er riss sich noch rechtzeitig zusammen und drehte weiter.

Das kopulierende Paar hatte von alldem nichts mitbekommen und gerade die Stellung gewechselt. Ludwig hatte Tanja auf den Rücken gedreht und nahm sie von oben, während er an ihren Brüsten saugte und Tanja seinen haarlosen Kopf umklammert hielt. Cornelius, der offenbar bemerkt hatte, dass die Bewegungen der beiden immer schneller wurden und sie sich einem gemeinsamen Höhepunkt entgegenbewegten, wies sie an, noch einmal in eine ihm zugewandte Löffelchenstellung zu wechseln.

Ludwig packte Tanjas nacktes linkes Bein und hob es an. Tanja war über und über mit feinem nassen Kies bedeckt, der an ihrer Haut klebte. Plötzlich schrie sie laut auf, als es ihr kam, ihr Unterleib zuckte heftig und riss auch Ludwig in einen Orgasmus hinein, der ihn röhren ließ wie ein brünftiger Hirsch. Schließlich sackten sie beide erschöpft aufeinander und küssten sich innig.

»Schnitt!«, rief Cornelius scherzhaft, stieg aus dem Wasser und öffnete die Wathose. Aus ihr strömten mehrere Liter Wasser. Er lächelte schief.

»Gott sei Dank habe ich eiskaltes Wasser im Schritt, das hat es für mich erträglicher gemacht, euch zuzusehen. Herrschaften, war das geil. Ich würde sagen, der halbe Film ist im Kasten! Lasst uns zurück zur Alm gehen und die Kür vorbereiten!«

Da Capo

Donnerstag, Tag 3 nach dem Mord an Sarah Lubner

Lorenz und Franzi betraten das Bad Feilnbacher Kuramt, wo die beiden von einer hübschen, außerordentlich jungen Bürokraft begrüßt wurden. Lorenz fand, dass sie nicht so richtig in ein Kuramt passen wollte, in seiner Vorstellung hätten hier rundliche alte Matronen sitzen sollen, die muffige Akten wälzten und permanent schlecht gelaunt waren.

Das Mädchen war die einzige anwesende Person im Raum, obwohl es noch drei weitere Arbeitsplätze gab und es bereits kurz nach zehn Uhr war.

Bernhard Eibl hatte die beiden Beamten wohl kommen hören, denn noch während die Vorzimmerdame ihre Begrüßungsfloskel aufsagte, steckte er seinen Kopf durch die Tür und bedeutete ihnen, in sein Büro zu kommen.

Als sie mit je einer Tasse Kaffee vor seinem Schreibtisch saßen, sagte Eibl: »Mein Arbeitsplatz quillt über wegen der Geschichte mit dem Mord. Außerdem ist die Frau Bürgermeister nach wie vor auf Reha, und ein Großteil ihrer Arbeit landet bei mir.«

Lorenz' Blick glitt über die Berge von Akten, bunten Prospekten und geöffneten, aber offensichtlich ungelesenen Briefen auf Eibls Schreibtisch, und er fühlte so etwas wie Mitleid für den Mann. Lorenz hasste Büroarbeit. Auf seinem Schreibtisch gab es zwei Stapel: einen für Dokumente und Unterlagen, die frisch eingetroffen waren, und einen für besonders wichtige Angelegenheiten. Dokumente von Stapel eins wanderten dann irgendwann entweder in den Papierkorb oder auf Stapel zwei. Und diesen schob er im Dreiwochenrhythmus komplett in den Reißwolf. Bisher war er mit dieser Taktik stets ganz gut gefahren, und die chaotischen Zustände in seinem alten Präsidium hatten im Fall des Falles immer noch die Ausrede zugelassen, dass er besagtes und nun vermisstes Schreiben oder Memo nie erhalten hätte.

»Und als ob der Bürokram nicht genug wäre, halten Sie nun auch noch zwei Polizisten von Ihrer Arbeit ab«, scherzte Franzi.

»Frau Graßmann, ich kann Ihnen versichern, der größte Anteil an Papier hier ist dem unerfreulichen Tod der jungen Frau Lubner geschuldet. Medien funktionieren heute nach dem Prinzip des eruptiven Skandals. Der Auslöser, in unserem Fall Sarah Lubners Tod, genügt schon lange nicht mehr, um den Hunger der Boulevard-Presse zu stillen. Nein, da muss daraus gleich der Niedergang des Kurorts eingeleitet werden, der Tod nach dem ›Trachtenstrip‹, das Mörderdorf an den Alpen. Und da die Öffentlichkeitsarbeit in meinen Aufgabenbereich fällt, darf ich mich nun auch mit diesem medialen Dünnpfiff herumschlagen und retten, was zu retten ist. Darum gibt es derzeit niemanden, den ich so dringend brauche wie Sie beide, auf dass Sie den Fall so schnell wie möglich lösen, bevor mir der Himmel über dem Kopf zusammenbricht. Sie haben also meine ungeteilte Aufmerksamkeit und alle Zeit, die Sie von mir benötigen.«

»Heißt es im Marketing-Jargon nicht immer, dass es keine negative Publicity gibt, nur Publicity?«, fragte Lorenz.

»In dem Fall sollten Sie mich auch zu Ihrem Verdächtigenkreis zählen. Leider aber gilt dieses Gesetz für einen Kurort nicht. Die Imagepflege gestaltet sich hier sehr viel schwieriger. Es genügt nicht, nur in den Medien präsent zu sein, nein, das vermittelte Gefühl muss stimmen. Sehen Sie, mit dem Zusammenbruch des klassischen Kursystems mit seinen von den Krankenkassen subventionierten Patientenschwemmen müssen nun auch wir uns auf dem Markt behaupten. Um die potenziellen Urlauber und Sommerfrischler buhlen eine Vielzahl an Ortschaften und Städten, die in der Vergangenheit nicht den Luxus und die Privilegien eines Kurorts genossen haben und sich neue Wege einfallen lassen mussten, um auf dem Markt zu bestehen. Heute haben die moderne Hotels, Thermen, Hochseilgärten, Tierparks, Eventhallen. Und wir haben alte Kurkliniken mit antiker Einrichtung, Moorbäder, die sich keiner mehr leisten will, ein Unterhaltungsangebot, das allenfalls noch Rentner begeistern kann. Und genau diese Zielgruppe ist hochsensibel, was das Image ihres Urlaubsortes anbelangt. Die wollen keine Skandale, keine Räuberpistolen, keine Unannehmlichkeiten.«

Lorenz verkniff sich die Frage, wo sich Eibl zum Tatzeitpunkt aufgehalten hatte; dass er nicht auf der Alm war, hatte er ja bereits vorgestern ausgesagt. Für Lorenz klang die schonungslose Beschreibung des Zustands der Gemeinde plausibel. Engagierte Visionäre wie Eibl taten sich schwer, einen Wandel in den verharzten Strukturen herbeizuführen. Lorenz beschloss, den Mann einzuweihen. Er sah kurz zu Franzi hinüber, diese nickte leicht, und er wandte sich wieder an den Kurdirektor: »Es gibt da etwas, was Sie wissen sollten, Herr Eibl.«

Der Kurdirektor zog die Augenbrauen hoch und setzte die Stirn in Falten, sagte aber nichts.

»Sarah Lubner war Darstellerin im jüngsten Projekt von Cornelius Wagner«, fuhr Lorenz fort. »Er hat zusammen mit ihr und zwei weiteren Personen einen Pornofilm gedreht. Mit dem klangvollen Namen ›Dirndl Porno‹. Der Film stand kurz vor der Veröffentlichung, dann kam es zu Sarahs tragischem Tod.«

Die Reaktion von Eibl fiel anders aus als erwartet. Zunächst formte sich ein Schmunzeln um seine Lippen, dann begann er am ganzen Körper zu beben und schließlich brach schallendes Gelächter aus ihm heraus. Als er sich wieder erholt hatte und die erstaunten Gesichter der beiden Beamten sah, sagte er mit mühsam unterdrücktem Lachen: »Dieser Fuchs! Ganz ehrlich, ich bewundere Wagner für seine Ideen. Ich halte bereits den ›Trachtenstrip‹-Kalender für ein geniales Produkt, und wenn ich wüsste, wie ich das Ding für die Vermarktung Feilnbachs einsetzen könnte, ich hätt's schon längst getan. Schlussendlich ist das aber gar nicht so leicht, einen Markt für den Kalender zu finden, und das wird auch Wagner erkannt haben. Und er hat sich dann für den nächsten konsequenten Schritt entschieden und dreht einen Porno. Viel leichter zu vertreiben, viel größere Zielgruppe und um einiges skandalträchtiger. Genial.«

Lorenz nahm einen großen Schluck aus seiner Kaffeetasse.

Franzi schaltete sich ein. »Ich komme nicht ganz mit. Glauben Sie nicht auch, dass sich die Medien wie Hyänen auf die Geschichte des Bad Feilnbacher Pornoregisseurs stürzen werden, dessen Hauptdarstellerin in Bad Feilnbach ermordet wurde?«, fragte sie.

»Mal abgesehen davon, dass die Kohlgrubalm nicht in Bad

Feilnbach liegt, sondern davor, haben Sie natürlich recht. Als Kurdirektor kann ich mir kaum eine schlimmere Publicity vorstellen. Glaube ich zumindest. Als Privatmann finde ich die Idee allerdings großartig. Haben Sie den Film denn schon gesehen? Wie ist er denn so?«

»Mir fehlt es an passendem Hintergrundwissen, aber Kommissar Hölzl hat mir versichert, dass es sich um einen im Vergleich äußerst hochwertigen Film handelt«, sagte Franzi.

Lorenz überhörte die Spitze und ergänzte: »In gewisser Weise ist der Film als ästhetisch zu bezeichnen. Weit weg vom üblichen Schmuddel, der durch das Internet schwemmt. Es gibt zwar keine richtige Handlung, aber der Film hat drei Schauplätze vor schöner Alpenkulisse und kommt dabei ohne Heimatkitsch aus. Die Darsteller sprechen nicht, es droht also keine Gefahr durch peinliche Dialoge. Und obwohl es sich vom Gezeigten her tatsächlich um einen Porno handelt, wird es nie so richtig schmutzig, wenn Sie verstehen, was ich meine.«

»Es scheint, als hätte Wagners Film bereits einen ersten Fan gefunden«, sagte Eibl und lächelte spitzbübisch. »Kann ich den Streifen sehen?«

»Nein«, antwortete Lorenz. »Das uns vorliegende Exemplar ist Beweisstück in einem Mordfall und wird derzeit von der Spurensicherung untersucht.« Die Kopie erwähnte Lorenz nicht.

»Schade«, sagte Eibl. »Und wie kann ich zu Ihren Ermittlungen beitragen?«

Franzi kramte das Foto des Messers aus ihrer Mappe und schob es über den Schreibtisch des Kurdirektors. »Wissen Sie, was das ist?«, fragte sie.

Eibl sah sich das Foto an und sagte schließlich: »Ich weiß, was es nicht ist: ein gewöhnliches Messer. Handelt es sich um die Mordwaffe?«

»Ja«, antwortete Franzi. »Was meinen Sie mit nicht gewöhnlich?«

»Auch wenn ich mir privat nicht viel aus Trachten mache, so muss ich mich doch von Berufs wegen damit beschäftigen. Es handelt sich hier um einen sogenannten Nicker, hier auch gerne Hirschfänger genannt«, sagte Eibl.

»Das wissen wir bereits, aber fahren Sie fort.«

»Der hier auf dem Foto war sicherlich nicht günstig zu erwerben, ich tippe eher auf ein Erbstück. Für einen Trachtler ist der Hirschfänger eine ähnlich wichtige Reliquie wie sein Gamsbart. Diese Dinge sind Statussymbole. Je größer und buschiger ein Gamsbart, umso höher ist die Stellung oder das Budget des Trägers. Auch beim Hirschfänger gibt es Modelle, die bereits für wenige Euros zu erwerben sind, meist aus einfachem Rehhorn oder billigem Kunststoff gefertigt. Die richtig teuren Exemplare aus Hirschhorn oder dem Gehörn von seltenen Tieren können mehrere hundert Euro kosten. Aber ich möchte Sie nicht mit meinem Laienwissen langweilen.«

Lorenz hatte das Messer der Spurensicherung übergeben, den Bericht aber noch nicht erhalten, und schon gar nicht kannte er sich mit traditionellen Messern aus. »Sprechen Sie nur weiter, mich interessiert Ihre Meinung«, sagte er.

»Ursprünglich ist der Nicker – der Name leitet sich angeblich von ›Genickfänger‹ ab – ein schmales, einseitig scharf geschliffenes Jagdmesser mit Hirschhorn-Griffschalen. Sein Zweck war der, dem erlegten Wild durch einen Stich in den Nacken, also ins Genick, den Gnadenstoß zu geben. Heute ist das Messer eher ein traditioneller Bestandteil der Lederhose und wird vorrangig als Essbesteck betrachtet«, erläuterte Eibl und legte das Foto aus der Hand. »Ein richtiger Trachtler wie Neuberger wird Ihnen dazu sicherlich noch mehr erzählen können.«

»Dafür, dass Sie sich nicht für Trachten interessieren, wissen Sie erstaunlich viel darüber«, sagte Franzi.

»Ich war schon immer gut darin, mich in Themen einzulesen und mir Details einzuprägen. Außerdem habe ich ein hervorragendes Namensgedächtnis. Mein Kapital ist mein Wissen. Hier ist es unglaublich wichtig, die Beziehungen der Leute untereinander zu kennen, darüber informiert zu sein, wer mit wem und warum verkehrt oder eben nicht. Wer den Einfluss hat, wer die Meinungsmacher sind. Und wie man an sie herankommt und ihre Sprache spricht.«

»Dann findet man Sie bestimmt regelmäßig an den einschlägigen Stammtischen«, meinte Franzi.

»Dahin muss ich gar nicht«, antwortete Eibl. »Klar ist das Stammtisch-Networking, wie einer meiner Kollegen es einmal getauft hat, nicht zu unterschätzen. Der Trick ist jedoch, sich mit den jeweiligen Meinungsführern, den Vereinsvorständen, den Chefs, den Gemeinderäten, all jenen, bei denen sich solche Informationen eben bündeln, gut zu stellen. Dann fließen die Informationen ganz von allein. Und jetzt sind wir wieder an jener Stelle, wo ich vielleicht doch etwas zu Ihren Ermittlungen beitragen könnte. Gibt es konkrete Bereiche, außer meinem Wissen um Lederhosenmesser, bei denen ich Ihnen behilflich sein kann?«

»Was wir auf jeden Fall genauer untersuchen müssen, ist das Video. Jemand hatte Interesse daran, es der Polizei zuzuspielen, es jedoch aus irgendwelchen Gründen anonym getan. Kennen Sie Ludwig Graser und Tanja Zachel?«, fragte Lorenz.

»Die Frau kenne ich nicht, Ludwig Graser aber wohl. Er ist Mitglied der hiesigen Feuerwehr. Und wie es die Zufälle so wollen, behauptet einer der neueren Tratsche, dass Christoph Lentner, Grasers Kommandant, etwas für die junge Frau Lubner empfunden hat. Vielleicht sollten Sie mal in diese Richtung forschen …«, sagte Eibl und fügte hinzu: »Ich glaube, ich muss nicht extra erwähnen, dass Sie das nicht von mir wissen, wenn das möglich ist.«

»Vielen Dank für Ihre offenen Worte, Herr Eibl. Natürlich werden wir Sie so gut es geht aus der Schusslinie halten – solange Sie uns weiter mit wertvollen Informationen versorgen.«

Lorenz grinste und kam sich vor wie in einem hohlen amerikanischen Krimi. Die Situation war aber auch ausgesprochen absurd. Er saß hier im Kuramt einer kleinen Gemeinde im Niemandsland, und sein wichtigster Informant schien derzeit ausgerechnet der ortsansässige Kurdirektor zu sein.

Eibl hatte das Grinsen wohl richtig gedeutet. Er sagte: »Sie müssen auch keine abgeschnittenen Pferdeköpfe im Bett erwarten. Alles, worum es mir geht, ist, dass Sie den Fall so schnell wie möglich lösen.«

Aber zum Schluss …

Mittwoch, 5 Tage vor dem Mord an Sarah Lubner

Mittlerweile war es Abend geworden auf der Alm. Sarah und Tanja saßen auf der Terrasse, beide hatten sich bequeme Kleidung angezogen, Shorts und weite T-Shirts. Die Männer waren in der Hütte zugange, wo sie alles für die letzte Szene des Films vorbereiteten.

Die Mädchen hatten bereits kräftig einen im Tee und waren in guter Stimmung. Sarah nippte an ihrem Glas und fragte: »Und, wie ist das so, Sex vor der Kamera? Du gibst damit ja eigentlich auch noch das allerletzte Geheimnis von dir preis …«

»Ganz ehrlich? I fand's grandios«, antwortete Tanja. »Des is, als ob i etwas Verbotenes tun würd, des ich mir jedoch schon immer g'wünscht hab. Mein Leb'n kommt mir plötzlich so aufregend anders vor, als hätt i auf einmal einen Sinn g'funden. Ich würd's sofort und immer wieder tun.«

Sarah dachte nach. Tanja war ein Mädchen aus einfachen Verhältnissen. Sie hatte nicht das Privileg genossen, studieren zu können, um sich für ein vermeintlich besseres Leben zu bewerben. Ihre Eltern hatten sie nach der Schule rausgeworfen, ins kalte Wasser, in einen Job, den sie nur annahm, weil es gerade nichts anderes gab oder die Alternativen noch schlimmer gewesen wären. Vielleicht hatte Tanja auch zu jenen Kindern gehört, für die die Eltern den Job aussuchten. Das steuerten sie dann mal mehr, mal weniger subtil, mit dem Holzhammer oder mit manipulativer Überredungskunst, und ein Kind wie Tanja, das sich im Herzen auch nur nach der Liebe der Eltern sehnte, beschritt den ihr vorbestimmten Pfad treudoof und ohne ihn jemals zu hinterfragen. Wenn überhaupt, kam die Erkenntnis spät, oft zu spät, dass man sich mitten in einem Leben wiederfand, das man so eigentlich nie hatte leben wollen.

»Und was is mit dir?«, riss Tanja sie aus ihren Gedanken.

»Nun ja, ich bin mir nicht sicher, ob das, was heute Morgen zwischen uns auf der Wiese geschah, mit dem vergleichbar ist, was du mit Ludwig gemacht hast. Wenn ich auch zugeben muss, dass ich mich am liebsten zwischen euch geworfen und mitgemischt hätte. Aber sag, macht es dir denn nichts aus, wenn wir drei nachher gemeinsam zugange sein werden?«, fragte Sarah. Die Frage hatte ihr schon länger auf der Zunge gebrannt, und jetzt fühlte sie sich dank des Champagners in ihrem Blut mutig genug, sie auch zu stellen.

»Nein, Süße, da brauchst dir nix zu denken. I mag den Kerl zwar und kann mir vorstellen, a schöne Zeit mit ihm zu verbringen, aber i bin auch fest davon überzeugt, dass des Video des Ende meiner Probleme bedeutet. Und wenn es schon mit einer anderen passieren muss, dann könnt ich mir keine Bessere als dich vorstell'n.«

Tanja lächelte Sarah an, und Sarah stiegen vor Rührung fast die Tränen in die Augen. In just diesem Moment kam Cornelius aus der Hütte heraus und gesellte sich zu den Mädchen. Er schnappte sich eine Bierflasche aus der Kühlbox, öffnete sie mit seinem Feuerzeug und prostete ihnen zu.

»Seid ihr bereit fürs Finale?«, fragte er und nahm einen tiefen Schluck.

»Bist du's denn?«, gab Tanja zurück.

»Geladen und entsichert, mein Täubchen. Zwecks meiner kann's losgehen. Ich erklär euch noch mal, wie ich's mir vorstelle. Ludwig und ich haben die Alm jetzt umgebaut und die Möbel rausgeräumt, damit wir genug Platz haben. Ich möchte einen Dreier vor dem Kamin filmen. Dabei musst du aber keinen Sex mit Ludwig haben, Sarah, den Part übernimmt Tanja. Du bist nur passive Gespielin in dieser Ménage-à-trois.« Und als er Sarahs traurigen Blick sah, fügte er hinzu: »Außer natürlich, du willst mehr sein als nur das. Dann überlasse ich aber euch die Entscheidung, wie ihr die Szene entwickelt.« Er zwinkerte. »Reichen euch zwanzig Minuten zum Umziehen?«

Das Innere der Alm war von Kerzenschein erleuchtet, im Kamin prasselte ein gemütliches Feuer. Tanja war mittlerweile so betrunken, dass sie nahezu lallte, was aber nicht schlimm war, da sie ja nichts sagen musste. Sarah war es nicht gelungen, einen derartigen Pegel zusammenzubekommen, ihre Aufregung hatte es ihr verwehrt. Sie fürchtete, sich übergeben zu müssen, wenn sie noch mehr Champagner trank. Was nicht bedeutete, dass sie nüchtern war.

Für einen Augenblick schwebte die Frage, ob es klug war, in diesem Zustand einen Porno zu drehen, an ihr vorbei, zerstob jedoch, als Tanja über eins der Leuchten-Stative stolperte und dabei Cornelius über den Haufen rannte. Der fing sie geistesgegenwärtig auf und warf sie in einer fließenden Bewegung nach hinten, sodass die beiden wie zwei eingefrorene Tango-Tänzer aussahen. Das trug nur noch mehr zur allgemeinen Erheiterung bei, und wenn Cornelius die gelöste Stimmung tatsächlich geplant hatte, so war er auf ganzer Linie erfolgreich: Unter den vieren herrschten eine Hochstimmung und gute Laune, dass Sarah wünschte, der Abend würde nie enden.

Dann wurde es ernst. Cornelius setzte Tanja in der Mitte des Raumes auf dem Fell ab und wies sie an, dort zu bleiben. Er selbst nahm seine Position hinter der Kamera ein und startete die Aufnahme. Zunächst sollten alle drei miteinander anstoßen.

Sarah hatte ihr rotes Festtags-Dirndl angezogen. Dafür hatte sie vor zwei Jahren satte fünfhundert Euro bezahlt, und weil es so teuer gewesen war, trug sie es kaum, aus Angst, es zu beschädigen. Wie außerordentlich dumm, dachte sie. Ich hätte es bei jeder passenden Gelegenheit anziehen sollen. Na, wenigstens bekommt es jetzt die Aufmerksamkeit, die es verdient. Die Vorstellung, vor der Kamera mit anderen Menschen Sex zu haben, fühlte sich immer noch seltsam an, doch gleichzeitig merkte sie, dass ihr Lustbarometer deutlich anstieg, noch ehe sie auch nur einen ihrer beiden Partner berührt hatte.

Ludwig und Tanja waren bereits wieder übereinander hergefallen. Es war ein komisches Gefühl, die beiden so nah vor sich zu haben und nochmals eine ganze Ecke prickelnder, als das Geschehen nur aus der Ferne zu betrachten. Ludwig küsste Tanja, während er halb auf ihr lag und ihr mit einer Hand den Slip über die Oberschenkel nach unten zog.

Sarah beschränkte sich zunächst nur aufs Beobachten und wusste nicht recht, was sie nun machen sollte. Da flüsterte Cornelius aus dem Hintergrund: »Sarah, berühr dich!«

Darauf hätte sie eigentlich selbst kommen müssen. Zum einen kannte Sarah das von den Fotoshootings, zum anderen hatte sie tatsächlich große Lust, sich anzufassen.

Tanja hatte soeben Ludwigs Lederhose ausgezogen, als dieser plötzlich Sarah ansah und eine Hand nach ihr ausstreckte. Seine Berührung löste einen Blitzschlag in ihr aus, allerdings stellte sie voller Schrecken fest, dass der nicht von Lust herrührte, sondern von Ablehnung. Augenblicklich zog sie ihre Hand aus ihrem Schritt und sich selbst vor Ludwig zurück. Es fühlte sich an, als fielen schwere Rolltore herab und sperrten jegliches Verlangen aus. Was ist denn nun passiert?, fragte sie sich irritiert. Gerade wäre ich noch fast vor Verlangen geplatzt, und der muss mich nur einmal anfassen und alles ist vorbei?

Auch Cornelius schien Sarahs Rückzug nicht entgangen zu sein, denn er stoppte die Aufnahme.

»Was ist los, Sarah? Stimmt was nicht?«

»Ich … ich weiß es nicht …«, stammelte diese.

Tanja und Ludwig hielten in ihrem Treiben inne und starrten sie nun ebenfalls an, was Sarah nur noch mehr verunsicherte.

»Bitte, ich … ich brauche kurz frische Luft.« Sie stand auf und stürmte hinaus vor die Hütte, wo sie sich im hellen Mondschein auf die Hausbank fallen ließ.

Verdammte Axt, reiß dich zusammen, Mädel! dachte sie. Es ist nur Sex! Nur dein Körper! Dein wunderschöner Körper! Du hast es bisher geschafft, warum also jetzt einen Rückzieher machen? Doch die nagende Stimme, deren Ursprung sich ganz tief in ihr befand und derer sie einfach nicht Herr wurde, wollte nicht verstummen.

Sie saß einige Zeit still da und genoss die kühle Nachtluft, als Cornelius zu ihr stieß. Er zündete sich eine Zigarette an, bot ihr ebenfalls eine an und setzte sich.

»Ich bin so verdammt froh, dass ich auf der anderen Seite der Kamera stehe, ich kann's dir gar nicht beschreiben. Ich bewundere dich abgöttisch für deinen Mut.«

Schweigen.

Als er fast fertig geraucht hatte, zog er aus seiner Brusttasche eine schmale, kleine Dose heraus, öffnete sie und reichte sie ihr.

»Willst du eine?«

Sarah blickte auf die weißen Tabletten. Letzte Chance, dachte sie. Jetzt oder nie. Zögernd griff sie in die Dose, fischte eine der Pillen heraus und schob sie sich in den Mund. Sie lehnte sich zurück, zog an ihrer Zigarette und wartete, bis sich schließlich die beruhigende Wirkung der Droge einstellte.

Sie spürte, wie sich ihre Angst verflüchtigte und ihre Zuversicht wuchs. Sarah drehte sich zu Cornelius, setzte sich auf seinen Schoß, nahm sein Gesicht in beide Hände und küsste ihn auf den Mund. Noch ehe er wusste, wie ihm geschah, war sie auch schon wieder aufgesprungen und kehrte zurück in die Alm.

Da Freund und Helfer

Donnerstag, Tag 3 nach dem Mord an Sarah Lubner

Nach dem Gespräch mit dem Kurdirektor hatten die beiden Beamten beschlossen, sich wieder aufzuteilen. Franzi wollte unbedingt die Befragung von Ludwig Graser übernehmen, und Lorenz traute sich nicht, ihr zu widersprechen. Ihm fiel auf die Schnelle auch gar kein Grund ein, warum sie dies nicht tun sollte, er konnte ihr ja schlecht die Wahrheit beichten, nämlich dass er glaubte, eifersüchtig zu sein. Er selbst wollte auf die Alm fahren und sich dort noch mal umsehen.

Franzi war bereits verschwunden, und während er noch in seinem vor dem Bad Feilnbacher Rathaus parkenden Wagen saß und über sein Handy seine E-Mails abrief, rauschte ein großes Feuerwehrauto an ihm vorbei. Lorenz beobachtete, wie der Fahrer abbremste, nach rechts einschlug und dann, begleitet von einem scharfen, hohen Warnton, zurücksetzte und vor dem Feuerwehrhaus zum Stehen kam. Christoph Lentner entstieg in voller Montur der Beifahrerseite, verschwand in einer Tür, und ein paar Augenblicke später öffnete sich quietschend eines der großen Rolltore und gab den Blick ins Innere der Fahrzeughalle frei.

Lorenz zuckte mit den Schultern und dachte: Wenn ich schon mal hier bin …

Als das Feuerwehrfahrzeug in der Halle zum Stehen gekommen war, stiegen noch weitere Feuerwehrleute aus. Sie trugen nasse Schläuche und einen Feuerlöscher. Lorenz winkte dem Feuerwehrkommandanten, der ihm zu verstehen gab, dass er sofort bei ihm sein würde. Er befahl seinen Männern, das Fahrzeug wieder einsatzbereit zu machen, zog seine schwere Jacke aus, hängte sie in einen Spind und stieß schließlich zu Lorenz.

»Da Sie die Frage im Laufe des Tages ohnehin noch unzählige Male hören werden, packe ich die Gelegenheit beim Schopfe und stelle sie Ihnen als Erster: Wozu wurden Sie denn gerufen?«, begrüßte er den Kommandanten.

»Sie müssen Verständnis für uns Landeier haben«, antwortete Lentner lachend. »Wir sind noch nicht in dem Maße wie die Städter an Blaulichter und Sirenen gewöhnt, bei uns ist das noch etwas Besonderes, und die Leut sind halt neugierig! Aber der Einsatz war nicht schlimm. Eine alte Dame hat beim Kochen bedauerlicherweise ihre Küche etwas angekokelt. Es geht ihr, mal abgesehen von einem leichten Schock, ganz gut. Und Sie sind ebenfalls wieder im Dienst, nehme ich an?«

»Ach, ich erfülle nur die gängigen Klischees, Herr Lentner. Sie wissen schon, keine Auszeit, bevor der Fall nicht gelöst ist.« Lorenz zog übertrieben die Stirn kraus. »Haben Sie ein paar Minuten Zeit für mich?«

»Aber natürlich. Was kann ich für Sie tun?«

»Herr Lentner, die folgenden Fragen sind reine Routine. Ich muss wissen, ob Sie am Montag auf dem ›Almrausch‹-Festival waren. Und in welchem Verhältnis Sie zu Sarah Lubner standen.«

»Hm«, machte Lentner. »Die erste Frage ist leicht zu beantworten. Ja, ich war auf dem ›Almrausch‹-Festival. Die zweite hingegen ist etwas komplizierter. Ja, ich kannte Sarah. Vielleicht dank Cornelius ein wenig besser als die meisten anderen, aber sie wusste mit Sicherheit nicht, wer ich bin. Ich wäre also niemand gewesen, den sie auf ihre Geburtstagsparty eingeladen hätte.«

Lentner schien verlegen, was Lorenz veranlasste nachzuhaken: »Und warum nicht? So schüchtern hätte ich Sie gar nicht eingeschätzt …«

»Na ja, schüchtern ist vielleicht das falsche Wort, aber Sarah ist ja durch die Fotos so etwas wie eine Berühmtheit gewesen. Eine dieser unerreichbaren Frauen. Und außerdem war sie viel zu jung. Wie hätte das denn ausgesehen!« Lentner lächelte schief.

»Hat Ihnen Wagner viele seiner Werke gezeigt?«, schoss Lorenz ins Blaue. »Also auch solche, die er nicht unbedingt der breiten Öffentlichkeit zur Verfügung gestellt hat?«

»Ich ahne, worauf Sie hinauswollen. Ja, natürlich kenne ich viele von Cornelius' privaten Bildern. Er hat sich ein paar Fotobände erstellt, die er als Portfolio und zur Model-Akquise benutzt. Cornelius zeigt mir auch oft aktuelle Aufnahmen.

Meinen Sie denn, dass Sarahs Tod etwas mit dem ›Trachtenstrip‹-Kalender zu tun haben könnte?«

»Wir prüfen derzeit alle möglichen Motive, und jeder Hinweis ist wichtig.«

Falls Lentner etwas verschwieg oder mit der »Dirndl Porno«-Sache zu tun hatte: Lorenz hatte im Moment keine Ahnung, wie er den Kerl packen sollte. Also schwenkte er um: »Erzählen Sie mir etwas über Ludwig Graser.«

Lentner, offenbar überrascht durch den abrupten Themenwechsel, stotterte zunächst ein wenig herum, bis er schließlich antwortete: »Ja nun, ein guter Kerl, der Graser Luggi. Einer, den man im Einsatz gern an seiner Seite hat, ein Viech von einem Mann. Kann zupacken und ist stets loyal, hat aber auch seinen eigenen Kopf.« Er legte eine kurze Pause ein, in der er zu überlegen schien, und ergänzte schließlich: »Mir kommt's vor, als ob der aber nicht glücklich mit seinem Schicksal ist. Ein kleiner Quertreiber. Ich hoffe, er hat sich nicht in Schwierigkeiten gebracht?«

»Wie ich zu Anfang schon gesagt habe, noch sind alle Fragen reine Routine.«

»Na, dann bin ich aber beruhigt. Sagen Sie, würde es Ihnen etwas ausmachen, wenn wir unser Gespräch etwas später weiterführen? Ich muss eigentlich schon lange wieder in der Arbeit sein …«

Die anderen Feuerwehrleute machten sich bereits wieder auf den Heimweg, nur noch Lorenz und Lentner standen vor dem Feuerwehrhaus.

»Natürlich, Herr Kommandant«, sagte Lorenz. »Ich halte Sie nicht länger auf. Einen schönen Tag noch!«

Lorenz schlenderte zurück zu seinem Wagen und dachte darüber nach, wie Lentner unsicher wurde, als er von Sarah erzählen musste. Offenbar war am Gerücht des Kurdirektors etwas dran, dass der Lentner Sarah schon mehr als sehr gern hatte. Aber was nützte ihm dieses Wissen? Der Feuerwehrkommandant würde die Lubner doch kaum umgebracht haben, weil sie sich ihm verwehrt hatte. Oder weil er von der Sache mit dem Porno

Wind bekommen hat? Vielleicht hatte Wagner den ja mit seinem Spezl geteilt …

Seinen Gedanken nachhängend steuerte er seinen Wagen die Passstraße hinauf Richtung Kohlgrub-Alm.

A wengerl mehr katholisch

Mittwoch, 5 Tage vor dem Mord an Sarah Lubner

Sarah befand sich in einem Rauschzustand. Ludwig hatte sich über sie gebeugt und nahm sie mit kräftigen Stößen. Nun hatte sie also doch Sex vor der Kamera. Ludwig hatte gar nicht gefragt, und Sarah war es gleich. Ihr Kopf fühlte sich taub an. Tanja kniete derweil über ihr, sodass Sarah ihren Hintern und Rücken im Blick hatte. Sie sah, dass sich die beiden leidenschaftlich küssten. Es war nicht das erste Mal, dass sie auf Drogen Sex hatte, allerdings konnte sie sich nicht erinnern, jemals gleichzeitig so viel Alkohol getrunken zu haben.

Im Gegensatz zu Tanja, die nur eine Dirndlbluse und halterlose Strümpfe trug, hatte Sarah ihr Dirndl noch an, wenn auch der Reißverschluss geöffnet war und sie genauso gut hätte nackt sein können. Aber Cornelius bestand darauf, dass sie das Kleid nicht auszog. Überhaupt, Cornelius. Warum konnte er nicht einfach zu ihnen kommen? Sie würde so gerne mit ihm schlafen, wie sehr sie das doch vermisste.

Tanja drehte sich auf Sarah um und beugte sich nach vorne, um sie auf den Mund zu küssen. Sarah spürte, wie Ludwig sich aus ihr zurückzog und sich nun wieder Tanja widmete, allerdings während diese auf ihr lag, und sie bekam jeden einzelnen Stoß mit. Sie überlegte, ob sie nach Cornelius rufen sollte. Er brauchte Ludwig doch nicht den ganzen Spaß allein lassen, bestimmt wollte er gerne mitmachen. Überrascht stellte sie fest, dass sie aber gar nicht rufen konnte, und das lag nicht an Tanjas Lippen, die sich immer wieder auf die ihren pressten. Sie bekam schlicht keinen Ton aus ihrer Kehle, sosehr sie sich auch mühte.

Na gut, dann eben nicht, dachte sie und bemerkte, dass sie schwitzte. Es war so verdammt heiß hier, ging das nur ihr so? Sie streifte sich, so gut das in ihrer Rückenlage eben ging, die Strümpfe ab. Ah, viel besser. Sie schlang ihre Beine um Ludwig.

»Na, möchtest du wieder, Kleines?«, flüsterte er, schob Tanja beiseite, drehte Sarah auf den Rücken und hob ihr Becken mit seinen kräftigen Armen an. Dann stieß er hart in sie hinein, während er Tanja am Kinn packte und sie küsste. Sarah konnte nicht behaupten, dass sich Ludwig nicht gut in ihr anfühlte. Allerdings hatten die Drogen wohl nicht nur ihre Angst vertrieben, sondern unterbanden auch ihre Lust. Es schien, als hätte sie sich auf einem angenehmen Level eingependelt, fand von dort aber partout nicht den Weg zum Gipfel.

Ebenso relativ wie der Geschlechtsakt erschien ihr auch die Zeit. Sie hätte danach nicht sagen können, wie lang ihre Orgie gedauert hatte. Cornelius meinte später, es wären fast fünfundvierzig Minuten gewesen.

Als sie alle vor dem Kamin saßen, das Kamera-Equipment längst verstaut, die Möbel wieder zurückgerückt hatten und Sarah ihren Kopf in Cornelius' Schoß gebettet hatte, konnte sie sich schon gar nicht mehr ans Ende der Szene erinnern. Cornelius erzählte ihr, dass wohl zumindest Tanja und Ludwig ihre Höhepunkte erreicht hätten und es gar nicht aufgefallen wäre, dass Sarah keinen Orgasmus mehr gehabt hatte. Er war sehr zufrieden mit dem aufgenommenen Material.

Tanja und Ludwig schliefen neben ihnen aneinandergekuschelt auf dem Fell vor dem Kamin. Alle vier hatten beschlossen, in der Hütte zu übernachten und nicht mehr ins Tal zu fahren.

Sarah spürte, wie sich ihre Benommenheit langsam verflüchtigte und einer heftigen Übelkeit Platz machte. Sie stand auf, trat vor die Hütte und schaffte es gerade noch zu dem Holzzaun vor der Alm.

Dort übergab sie sich.

Preißn und de Tracht

Donnerstag, Tag 3 nach dem Mord an Sarah Lubner

Lorenz hatte sich auf der Alm herumgetrieben, ohne nennenswerte neue Erkenntnisse zu erlangen. Der Wirt hatte ihm bestätigt, dass Christoph Lentner und Johann Neuberger auf dem »Almrausch«-Festival gewesen waren. Er konnte sich jedoch weder an Sarah noch an Tanja, Ludwig oder Wagner erinnern. Lorenz hatte eine Telefonliste der Bedienungen und Barleute, die an jenem Abend Dienst gehabt hatten, angefordert, versprach sich jedoch nur wenig davon.

Er rief Franzi an, um sich zu erkundigen, was bei der Vernehmung von Ludwig Graser herausgekommen war.

»Nichts wirklich Neues«, antwortete diese, als er sie ans Telefon bekommen hatte. »Aber weißt du was? Ich erzähl es dir, während wir dir eine Lederhose kaufen. Hol mich in einer halben Stunde in der Inspektion ab.«

»Aber Franzi, ich –«

»Keine Widerrede. Du kriegst eine Tracht. Ich nehme dich sicherlich nicht noch einmal ohne Lederhose mit aufs Eisrebenfest. Bis gleich!«, flötete sie in den Hörer und legte auf.

Lorenz fühlte sich ganz pantoffelheldig, wagte jedoch keine Einwände zu erheben. Also setzte er sich ins Auto und fuhr zurück in die Stadt. Auf dem Weg dorthin kam er an dem traditionsreichen Trachtenmodengeschäft an der Hauptstraße von Bad Feilnbach vorbei. Der alte Inhaber des kleinen Ladens hatte sich offenbar längst damit abgefunden, nur noch eine sehr spezielle und überschaubare Kundschaft wie die Neubergers zu bedienen, denen nichts an diesen modernen Trachtenverschandlungen mit all ihrem Glitzer und Glimmer und den ordinären Schnitten lag, sondern die noch Wert auf die gute alte Handwerkskunst legten und zudem auch monetär in der Lage waren, sich seine teuren Maßanfertigungen zu leisten.

Das große Trachten-Outlet in Rosenheim, in dem Lorenz nun gerade vor einem Spiegel in einer eng sitzenden Lederhose posierte, war das Gegenstück zu den kleinen Läden auf dem

Land. Längst hatte die Industrie das Potenzial der boomenden Trachtenbranche erkannt und stampfte einen Großmarkt nach dem anderen aus dem Boden. Das dort angebotene Sortiment reichte von billigem Trödel bis hin zu überteuerten Luxusprodukten, die jedoch den Nerv der trachtenbegeisterten Jugendlichen trafen. Nach und nach hielt allerdings auch hier die Qualität Einzug.

Lorenz drehte seinen Hintern dem Spiegel zu und betrachtete sich kritisch. Auch ohne die Beifallsbekundungen leiernde Verkäuferin, eine rundliche Matrone mittleren Alters in einem schlichten Leinendirndl am Körper und mit einer schmalen Gleitsichtbrille auf der Nase, gefiel er sich in dem Outfit. Das weiche Leder fühlte sich ungewohnt, aber nicht unangenehm auf seiner Haut an, und die Hose war bei Weitem nicht so eng und unbequem, wie er sich das vorgestellt hatte.

Franzi schleppte gerade einen weiteren Stapel bunter Hemden an, die er allesamt anprobieren musste. Lorenz, der, seit er zu Hause ausgezogen war, nie eine Frau mit zum Kleiderkaufen genommen hatte, konnte sich nicht entscheiden, ob er nun überfordert sein wollte oder ob er das Ritual einfach nur genießen sollte. Während sie eines der Hemden, die Lorenz beiseitegelegt hatte, wieder zusammenfaltete, berichtete Franzi von ihrem Besuch bei Ludwig Graser.

»Der Ersteindruck vom Graser scheint nicht zu täuschen. Der ist ein recht einfach gestrickter, aber nicht unkorrekter Kerl. Geradeheraus. Ich kann bei dem echt kein Motiv erkennen. Außerdem war er weder auf dem ›Almrausch‹-Festival, noch besitzt er ein Motorrad.«

»Reden wir von demselben Typen, der mit der Freundin seiner Freundin vor laufender Kamera gevögelt hat?«, fragte Lorenz.

»Darauf hab ich ihn auch angesprochen. Aber die scheinen da beide eine recht liberale Einstellung zu haben. Wer mit wem und wie steht da offenbar hinter Spaß und Profit«, antwortete Franzi.

Lorenz befreite sich aus einem gestrickten und kratzigen Paar Trachten-Socken, das er entnervt beiseitelegte.

»Die wilden Siebziger haben in der bayerischen Provinz anscheinend nie aufgehört«, sagte er.

»Siehst mal. So prüde sind wir Landeier gar nicht.« Franzi lachte und fuhr fort: »Ich hab aber noch was erfahren. Unser Feuerwehrkommandant Lentner kennt den ›Dirndl Porno‹. Zumindest hat er das dem Graser erzählt. Angeblich hat er ihn von Wagner bekommen, die beiden müssen recht dick zusammen sein.«

»Das ist ja interessant. Mir hat der Lentner nichts darüber gesagt. Aber was bringt uns dieses Wissen?«

»Darüber hab ich mir auch schon Gedanken gemacht. Der Kurdirektor meinte doch, dass der Lentner ein Auge auf die Sarah geworfen hatte. Warum hat er uns dann kein Wort vom Film erzählt?«

»Ich schlage vor, wir fragen ihn das persönlich. Und zwar sobald ich hier rausdarf.«

Am Ende lagen an der Kasse des Ladens eine kurze Lederhose, ein lila sowie ein rot kariertes Trachtenhemd, eine grüne Weste und die dazu passenden Strümpfe. Und für all das musste Lorenz nicht einmal einen halben Monatslohn hinblättern. Nur Schuhe wollte er sich keine kaufen. Das Sortiment an Haferlschuhen entsprach nicht ansatzweise seinen Ansprüchen, und auch Franzi konnte ihn hier nicht umstimmen. Er nahm sich vor, bei passender Gelegenheit nach richtig ausgefallenen Trachtenschuhen Ausschau zu halten.

Als er der Verkäuferin gerade seine Kreditkarte überreicht hatte, fiel ihm noch etwas ein.

»Sie haben doch sicherlich auch Hirschfänger«, sagte er.

Die Frau deutete auf einen Glaskasten rechts hinter der Theke.

»Ich sag's Ihnen aber ganz ehrlich, des is rausg'schmissenes Geld. Da kaufen S' lieber einen schönen Gürtel zur Lederhos'n, da haben S' mehr davon«, sagte sie.

»Warum denn das?«, fragte Lorenz verwundert.

»Schaun S', wenn Sie nicht grade im Trachtenverein sind, werden S' des Messer sowieso nicht oft brauchen. Die meisten Festl erlauben des nämlich gar nimmer, weil's immer irgendeinen Bierdimpfe gibt, der mit dem Hirschfänger an Blödsinn anstellt. Und selbst wenn S' des Messer aus brauchtumstechnischer Sicht hab'n möcht'n, dann sind S' mit denen, die wir hier haben, auch falsch, denn da brauchen S' dann an g'scheiden, an handg'macht'n, und so was biet'n wir da herin gar nicht an, weil sich des von unseren normalen Kunden keiner leisten will.«

Franzi kramte das Foto der Tatwaffe aus ihrer Tasche und legte es der Verkäuferin auf den Tresen, während diese Lorenz' Kreditkarte durch das Lesegerät ihrer Kasse zog.

»Können Sie uns sagen, wo wir einen Hirschfänger wie diesen hier kaufen können?«, fragte Franzi.

Die Verkäuferin sah sich die Fotografie lange durch ihre schmale Brille an und zog dabei den Hals ein wie eine in ein buntes Dirndl gehüllte Schildkröte. Schließlich antwortete sie: »Bei uns in der Gegend kenn ich nur einen, der etwas von dieser Qualität in Handarbeit herstell'n könnt: Gehen S' zum Weber Sepp in Feilnbach. Moment, ich hab hier noch irgendwo a Karterl …«

Sie kramte in einer Schublade unter ihrem Tresen, zog schließlich eine Visitenkarte daraus hervor und schob diese zusammen mit der Fotografie und Lorenz' Tüte über den Tresen.

»Richten S' ihm einen schönen Gruß von der Maria aus! Ich wünsch Ihnen viel Spaß mit der Lederhos'n!«

De Gams g'hört mir

Freitag, 3 Tage vor dem Mord an Sarah Lubner

Sarah war sauer. Sie hatte die Rechtswissenschafts-Arbeit versaut, und die lag nun schwer wie Blei in ihrer Umhängetasche. Ihr Stolz war angekratzt, nicht zuletzt, weil sie einen Rüffel von ihrem Professor erhalten hatte. Dessen Geduld mit Sarah schien nun erschöpft, jedenfalls hatte sie ihn noch nie so ungehalten erlebt. Den schmierigen alten Sack. Sie solle sich endlich auf ihren Hosenboden setzen und etwas für ihre Zukunft tun, hatte er gesagt. Er habe sie durchschaut, sie interessiere sich gar nicht für das Fach, und das sei eine Schande und vielfach verschwendete Zeit.

Sarah kam beim Gedanken an die Predigt abermals die Galle hoch, und mit Genugtuung erinnerte sie sich daran, wie sie dem blöden Arsch gleich darauf den Mittelfinger gezeigt und wortlos sein Büro verlassen hatte. Er blieb sprachlos zurück, erst als sie schon fast außer Hörweite war, begann er wieder zu zetern. Dann hatte sie sich auf der Toilette eingesperrt und geweint. Was geschah nur mit ihr? Sie konnte sich nicht mehr konzentrieren und nicht mehr schlafen, war ständig müde und brachte doch kein Auge zu, sobald sie sich hinlegte. Einzig die Pillen halfen ihr, einen klaren Kopf zu behalten. Sie hatte sich dort in der Toilette gleich zwei davon genehmigt, um den Schock zu verarbeiten.

An alldem war nur Cornelius mit seiner dummen Idee schuld. Und was noch viel dümmer war: Sie hatte sich für den Schund hergegeben! So konnte das nicht weitergehen. Sie musste etwas unternehmen. Doch was konnte sie tun? Mit Cornelius sprechen. Der würde sie verstehen. Sie würde ihn bitten, sie aus dem Film zu schneiden. Genau. Er hatte ja die Szene mit Ludwig und Tanja, und die beiden mit ihr drin konnte er einfach neu drehen, mit jemand anders. Das war sicher kein Problem. Sie würde jetzt heimgehen, sich frisch machen und dann bei ihm anrufen und ihn bitten, sich mit ihr zu treffen, um das alles zu besprechen. Ja, so würde es laufen. Und alles würde gut werden.

Erleichtert raffte sie sich auf und verließ die Universität. Ihr war gar nicht aufgefallen, wie spät es schon geworden war, denn die Straßenlaternen erleuchteten bereits den leer gefegten Platz vor dem Gebäude. Es war merkwürdig still, und Sarah fröstelte. Sie zog den Kragen hoch und ihre Mütze tiefer in die Stirn und schlug einen schnellen Schritt ein.

Als sie das Universitätsgelände verließ und auf den breiten Fußweg neben der Straße einbog, fiel ihr auf der anderen Straßenseite ein merkwürdiger Schatten auf. Oder besser gesagt, etwas in dem Schatten, das kurz das Licht einer Laterne reflektiert hatte, als sie vorbeigegangen war.

Ihre Neugierde zwang sie, zwei Schritte zurück zu machen, dorthin, wo sie glaubte, das Aufblitzen gesehen zu haben. Und tatsächlich. Da war es wieder. Sarah lief es eiskalt den Rücken hinab. Was immer da im Schatten lauerte, es hatte sich gerade bewegt! Und die Umrisse dessen, was sie dort auszumachen glaubte, raubten ihr vor Angst fast die Besinnung: Das da drüben sah aus wie ein Reiter auf einem Pferd! Das konnte nicht sein. Sie war am Durchdrehen, da war sie sich sicher. Sie halluzinierte bestimmt. Kurz überlegte sie, ob sie sich zu einem irren Lachen hinreißen lassen sollte. Offenbar war sie bereits so kaputt, dass sie den Sensenmann höchstpersönlich herbeiphantasiert hatte.

Sie merkte, wie sich ihre Organe zusammenzogen. Wie fremdgesteuert torkelte sie rückwärts. Sie drehte sich um und begann zu laufen, als ein markerschütterndes Röhren die Dunkelheit zerriss. Das Tier, oder was auch immer dort gelauert hatte, schrie, und Sarah rannte. Das nasse Laub unter ihren Füßen ließ den Fußweg glitschig werden, und sie strauchelte mehrmals, schlitterte und rutschte, erlaubte sich aber nicht innezuhalten. Wo war das verflixte Wohnheim, so weit weg konnte das doch nicht sein?

Tränen der Angst verschleierten ihr die Sicht, und was noch viel schlimmer war, sie hörte das Schnauben des Schattenmonsters hinter sich auf der Straße. Das Ding verfolgte sie! Sie schrie, so laut es ihre Stimme zuließ, doch immer noch war die Straße verlassen, kein Fußgänger kreuzte ihren Weg, kein Autoscheinwerfer erhellte die Dunkelheit.

Sie rechnete damit, jeden Moment von hinten angefallen zu werden, niedergerissen, erschlagen. Sie meinte schon Krallen zu spüren, die sich tief in ihr Fleisch bohrten. Wie weit war es noch zum sicheren Wohnheim? Hatte sie vielleicht die Abzweigung verpasst? War sie daran vorbeigehetzt? Es musste fast so sein, so lang war die verdammte Strecke, die sie zuvor schon hunderte Male gegangen war, doch nicht!

Die Tasche. Ihre Tasche. Sie zerrte wie Blei an ihren Schultern, verlangsamte sie. Sarah schleuderte sie von sich und meinte, dass das Röhren verstummte, als hätte das Tier angehalten, um den Fetzen, den sie ihm zugeworfen hatte, begutachten zu können. Vielleicht sah es darin eine Vorspeise, und Sarah konnte die gewonnene Zeit nutzen, um zu fliehen! Wo war nur die verdammte Abzweigung? Sie musste stehen bleiben, sie musste sich orientieren, auch wenn sie dadurch wertvollen Vorsprung auf ihren Verfolger verlieren würde.

Just als sie diesen Entschluss gefasst hatte, verhakte sich ihr Absatz in einem Riss im Teer. Ihr Knöchel verbog sich schmerzhaft, sie verlor das Gleichgewicht und stürzte der Länge nach hin. Kaltes, nasses Laub klatschte ihr ins Gesicht, dämpfte aber gleichzeitig ihren Sturz. Für einen Augenblick lag sie still da, hörte nichts außer dem rauschenden Blut in ihren Ohren. Doch was war das? Hatte da gerade jemand ihren Namen genannt?

»Saraaah!«

Abermals lief es ihr eiskalt den Rücken herunter. Sie schleppte sich zu einem nahen Baum und kauerte sich an dessen Stamm. Ein ekelhafter Schmerz durchpeitschte ihren rechten Fuß, und sie biss sich so sehr auf die Lippe, dass sie den metallischen Geschmack von Blut schmeckte. Sie lauschte angestrengt. Das Röhren war verstummt. Die Stille war zurückgekehrt. Sie musste den Kopf schütteln, um die Benommenheit zu verscheuchen. Hatte sie sich alles am Ende nur eingebildet? Hoffnung keimte in ihr und war kurz davor, den Wahnsinn zu verdrängen, als sie abermals ihren Namen hörte. Jemand war da draußen und auf der Suche nach ihr.

»Saraaah?«

Die Stimme gehörte einem Menschen. Einem Mann. Vorsichtig schob sie den Kopf an dem Baumstamm vorbei und lugte aus ihrer Deckung heraus. Da kam tatsächlich ein Mann auf sie zu. Er trug eine schwarze Lederkluft inklusive Helm und war in der Dunkelheit fast nicht zu sehen.

Schnell zog sie ihren Kopf zurück, und eine Welle aus Erleichterung, Hass, Scham und neuerlicher Angst drohte sie zu übermannen. Der Hass überwog und wurde zu rot glühendem Zorn, nicht zuletzt deshalb, weil ihr verletztes Bein höllisch schmerzte, als sie aufzustehen versuchte. Sie zog sich am Baum hoch und trat aus dessen Schutz hervor. So gebieterisch wie möglich baute sie sich auf dem Weg auf und brüllte den Mann, der nun keine drei Meter vor ihr stehen blieb, an: »Du dreckiger Penner! Verzieh dich! Was fällt dir eigentlich ein, mir so aufzulauern und mich zu erschrecken? Du perverser Arsch!«

Was der Mann dachte oder vorhatte, blieb Sarah verborgen, weil das verspiegelte Visier des Helmes sein Gesicht verdeckte. Jetzt, da sie langsam wieder klarer wurde, erkannte sie auch, was für das Röhren verantwortlich gewesen sein musste. Was sie für einen apokalyptischen Todesboten gehalten hatte, war in Wirklichkeit eine schwarze Motocross-Maschine gewesen, die ihr Verfolger ungefähr dort abgestellt hatte, wo Sarah ihre Tasche von sich geschleudert hatte.

»Was willst du eigentlich von mir, du Gestörter?«, fuhr sie den immer noch schweigenden Mann an. Dieser klappte jetzt sein Visier hoch. Woher kenn ich den?, fragte sich Sarah, und ihre Gedanken rasten.

Der Mann sagte: »Sarah, ich … ich musste dich sehen. Ich kann nicht mehr normal denken, alle meine Gedanken drehen sich nur um dich!«

»Dir haben sie wohl ins Hirn geschissen! Lass mich gefälligst in Ruhe! Weißt du was, ich hole jetzt die Polizei!«, kreischte Sarah.

Dumm nur, dass sich ihr Handy in ihrer Tasche befand, und ebenjene hielt der Mann in der linken Hand. Die rechte streckte er ihr mit einer beschwichtigenden Geste entgegen.

»Bitte, Sarah, tu das nicht. Sprich nicht so mit mir. Ich will dir nichts Böses. Aber ich kann einfach nicht ohne dich sein. Kannst du mich nicht verstehen? Ein bisschen wenigstens?«

Es sind nur ein paar Meter, dachte Sarah. Einen Satz auf ihn zu, die Überraschung ausnutzen, und sie konnte ihm ihre Tasche entreißen. Doch würde ihr verletztes Bein das mitmachen? Und was, wenn er sich wehrte? Und selbst wenn sie die Tasche bekäme, würde er sie telefonieren lassen? Sie entschied sich gegen den Überfall und sagte so ruhig und nett, wie es ihr möglich war: »Kann ich bitte meine Tasche wiederhaben?«

Er blickte zuerst sie, dann ihre Tasche, dann wieder sie an.

»Nein«, antwortete er. »Da ist dein Handy drin, stimmt's? Ich will aber nicht, dass du die Polizei rufst. Ich will, dass wir uns unterhalten wie Erwachsene, nur du und ich.«

Er trat einen Schritt auf Sarah zu, doch die wich sofort zurück. Noch nie hatte sie sich so hilflos gefühlt.

»Nein. Ich will einfach nur nach Hause. Ich habe mich verletzt, ich friere, und du hast mir einen gewaltigen Schrecken eingejagt. Gib mir bitte meine Tasche, lass mich gehen, und wir vergessen das hier alles, okay?«

Er beäugte sie abschätzend. Wie ein Bär, der um eine Falle voller süßem Obst herumschleicht und sich fragt, wie er es nur anstellen soll, an die Leckereien heranzukommen, ohne in die Fänge zu geraten.

»Lass uns zusammen gehen. Ich begleite dich. Ich lade dich auf einen Kaffee ein …«, begann er.

Doch Sarah unterbrach ihn, nun wieder mit schärferer Stimme: »Nein! Ich will nichts mit dir zu tun haben! So eine Art Mädchen bin ich nicht, wie du es anscheinend in mir siehst!«

»Lüg mich nicht an, du Schlampe!«, brach es plötzlich aus dem Kerl hervor. »Ich kenne dich, Sarah!«, schrie er. »Ich weiß genau, was du treibst, um an Geld zu kommen. Oder vielleicht sollte ich besser sagen, mit wem du es treibst und vor allem wo. Ja, ich kenne den ›Dirndl Porno‹. Ich habe ihn gesehen. Und nun sag du mir noch mal, dass du keine Nutte bist!«

Hätte er Sarah eine Ohrfeige verpasst, er hätte sie damit nicht härter treffen können als mit seinen Worten. Woher wusste er überhaupt von dem Film? Von wem? Cornelius. Er konnte es nur von Cornelius wissen. Aber warum? Warum hatte Cornelius nicht gewartet? Wem hatte er den Film noch gezeigt? Das war zu viel für Sarah. Sie sank mit stierem Blick den Baumstamm hinab und landete recht unsanft auf dem Hosenboden.

Der Mann ging ebenfalls vor Sarah in die Hocke und machte Anstalten, sie an den Schultern zu berühren.

»Fass mich nicht an, Dreckskerl!«, fauchte Sarah.

Und dann ging plötzlich alles ganz schnell.

Der erste Zeisig singt

Donnerstag, Tag 3 nach dem Mord an Sarah Lubner

Christoph Lentner wohnte in einem Haus am Bad Feilnbacher Ortsrand, das bis auf die Hofeinfahrt vollständig von einer gewaltigen Thuja-Hecke umgeben war. Obwohl Lentner alleinstehend war, besaß der Feuerwehrkommandant ein verhältnismäßig großes Einfamilienhaus in schöner, traditioneller Ziegelbauweise. Es sah alt, aber gut erhalten aus.

Lorenz parkte den Wagen vor dem verschlossenen Hoftor, stieg aus, suchte, fand und betätigte die Klingel. Er wartete. Nichts geschah. Das Haus blieb dunkel. Die Dämmerung war längst hereingebrochen und die Straßenlaternen begannen gerade ihre Nachtschicht.

Lorenz klingelte nochmals.

»Ist wohl ausgeflogen, der Vogel«, kommentierte Franzi.

Auch ein dritter Klingelsturm blieb erfolglos. Es war kurz nach zwanzig Uhr, der Mann sollte doch eigentlich zu Hause sein, zumindest stand sein Wagen, ein roter Nissan Micra, im Carport.

»Hm«, machte Lorenz. »Vielleicht ist er auf dem Eisrebenfest? Dann können wir ihn wohl erst dort befragen. He, was machst du denn da?«

Franzi war einfach über das Hoftor geklettert und marschierte Richtung Haustür.

»Wenn ich schon mal hier bin, will ich mich auch umsehen«, sagte sie.

Lorenz stöhnte und wuchtete sich ebenfalls über das Tor. Franzi stand bereits neben Lentners Auto und berührte dessen Motorhaube.

»Kalt«, sagte sie. »Steht also schon länger hier.«

Lorenz näherte sich der Haustür. Diese war aus dunklem braunem Holz, in ihrem Rahmen prangten kitschige Schnitzereien, die neben allerlei Schnörkeln auch Hirsche, Wildsauen und andere Waldtiere zeigten. Wem gefällt denn so was?, dachte er. Die Tür blieb geschlossen, das Haus still und dunkel, auch nachdem er an der alten Glocke, die neben der Tür auf Kopfhöhe hing, geläutet hatte.

»Lorenz! Komm her, das musst du dir ansehen!«

Franzis Stimme erklang von irgendwo hinter dem Carport. In ihr schwang Aufregung mit. Er fand seine Kollegin auf der anderen Seite des Autounterstandes, der an der rechten und an der Stirnseite über eine geschlossene Wand verfügte. Dahinter stand seine Partnerin und zeigte auf ein schwarzes Motorrad, eine schnittige Motocross-Maschine.

»Sieht so aus, als hätten wir einen dringenden Grund mehr, mit unserem Herrn Feuerwehrkommandanten ein Pläuschchen zu halten«, sagte Franzi.

»So ein Ganove, der Lentner«, antwortete Lorenz. »Scheint der doch tatsächlich nicht nur mein ominöser Paketüberbringer, sondern auch noch der Stalker unseres Mordopfers zu sein.«

»He, Sie! Was zur Hölle geht denn hier … Ach, Sie sind's nur. Ähm …«

Lorenz und Franzi drehten sich um, und vor ihnen stand ein verschwitzter Christoph Lentner in Sportklamotten, der offenbar gerade von einer Joggingrunde nach Hause gekommen war.

Der Raum hatte kein verspiegeltes Fenster, wie es sie so oft in Hollywoodfilmen gab, dafür aber eine Videokamera, über die Lorenz und Franzi einen Blick auf ihren Verdächtigen werfen konnten. Der Feuerwehrkommandant wirkte angespannt und nervös. Sie hatten ihm erlaubt, sich noch umzuziehen, bevor sie ihn mit auf die Wache nahmen. Nun trug er neu aussehende Turnschuhe zu seiner Jeans und ein ausgewaschenes T-Shirt mit dem Wappen seiner Feuerwehr auf der Brust. Er war der Aufforderung, mit auf die Inspektion zu kommen, ohne Widerstand gefolgt.

Lorenz schnappte sich ein Glas Kräuterlimonade und betrat den Raum. Lentner schien bei seinem Anblick sichtlich erleichtert und erwiderte zaghaft Lorenz' Gruß. Gespannt beobachtete er, wie der Kommissar sich auf den Stuhl gegenüber setzte und einen großen Schluck Limo nahm.

»Herr Lentner, Sie sind hier, weil Sie mir heute Mittag zwei für uns entscheidende Informationen verschwiegen und mich angelogen haben. Dachten Sie tatsächlich, wir würden nicht herausfinden, dass Sie Sarah nachgestellt, sie sogar belästigt haben?«

Kleine Schweißtröpfchen traten auf die Stirn des Kommandanten. Auch auf dem Stoff des T-Shirts zeigten sich stetig größer werdende dunkle Flecken.

»Herr Hölzl, das alles ist ein großes Missverständnis. Ich habe mit dem Mord nichts zu tun, und das kann ich Ihnen auch beweisen.«

Er senkte den Blick und fummelte am Saum seines T-Shirts herum wie ein kleiner Junge, den man dabei ertappt hatte, die Unterwäsche seiner Mutter anzuprobieren. Als von Lorenz keinerlei Aufforderung kam, sich zu erklären, schien er sich einen Ruck zu geben, als müsse er über eine schroffe Klippe springen.

»Von mir haben Sie das Video mit dem ›Dirndl Porno‹. Ich habe es Ihnen vor die Tür gelegt.«

Von allen Antworten, die Lorenz erwartet hatte, war dies diejenige, mit der er am allerwenigsten gerechnet hatte. Wenn Lentner offen zugab, der Überbringer des Videos und damit des Drohzettels zu sein, dann sprach das tatsächlich dagegen, dass er den Mord begangen hatte – es sei denn, er wollte ein komplettes Geständnis ablegen und auch die Tat zugeben. Oder war Lentner so schlau, hier ein gut geplantes Ablenkungsmanöver zu inszenieren? Natürlich sprachen das Motorrad und Ludwig Grasers Behauptung, dass Lentner den »Dirndl Porno« bereits gesehen hatte, für die Richtigkeit seiner Aussage. Aber was hatte es dann mit der Drohung auf sich?

»Nehmen wir einmal an, es stimmt, und Sie haben mir tatsächlich das Video vor die Tür gelegt: Warum sollte Sie das denn entlasten?«, bohrte Lorenz nach.

»Weil ich Sarah ... Ich hatte ein Auge auf sie geworfen. Vielleicht auch mehr als das. Aber Sie verstehen sicher, warum ich das Ihnen gegenüber verschwiegen habe. Da kam es mir dann sehr gelegen, dass mir Cornelius das Video gezeigt hat. Ich habe mir damals heimlich eine Kopie gemacht, wegen Sarah. Und nachdem ihr dieses schreckliche Unglück zugestoßen ist, habe ich es mit der Angst zu tun bekommen, dass ich des Mordes beschuldigt werden könnte. Darum habe ich Ihnen das Video gegeben, um Sie von mir abzulenken.«

»In welcher Form haben Sie mir das Video zukommen lassen?«, fragte Lorenz.

»Ich habe es auf eine DVD gebrannt und in eine braune Versandtasche gepackt. Und Sie haben mich auf meinem Motorrad gesehen, als Sie nach Hause gekommen sind.«

»Aber warum heimlich?«, hakte Lorenz nach. »Warum haben Sie uns das Video nicht einfach sofort gegeben oder, was auch irgendwie logisch gewesen wäre, erst jetzt, nachdem der Verdacht tatsächlich auf Sie gefallen ist?«

»Auch das kann ich Ihnen erklären«, sagte Lentner. »Ich möchte, dass Sarahs Tod gerächt wird und Sie den Schuldigen zur Rechenschaft ziehen.« Plötzlich lief er rot an, sein Gesicht hatte fast die Farbe einer reifen Tomate. »Eigentlich kann doch nur der Neuberger hinter der Geschichte stecken«, sagte er wütend. »Sie wissen doch, wie sehr er den ›Trachtenstrip‹-Kalender und alles, was mit der vermeintlichen Verunglimpfung seiner geliebten Tracht zusammenhängt, verachtet. Ich bin sicher, er hat etwas mit Sarahs Tod zu tun. Aber Sie müssen mir verzeihen, ich habe nicht den Mut, mich öffentlich hinzustellen und eine der wichtigsten Persönlichkeiten dieses Dorfs bei der Polizei hinzuhängen. Sie können sicher nur erahnen, was geschehen wäre, wenn ich öffentlich einen solchen Verdacht geäußert hätte. Aber tatenlos zusehen konnte ich auch nicht. Alle, die mit Sarahs Tod zu tun haben, müssen büßen! Also wollte ich zwei Fliegen mit einer Klappe schlagen, indem ich Ihnen das Video zugespielt habe. Ich dachte, Sie kämen dann von selbst auf Neuberger.«

»Sie alle müssen büßen!«, dachte Lorenz. Offenbar haben wir die Botschaft falsch verstanden … Und schon wieder erinnerte Lentner Lorenz an einen kleinen Bub, der nach seiner Beichte furchtsam seine Strafe erwartete. Seltsam, wie sehr man sich in einem Mann täuschen kann, wenn er nur eine überzeugende Fassade aufzubauen versteht, dachte er.

»Ist Ihnen eigentlich klar, was Ihr dummer Drohbrief angerichtet hat? Allein die Kosten für die Polizisten, die den Graser, die Zachel und den Wagner rund um die Uhr beobachten mussten … Das wird ein teurer Spaß für Sie, Herr Lentner«, sagte Lorenz.

Der Kommandant antwortete nicht, sondern starrte nur auf den Tisch.

»Eine Sache haben Sie aber übersehen oder mir zumindest noch nicht erklärt«, sagte Lorenz. »Sie waren am Montag auch auf der Alm, und auch zur Tatzeit.«

»Das ist richtig«, antwortete Lentner. »Und ich fürchte, hier habe ich keine entlastende Erklärung, zumindest keine, die all das, was ich Ihnen schon gesagt habe, toppen könnte. Ich hatte an diesem Abend Brandwacht und war die ganze Zeit mit meinen Männern zusammen. Sie müssen mir glauben, ich wollte Sarah nichts antun, im Leben nicht! Ich habe das Mädchen geliebt!« Die letzten Worte platzten in flehendem Tonfall aus Lentner heraus, der Mann schien den Tränen nahe.

Lorenz war geneigt, ihm zu glauben, auch wenn das bedeutete, dass sie wieder keine Spur hatten. Wenigstens konnten sie jetzt davon ausgehen, dass die anderen drei Helden nicht in Gefahr waren.

Er erhob sich und ging hinaus zu Franzi, die vor dem Monitor saß und ihn schon erwartete.

»Seine Geschichte ergibt auf eine seltsame Art und Weise Sinn«, sagte sie. »Wer sonst könnte davon gewusst haben, dass das Video in dieser Form bei dir abgegeben wurde?«

»Na, theoretisch könnte er ja auch einen Komplizen gehabt haben oder einfach nur erfahren haben, wer mir das Video tatsächlich zugespielt hat. Aber ich schätze, vorerst bleibt uns nichts anderes übrig, als sein Alibi zu überprüfen. Ich würde ihn trotzdem gerne hierbehalten.«

Franzi blickte auf den Monitor, der den in sich zusammengesunkenen Feuerwehrkommandanten zeigte, der leer vor sich hin stierte.

»Dir ist klar, dass wir dem Mann damit einen irreparablen gesellschaftlichen Schaden zufügen?«

Lorenz nickte. »Wir haben keine andere Wahl. Sein Alibi entlastet ihn nicht. Er war zur Tatzeit am Tatort und hatte ein Motiv. Und streng genommen hat er auch noch schriftlich angedroht, weitere Taten zu begehen. Wir behalten ihn hier.«

Ein paar Minuten später betrat ein uniformierter Beamter den Verhörraum und führte Lentner in den Trakt mit den Untersuchungszellen.

Schnitzer

Freitag, Tag 4 nach dem Mord an Sarah Lubner

Das Eisrebenfest wurde traditionell mit einem zünftigen Umzug gefeiert. Bereits Wochen vorher waren im ganzen Ort und in der Umgebung die bei diesem Spektakel Mitwirkenden völlig aus dem Häuschen. Einer internen, nur den Teilnehmern bekannten Rangfolge nach spielte es durchaus eine Rolle, wer wo im Zug aufgestellt war. Zudem war natürlich jeder der absolut untrüglichen Meinung, dass sein Beitrag der unverzichtbarste sei, und so wurde jede Aktion der Konkurrenz misstrauisch beäugt.

Es gab prunkvolle Pferdegespanne, die entweder Würdenträger, Musikkapellen, Miniaturkirchen oder Wagenladungen voller Weinfässer zogen. Für jedes Mitglied eines der zahlreichen Brauchtums-Erhaltungsvereine wurde für diese Zeit eine Urlaubssperre verhängt, denn keiner wollte sich die Blöße geben, schwächer besetzt aufzutreten als der Nachbarverein. Die Einhaltung der komplizierten und für Außenstehende kaum nachvollziehbaren Rituale beim Ankleiden der edlen Trachten wurde hier schärfer kontrolliert als bei so manchem Gaufest, und wer von den Kleinsten sich über kratzende Strumpfhosen oder drückende Haferlschuhe beschwerte, der erntete beim Eisreben-Festumzug besonders strenge Blicke seiner stolzen Eltern.

Musikgruppen aus dem ganzen Landkreis und oft genug darüber hinaus gaben sich ein Stelldichein und bliesen sich gegenseitig den Marsch: Jede Gruppe versuchte, lauter als jene vor oder nach ihr zu spielen. Das brachte vor allem die männlichen Mitglieder der mitauflaufenden Feuerwehren, Schützen- und Trachtenvereine in die Bredouille, die verzweifelt versuchten, ihren Gleichschritt der Trommel anzupassen, die ihnen am nächsten war.

Von alldem bekamen die Besucher, die am Rand standen und klatschten, meist nichts mit. Sie sahen nur ein buntes Spektakel folkloristischer Wucht mit schnaubenden Pferden, berüschten Damen in bunten Trachten und strammen Männern mit noch strammeren Wadeln und nicht selten kunstvoll verzwirbelten Bärten. Sie johlten, wenn einer von ihnen einen Juchzer ausstieß oder eine Fahne wild geschwenkt wurde, traten angstvoll einen Schritt zurück, wenn eines der Gespanne mit seinen verschreckten Pferden einen Schlenker in Richtung Publikum machte, und tuschelten hinter vorgehaltener Hand, wenn wuchtige Schalkfrauen versuchten, würdevoll auszusehen, obwohl sie Ähnlichkeit mit gehäkelten Eierwärmern aufwiesen.

Der Umzug fand grundsätzlich jeweils am Freitagnachmittag statt. Seit Jahren wurde der Vorschlag diskutiert, hier mit der Tradition zu brechen und ihn auf Samstag zu verlegen, was vor allem den Berufstätigen unter den Teilnehmern entgegengekommen wäre, doch noch setzten sich die Brauchtumsbewahrer, die bereits zu viele Schlachten im Kampf um den Erhalt des ursprünglichen Eisrebenfestes verloren hatten, erfolgreich durch.

Die Veranstaltung hatte gerade erst begonnen, als Lorenz und Franzi von einem grummeligen Feuerwehrmann aufgehalten wurden. Sie wollten zu Josef Weber fahren, dem Besitzer des Trachten-Accessoires-Geschäfts, der die hochwertigen Hirschfänger führte. Der Feuerwehrmann raunzte die beiden an, dass sie entweder umdrehen oder den Motor abstellen und warten sollten.

Lorenz parkte den Wagen am Straßenrand, und sie gesellten sich zu den Zuschauern. Lorenz war beeindruckt von der schieren Masse der Teilnehmer der »Parade« – so hatte er es vorhin im Auto noch genannt, bevor Franzi ihn verbessert hatte. Aber seiner Meinung nach war es sehr wohl eine Parade, denn was sonst wäre diese Ansammlung verkleideter Menschen, die alle in einer Schlange in dieselbe Richtung liefen. Doch hier nannte man das eben Festumzug. Wohl weil die Elefanten fehlten.

Er erkannte Johann Neuberger an der Spitze seines Trachtenvereins, würdevoll dreinblickend, mit einer grün-goldenen Schärpe behangen. Hinter den Männern kamen die Frauen, und natürlich war auch Neubergers Ehegattin dort vertreten, in einem pompösen schwarzen Trachtenkleid, dem Schalk. In einer der Kutschen saß Kurdirektor Eibl mit seiner Frau und schien ganz in ein Gespräch mit einem älteren Herrn ihm gegenüber vertieft. Der Festzug schlängelte sich durch den ganzen Ort und hinterließ ein akustisches wie olfaktorisches Aroma aus Blasmusik, Pferdegeschirrfett und Mist. Sein Ziel war das Festgelände.

Als der Zug vorüber war und nur noch Besucher und Schaulustige hinter ihm herliefen, kehrten Franzi und Lorenz zum Wagen zurück und machten sich auf den Weg zu Josef Weber.

Dessen Haus lag nahe am Ortsrand und war das letzte Geschäft der alten Ladenreihe, die so etwas wie eine rustikale Einkaufsmeile bildete. Das Schaufenster hatte durch das viele Putzen in den letzten Jahrzehnten an den Rändern eine milchige Trübung angenommen, weshalb der Betrachter die antiken Ausstellungsstücke wie durch einen Leichenschleier betrachtete. Und gemessen an der Zahl der Knochen, die hier fein säuberlich aufgereiht waren, war die Metapher mit dem Grab sicherlich nicht so weit hergeholt, dachte Lorenz. In Holzstümpfen steckten Messer mit kunstvoll geschnitzten Griffen aus Gebein, an Hirschgeweihen hingen münzgroße Anhänger, ebenfalls aus Knochen und Geweih, in die Reliefe und Muster geschnitten waren. Dazwischen lagen hölzerne und elfenbeinerne Blumen für Trachtenhüte. Gamsbärte in allen Größen und Preisklassen schienen geduldig den Staub der Jahre aufzunehmen und warteten auf Käufer. Es gab auch glänzend polierte Pfeifen und Tabakschachteln aus Holz, kurzum, ein Sammelsurium an unverzichtbaren Accessoires für einen tief verwurzelten Gebirgstrachtenerhalter.

Eine überraschend hell und freundlich klingende kleine Glocke bimmelte fröhlich, als die beiden Beamten den Laden betraten. Hier herrschte eine heimelige Atmosphäre, das Licht der Nachmittagssonne brach sich in dem flirrenden Staub, der durch das Geschäft schwebte. Der Laden schien mehr eine Werkstatt denn ein Verkaufsraum zu sein, jedenfalls befanden sich alle Ausstellungsstücke im Schaufenster, ansonsten gab es nur eine großzügige Theke, hinter der sich ein Werkbereich befand. Dort saß ein älterer Mann mit schlohweißen Haaren und einer dicken Hornbrille, der beim Läuten der Türglocke neugierig aufblickte und die potenzielle Kundschaft anlächelte. Er sah mit seiner alten Schürze, der groben Lederhose und dem ausgebleichten, hellblau karierten Trachtenhemd wie Meister Eder höchstpersönlich aus, ohne jedoch dessen Leibesfülle zu erreichen.

Seine Freundlichkeit änderte sich nicht, als Lorenz und Franzi sich nicht als Käufer, sondern als Polizeibeamte vorstellten, die um etwas Zeit für ein paar Fragen baten. Er ließ es sich auch nicht nehmen, den beiden Beamten jeweils eine große Tasse kräftigen Kaffee einzugießen, und nur wenig später saßen alle drei an einem kleinen Tisch im hinteren Bereich des Ladens.

»Sie such'n also nach dem, der die Kleine aus dem Dirndl-Kalender um'bracht hat? Was kann i dabei für Sie tun?«, fragte Josef Weber.

»Indem Sie uns bei der Identifizierung der Tatwaffe helfen. Das Opfer wurde mit einem Hirschfänger getötet. Angeblich handelt es sich dabei um ein recht teures Exemplar, möglicherweise ein Einzelstück und vielleicht so markant, dass es jemand wiedererkennen könnte. Würden Sie bitte einen Blick auf diese Fotografie werfen?«

Lorenz reichte dem alten Mann, der zuvor seine Brille auf die Stirn geschoben hatte und diese nun wieder aufsetzte, das Bild mit dem Messer. Er betrachtete es eine Zeit lang.

»I kenn des Messer, i hab es eigenhändig gebaut. Und i kann Ihnen auch sag'n, wem i's verkauft hab, einen Moment bitte …«

Er stand auf, ging zur Theke und zog ein dickes, in Leder gebundenes Buch hervor. Lorenz musste sich beherrschen, dem alten Kerl nicht Beine zu machen, so sehr waren seine Nerven angespannt, und er bemerkte, dass sich auch Franzi nur mühevoll zurückhielt. Doch Weber schien alle Zeit der Welt zu haben. Er schlurfte mit dem Wälzer unterm Arm an seinen Platz zurück, setzte sich bedächtig hin, rückte die Brille zurecht, schlug das Buch auf, befeuchtete Daumen und Zeigefinger und begann dann endlich zu blättern.

Als er nach etlichen Minuten immer noch nicht den Anschein erweckte, dass er den beiden Beamten eine Antwort liefern würde und Lorenz schon kurz davor war, über den Tisch zu hechten und den Mann zu würgen, gab dieser plötzlich einen triumphierenden Laut von sich.

»Da hammer's ja«, sagte er. »I hab des Messer dem Neuberger Johann verkauft. Hier, schaun S'!«

Er drehte das Buch um, sodass Lorenz und Franzi einen Blick darauf werfen konnten. Sie sahen eine Fotografie des Messers und daneben in spinnwebenartiger Handschrift Johann Neubergers Namen, das Datum, an dem er das Messer gekauft hatte, sowie den Preis.

Erst jetzt schien Weber die Tragweite dessen, was er gerade enthüllt hatte, bewusst zu werden. Er griff nach dem Buch und wollte es Lorenz entreißen, der langte jedoch geistesgegenwärtig zu, und für ein paar Sekunden entspann sich eine irrwitzige Rangelei zwischen den beiden Männern, derer sich der alte Ladeninhaber wohl schneller schämte als der immer noch überrumpelte Lorenz, denn Weber ließ von dem Buch ab und sank auf seinem Stuhl in sich zusammen.

Franzi bemühte sich, die Wogen zu glätten: »Herr Weber, beruhigen Sie sich doch bitte. Sie können nichts dafür, weder für den Mord an dem Mädchen noch für die mögliche Täterschaft Herrn Neubergers.«

Weber blickte auf und sagte sichtlich geknickt: »Aber doch ned der Hans! Des kann doch ned sein!«

»Muss es auch nicht, Herr Weber«, antwortete Franzi. »Wir prüfen das mit aller nötigen Sorgfalt, das dürfen Sie uns glauben. Ich muss Sie allerdings bitten, über die Sache Stillschweigen zu bewahren, vor allem Herrn Neuberger gegenüber.«

Sie warf Lorenz, der das Buch immer noch wie einen Schatz umklammert hielt, einen Blick zu, der besagte, dass sie aufbrechen sollten. Die beiden Beamten verließen mit dem Buch des alten Herrn Weber den Laden und ließen dessen Besitzer deprimiert zurück.

Schleiniger

Freitag, Tag 4 nach dem Mord an Sarah Lubner

In einem Fernsehkrimi wäre es wahrscheinlich so abgelaufen: Mit Blaulicht und quietschenden Reifen hielt Lorenz' schwarzer, bulliger Geländewagen auf dem Gelände des Eisrebenfestes. Der Wagen spuckte die beiden Beamten aus, die mit gezogenen Pistolen ins Festzelt stürmten und den verdutzten Gauvorstand, der sich tatkräftig zur Wehr setzte, mit Gewalt zur Strecke brachten, ihm Handschellen anlegten und unter lautem Protest zurück zum Wagen und ins Revier schafften.

Der eine oder andere Zeuge mochte die Geschichte von Johann Neubergers Verhaftung später am Stammtisch auch sicherlich in einer ähnlichen Form erzählt haben, aber tatsächlich war es natürlich kein solches Spektakel. Schon allein deshalb, weil Lorenz Hölzl Waffen, vor allem gezogene, verabscheute.

Die beiden Beamten befragten den erstbesten Trachtler, der ihnen auf dem Eisrebenfest über den Weg lief, in welchem Zelt sich Neuberger aufhielt. Franzi forderte daraufhin sofort Kerschl und Lallinger an, auf die sie jetzt noch warten mussten.

Lorenz war ein wenig betrübt darüber, dass er seine schöne neue Lederhose nicht hatte anziehen können und wieder nur »in Zivil« auf dem Festgelände herumlief. Außerdem war er überrascht, wie voll es schon wieder war. Der Festumzug hatte wohl für einen Strom zusätzlicher Besucher gesorgt. Franzi und Lorenz kämpften sich durch die Menschenmenge, bis sie endlich vor dem Pfaffenberger Zelt standen.

»Bist du dir im Klaren darüber, was wir jetzt im Begriff sind zu tun?«, fragte Franzi.

»Am Eisrebenfest-Freitag den Trachten-Gauvorstand in aller Öffentlichkeit verhaften, weil er verdächtigt wird, eine Darstellerin eines unveröffentlichten Trachten-Pornofilms mit seinem Hirschfänger erstochen zu haben? Ja, klingt spaßig«, antwortete Lorenz und grinste. »Ah, die Kollegen haben's auch schon geschafft.«

Kerschl und Lallinger, beide in grüner Dienstuniform, bahnten sich einen Weg durch die Menge. Kerschl strahlte, als er Lorenz erblickte, und grüßte ihn überschwänglich, Lallinger nickte nur und sagte nichts.

»Servus! Na, habt's die Observation überstanden?«, begrüßte Franzi die beiden Neuankömmlinge.

»Stinklangweilig war's«, schimpfte Lallinger. Der dünne Mann presste seine ohnehin schon schmalen Lippen fest zusammen und schob dann hinterher: »Wenn mir der Lentner s'nächste Mal unterkommt, werd i dem die Leviten lesen. So ein Hammel, dass der uns so auf Trapp hält.«

»Kennst du den?«, fragte Franzi.

»Ja freili kenn i den! Mir haben immer mal wieder miteinand' zu tun g'habt, bei Einsätzen oder wenn da in Feilnbach wieder irgendeine Veranstaltung war! Jetz für Leonhardi war'n wir wieder zamkomma.«

»Man kennt sich auf dem Land …«, sagte Lorenz mit der Absicht, auch etwas zum Gespräch beizutragen.

Lallinger bedachte ihn dafür mit einem hochnäsigen Blick und antwortete: »Sie, s'nächste Mal fragen S' gleich mich, wenn S' mit Ihre Ermittlungen nicht weiterkommen. I kenn mich hier gut aus!«

Als Lorenz scharf einatmete, schob Franzi sich rasch dazwischen: »Meine Herren, hier lang, bitte«, und ging voran ins Zelt hinein.

Dort fanden sie Johann Neuberger nach einiger Suche schließlich, als er sich über sein eben von der Bedienung serviertes Hendl hermachen wollte. Lorenz flüsterte ihm etwas ins Ohr, worauf Neubergers Gesicht schlagartig jeglichen Ausdruck verlor und zu versteinern schien. Er öffnete das Päckchen mit dem Frischetuch, das dem gegrillten Huhn beigelegt war, putzte sich die Hände ab, stand auf und schritt, flankiert von Kerschl und Lallinger, immer noch mit versteinerter Miene hinaus aus dem Zelt zum Streifenwagen.

Als sie das Festgelände hinter sich gelassen hatten, fiel der Panzer der Ausdruckslosigkeit von ihm ab und verwandelte sich in rohe Wut. Den ersten Tobsuchtsanfall bremste Franzi ab, indem sie sich umdrehte und den schäumenden Gauvorstand davon in Kenntnis setzte, dass er des Mordes verdächtigt werde und sie an dieser Stelle keine weiteren Auskünfte erteilen dürfe. Den zweiten Tobsuchtsanfall auf der Fahrt Richtung Stadt erstickte sie quasi im Keim, als sie Neuberger drohte, umzukehren und ihn in Handschellen einmal quer übers Eisrebenfest zu treiben, wenn er nun nicht augenblicklich die Klappe hielte.

Johann Neuberger starrte abwechselnd auf die versiegelte Plastiktüte mit seinem Messer und zu Franzi. Immer wieder berührte er mit einer Hand die Tüte, und fast schien es, als wolle er auch Franzi anfassen, um sich zu vergewissern, dass sie echt war und er tatsächlich in diesem fensterlosen Raum saß, konfrontiert mit der Anschuldigung, das Mädchen, dessen Tod seit Anbeginn der Woche das ganze Dorf beschäftigte, mit seinem Hirschfänger erstochen zu haben. Das zumindest dachte sich Lorenz, als er die Szenerie am Bildschirm der Überwachungskamera verfolgte.

Neuberger saß in voller Montur im Verhörraum, in seiner reich bestickten Lederbundhose, dem weißen Hemd, der grünen Trachtenweste und der roten Seidenkrawatte. Sein Hut mit dem gewaltigen Gamsbart lag vor ihm wie ein ausgestopfter Wolpertinger und sah mindestens so traurig aus wie sein Besitzer.

»Herr Neuberger, versetzen Sie sich mal in meine Lage«, sagte Franzi gerade. »Ich habe hier das Messer, mit dem Sarah Lubner getötet wurde. Ganz offensichtlich handelt es sich um Ihres. Sie waren zur Tatzeit am Tatort und haben weiß Gott ein phänomenales Motiv: Sie hassen den ›Trachtenstrip‹-Kalender und haben das mehr als einmal öffentlich kundgetan. Und jetzt erzählen Sie mir, dass Ihnen Ihr Hirschfänger gestohlen wurde, ausgerechnet in jener Nacht, in der Frau Lubner getötet wurde?«

»Schaun S', warum sollt i denn das dumme Mädel umbringen wollen?«, antwortete Neuberger. »Ich, in meiner Stellung. Über den Wagner und seinen Schmuddelkalender schimpfen is des eine, des verlangt ja schon meine Position als Gauvorstand, aber dafür gleich an Mord begehen? Außerdem war des Mädl ja nur eine unter vielen! I hab die ja nicht einmal kennt! I hab keine Ahnung, wer mir des Messer geklaut hat, aber seh'n Sie des denn ned, dass i des ideale Bauernopfer bin?«

»Warum haben Sie sich denn nicht an uns gewandt, als Sie bemerkt haben, dass Ihnen Ihr Messer gestohlen wurde?«, fragte Franzi. »Es war doch ein offenes Geheimnis, dass Sarah Lubner erstochen wurde! Wenn Sie wirklich eine reine Weste haben, warum haben Sie sich dann nicht bei uns gemeldet?«

»Und was hätt i Ihnen sagen sollen? Mir war ja ned einmal bewusst, dass mir des Messer geklaut worden ist! I hab des immer in der Hos'n, i kannt ned einmal sag'n, ob ich des auf der Alm verlor'n hab oder schon davor! Ja Greizgruzines'n, ich bin doch kein kompletter Volldepp und erstech des Weib mit meinem eigenen Messer und lass des dann steck'n, damit's ihr Polizisten des a sicher find's!«

Neuberger ließ sich auf seinen Stuhl zurückfallen und atmete tief durch.

»I will ganz ehrlich sein. Zuerst hab ich tatsächlich geglaubt, i hätt des Messer verloren. Mir is erst später 'kommen, und i wollt's bis zuletzt nicht wahrhaben, dass des da vielleicht an Zusammenhang geb'n könnt. Aber ich frag noch mal, was hätt i machen sollen? Zu Ihnen kommen und sag'n, dass mein Messer weg ist und des vielleicht die Mordwaffe ist?«

»Wär in jedem Fall die klügere Wahl gewesen«, antwortete Franzi lakonisch.

»Ja. Nein. Was weiß denn i. I hab Angst g'habt. Dass des vielleicht echt mein Messer sein könnt. Verdammt. Es duad mir wirklich leid. Jetzt im Nachhinein könnt i mich fotz'n, dass i ned zu Ihnen gekommen bin.«

Neuberger kaute auf seiner Lippe und blickte auf seine auf dem Tisch ruhenden Hände. Franzi stand auf und versprach Neuberger, gleich wieder zurück zu sein.

»Könnte seine Geschichte stimmen?«, fragte sie Lorenz, als sie zu ihm in den Observationsraum trat.

Lorenz spielte mit seinem Kugelschreiber herum, bis er schließlich antwortete: »Schwer zu sagen. Wir müssen auf jeden Fall ein Szenario entwickeln, in dem er tatsächlich ein Bauernopfer ist. Lass uns vorher noch eine Sache prüfen. Geh rein und konfrontier ihn mit dem ›Dirndl Porno‹. Ich will wissen, ob er davon wusste.«

Nur ein paar Augenblicke später hörte Lorenz, wie Franzi dem Gauvorstand die Frage stellte: »Haben Sie eigentlich nie mit dem Gedanken gespielt, dass Wagners Film mit all seiner Publicity, die er erhalten könnte, auch Ihrem Gewerk und Anliegen von Nutzen sein könnte?«

Lorenz hielt den Atem an. Kluges Mädchen. Wenn Neuberger von Wagners »Dirndl Porno« wusste, könnte ihn Franzis Finger in der Wunde zum Explodieren bringen, und er würde sich durch das Wissen um den Film weiter belasten.

Doch alles, was Neuberger an Reaktion zustande brachte, war eine immer tiefer werdende Falte auf seiner Stirn, und Lorenz konnte ihm förmlich ansehen, wie er das eben Gehörte in einen Sinnzusammenhang zu stellen versuchte. Noch ehe Neuberger antwortete, war sich Lorenz sicher, dass der Gauvorstand keine Ahnung von der Existenz jenes Videos hatte.

»Wovon zum Teufel sprechen S' da? Welcher Film?«, blaffte er. Und mehr als dumpfe Verwunderung war seiner Miene nicht zu entnehmen.

Franzi erzählte Neuberger von dem Pornofilm. Über das Gesicht des Gauvorstands schwappte erneut ein Wechselbad der Gefühle. Er sah aus wie eine Silvesterrakete kurz vor dem Start, lief puterrot an, beherrschte sich aber dann doch und schwieg.

Später lag Lorenz auf der Couch in seinem Büro und zerknäulte ein Blatt Papier. Franzi saß an seinem Schreibtisch und drehte sich auf dem Bürostuhl nachdenklich hin und her.

Plötzlich klingelte Lorenz' Telefon.

»Kommissar Hölzl am Apparat.«

»Guten Tag, Herr Hölzl, hier spricht Bernhard Eibl.«

»Grüß Sie, Herr Eibl, was verschafft mir die Ehre Ihres Anrufs?«

»Weniger angenehme Dinge, Herr Hölzl, weniger angenehme Dinge. Haben Sie ein paar Minuten für mich?«

»Natürlich, wie kann ich Ihnen helfen?«

Eine kleine Pause entstand und Lorenz hörte, wie der Kurdirektor tief durchatmete.

»Herr Hölzl, ich hoffe inständig, Sie wissen, was Sie da gerade tun. Sie haben zwei der angesehensten und wichtigsten Persönlichkeiten meiner Gemeinde verhaftet. Da die Frau Bürgermeisterin ja immer noch unpässlich ist, obliegt es mir, Ihnen meine Besorgnis in dieser Angelegenheit kundzutun. Können Sie sich auch nur im Geringsten vorstellen, wie groß die Büchse der Pandora ist, die Sie da geöffnet haben?«

Lorenz war völlig perplex, und das Erste, was ihm in den Sinn kam, war, dass der Kurdirektor ihn auf den Arm nehmen wollte.

»Sind Sie neidisch, weil der Verdacht so schnell von Ihnen abgefallen ist?«, scherzte Lorenz testweise. Und bereute es gleich im Anschluss.

»Leider ist mir nicht nach Spaß zumute, Herr Kommissar, ich meine das bitterernst. Ich glaube, Sie haben tatsächlich keine Ahnung, was Sie angerichtet haben.«

Jetzt fühlte sich Lorenz tatsächlich vor den Kopf gestoßen. Sprach da am anderen Ende der Leitung tatsächlich jener Kurdirektor, den er gestern noch in seinem Büro besucht hatte? Der gewiefte, weltoffene und hintersinnige Mann, als den er Bernhard Eibl kennengelernt zu haben glaubte? Lorenz reagierte auf eine für ihn ungewöhnliche Art: ungehalten.

»Guter Mann, nun nehmen Sie aber mal den Fuß vom Gas, ja? Lassen Sie mich meine Arbeit tun, und Sie erledigen Ihre!«

Es brodelte in Lorenz. Eibl hatte ohne Mühe die Grube in ihm aufgerissen, in der er all seine Sorgen und Versagensängste sorgfältig verstaut hatte. Und das Allerschlimmste war, der Kurdirektor hatte möglicherweise recht: Wahrscheinlich waren Neuberger und Lentner beide unschuldig. Das sagte ihm sein Gefühl, auch wenn die Fakten etwas anderes behaupteten. Sein Papa pflegte immer zu sagen: *»Al posto dove ci sono la paura e i dubbi si trovano le risposte!«* – »Wo Angst und Zweifel sind, da muss man hinsehen, denn dort finden sich die Antworten.« Und wahrscheinlich hatte Papa wie immer recht.

Nachdem Eibl auf seinen Ausbruch hin nicht mehr antwortete und nur Stille aus dem Hörer dröhnte, kam Lorenz sich schäbig vor. Er sagte: »Tut mir leid, Herr Eibl. Ich wollte nicht aufbrausen. Es stimmt, das ist eine heikle Situation. Aber Sie können mir glauben, wir arbeiten mit aller nötigen Sorgfalt. Wir hätten die beiden niemals in Gewahrsam genommen, wenn wir nicht einen dringenden Tatverdacht hätten äußern können.«

»Danke, Herr Hölzl, es bedeutet mir wirklich viel, dass Sie Verständnis für mich haben. Ich hatte Ihnen ja meine volle Unterstützung bei der Ermittlung zugesagt, und dazu stehe ich natürlich immer noch. Nur hatte ich mir gestern nicht im Traum vorstellen können, dass Sie gleich den Feuerwehrkommandanten und den Gauvorstand einsperren würden.«

»Wen hätten Sie denn lieber hinter Gittern gesehen? Und waren nicht Sie es, der uns erst auf die Spur von Christoph Lentner geführt hat?«, fragte Lorenz.

»Ja, schon. Natürlich haben Sie recht. Ich hatte halt gehofft, dass es sich hier nur um eine schmutzige kleine Rachegeschichte im Pornomilieu handeln würde. Sie können sich ja mal einen Spaß machen und bei mir im Büro vorbeischauen. Sie werden es nicht wiedererkennen. Das quillt derzeit über vor Beschwerden von empörten Bürgern, Interview-Anfragen von allerlei Klatschreportern und besorgten Anschreiben hochrangiger Tourismusvertreter! Tun Sie mir bitte den Gefallen und erlösen Sie mich, indem Sie den Fall aufklären!«, flehte Eibl.

Nun war Lorenz' Ärger auf den Kurdirektor vollständig verflogen. Der arme Mann musste derzeit im Alleingang die ganzen Scherben aufkehren, die ihre Ermittlung zwangsläufig hinterließ.

»Ich versichere Ihnen, dass wir unser Möglichstes tun. So abgedroschen es auch klingen mag, aber das machen wir tatsächlich.«

»Vielen Dank. Ach ja, das Beste habe ich Ihnen noch gar nicht erzählt. Haben Sie gerade Zugang zu einem internetfähigen Computer?«

»Ja, Sekunde bitte.« Lorenz stellte sich neben Franzi, die vor seinem PC saß.

Der Kurdirektor nannte ihm eine Adresse. Lorenz lief es eiskalt den Rücken hinab. Cornelius Wagner. Dieser Hundling. Er hatte es tatsächlich getan. Plötzlich erschien ihm seine eigene Pandora-Büchse, die er nach Aussage des Kurdirektors geöffnet haben sollte, klein und unbedeutend. Wenn das, was der »Trachtenstrip«-Fotograf und Pornoregisseur hier aufgezogen hatte, eine breite Öffentlichkeit fand, konnten sie sich alle warm anziehen.

Auf Lorenz' Bildschirm hatte sich eine Website mit weißem Hintergrund und lediglich zwei zentralen Elementen geöffnet: Das eine war ein Countdown, der aktuell zwei Tage, drei Stunden, zwölf Minuten und achtzehn Sekunden vom Nullpunkt entfernt war. Und dann sollte, und das war das zweite Element der Seite, der »Dirndl Porno« an dieser Stelle veröffentlicht werden. Es gab kein Bild, keine Namen, nur einen »Dirndl Porno«-Schriftzug vor einem Bergpanorama, welches eindeutig den Wendelstein zeigte. Dasselbe Bergpanorama, das Lorenz jedes Mal sah, wenn er zu Frau Grubers Pension fuhr.

Übermorgen wollte Wagner also die Katze aus dem Sack lassen. Das würde bedeuten, dass der Film pünktlich zum Finale des Bad Feilnbacher Eisrebenfestes erscheinen würde. Und am Montagabend, wenn das traditionelle Kesselfleischessen stattfand, wäre der Marketing-Clou perfekt; wenn sich Heerscharen von Journalisten auf die Festbesucher stürzten und damit auch der Letzte von der Existenz des »Dirndl Pornos« erführe. Um dem Ganzen die Krone aufzusetzen, verfügte die Website nicht nur über einen Besucherzähler, der schon jetzt über dreihundert Seitenaufrufe registriert hatte, sondern es gab auch eine einfache Kommentarfunktion, mittels derer sich bereits zahlreiche Besucher verewigt hatten. Lorenz überflog ein paar der Kommentare, die von ablehnenden über obszöne bis hin zu freudigen Beiträgen alle möglichen Reaktionen zu enthalten schienen.

»Oha«, sagte Lorenz.

»Ups«, machte Franzi.

»Mir ist da ein nicht zitierbarer Fäkalausdruck rausgerutscht, ansonsten war meine Reaktion die gleiche wie Ihre«, sagte der Kurdirektor. »Sie fragten doch gestern, ob es so etwas wie negative Publicity für die Gemeinde gibt. Nun, ich denke, wir werden es bald herausfinden.«

»Und wir werden uns den Burschen noch mal vorknöpfen,

denn für unsere Ermittlungen ist das sicherlich nicht förderlich, wenn der jetzt sein Machwerk unter die Leute bringt«, sagte Lorenz und starrte weiterhin auf den Bildschirm. Hatte der Mistkerl ihm nicht zugesagt, warten zu wollen, bis Gras über die Sache gewachsen war?

Der Kurdirektor unterbrach ihn in seinen Gedanken: »Herr Hölzl, ich habe Ihnen schon genug Zeit gestohlen. Und ändern können wir an den aktuellen Gegebenheiten ohnehin nichts mehr. Ermitteln Sie also lieber mal weiter!«

Mit dem letzten Satz kehrte ein verschmitzter Funke des alten Bernhard Eibl zurück, so wie Lorenz ihn kennengelernt hatte. Er beendete das Gespräch, indem er dem Kurdirektor nochmals versicherte, alles in seiner Macht Stehende zu unternehmen, um schnelle Klarheit in den Fall zu bringen, und legte auf. Dann fasste er für Franzi kurz den Inhalt des Gesprächs zusammen.

»Ich glaube nicht, dass es der Neuberger war«, sagte sie schließlich.

»Und wenn du mich fragst, ich glaub auch nicht, dass es der Lentner war«, antwortete Lorenz. »Aber die Beweislast ist erdrückend, der Neuberger hatte ein Motiv, die Gelegenheit und die Mordwaffe.«

»Lass uns den Fall doch noch mal durchgehen«, sagte Franzi und sprang auf. Sie zog einen schwarzen Edding aus dem Becher auf Lorenz' Schreibtisch und schrieb in großen Buchstaben »Sarah Lubner« auf das weiße Flipchart an der Wand. Darüber folgte der Name »Christoph Lentner« und daneben »Johann Neuberger«. Sie umkreiste jeden Namen einmal und verband sie mit einem dicken Strich.

»Lentners Motiv ist sein Begehren für Sarah. Er könnte sie umgebracht haben, weil er sie nicht haben konnte. Er hat ihr aufgelauert und sie bedroht, er kannte den Porno, er war auf der Alm«, sagte sie.

»Ja, aber da er uns das Video gegeben hat, ist der quasi aus dem Schneider. Ich traue ihm nicht so viel kriminalistisches Geschick zu, dass er sich selbst belastet, nur um sich zu entlasten«, antwortete Lorenz und warf sein Papierknäuel in Richtung Abfalleimer, den er um gute eineinhalb Meter verfehlte.

»Möglich«, sagte Franzi nur. »Und angenommen, Johann Neuberger, mit dessen Messer das Opfer erstochen wurde und der mit seinem Hass auf den ›Trachtenstrip‹ und alles, wofür das Opfer stand, ein Parademotiv hätte, ist tatsächlich ein Bauernopfer. Wer bleibt dann noch?«

Sie schrieb in großen Buchstaben »Ludwig Graser«, »Tanja Zachel« und »Cornelius Wagner« an die Wand.

»Alle drei wussten vom ›Dirndl Porno‹. Graser hat allerdings kein Motiv. Er will, dass der Film veröffentlicht wird, weil er scharf auf das Geld ist. Dasselbe gilt für die Zachel.«

»Und Wagner wird wohl erst recht kein Interesse gehabt haben, sein bestes Model und die potenzielle Ikone jenes Films, der ihn berühmt machen soll, um die Ecke zu bringen, oder?«, sagte Lorenz.

»Hm«, machte Franzi. »Da ist immer noch die Frage nach dem Geld. Einer weniger im Quartett sollte doch mehr Gewinn für die anderen bedeuten ... Aber vielleicht liegen wir auch ganz daneben und haben eine Figur im Spiel bislang übersehen. Was fangen wir beispielsweise mit der Information an, dass Sarah kurz vor ihrem Tod Sex hatte? In die Richtung haben wir ja noch gar nichts unternommen!«

»Wie auch?«, antwortete Lorenz. »Was willst da schon groß machen? Eine Spermaprobe von all unseren Verdächtigen besorgen? Kannst ja beim Lentner mal anfangen, aber was bringt uns das? Sie wurde ja schließlich nicht vergewaltigt.«

Franzi stöpselte den Edding zu und ließ sich schnaufend wieder in den Bürostuhl fallen. Sie schien geknickt, und Lorenz wäre am liebsten zu ihr hinübergegangen und hätte sie in den Arm genommen. Er sagte nichts und schob die Akten vor sich auf dem Schreibtisch hin und her, während der Countdown auf der »Dirndl Porno«-Website weiterhin unermüdlich Zeit wegtickte.

Seine Aufmerksamkeit wurde abermals von den Kommentaren angezogen. Da gab es zum Beispiel einen Beitrag, den hätte er auch dem Neuberger Johann zugetraut. Der anonyme Verfasser beschimpfte aufs Ausfälligste die Idee eines solchen Films und wetterte über die Verschandelung von Brauchtum und Tracht. Er schrieb im Dialekt, und zwar so abenteuerlich, dass Lorenz den Text mehrmals lesen musste und trotzdem nicht alles verstand. Überraschend viele der mittlerweile bestimmt fünfzig Reaktionen waren mit bitterstem Hass geschrieben worden.

Wenn die Welt tatsächlich so etwas wie ein neues Bewusstsein entwickeln sollte und die Theorie der spirituellen Avantgarde zutraf, dass all jene, die sich dem widersetzen, schleichend an ihren negativen Emotionen zugrunde gehen, dann zeigte sich dieser Prozess schon heute im Internet. Als ob der ganze Hass, der Neid und die Missgunst, die sich in der Gesellschaft angestaut hatten, endlich ein Ventil gefunden hätten. Man fand heutzutage kaum ein gut besuchtes Nachrichten-Portal oder einen Weblog, in dessen Foren und Kommentaren nicht herumgepöbelt wurde. Und die Anonymität ermöglichte es den Leuten, der persönlichen Wildsau freien Auslauf zu gewähren, ohne Konsequenzen fürchten zu müssen. Deshalb las Lorenz in der Regel gar keine Leserbeiträge mehr und Foren mied er sowieso.

Doch es gab auch positive Reaktionen. Einer tat seine Vorfreude kund und wollte wissen, wo er den »Dirndl Porno« erstehen könne. Ein anderer gratulierte den Machern zu ihrem Mut und zeigte sich gespannt auf die Umsetzung des Themas.

Was mochte geschehen, wenn der »Dirndl Porno« in der breiten Öffentlichkeit angekommen war? Würde überhaupt etwas geschehen? Kein Prominenter war im Film zu sehen und auch keine Person öffentlichen Interesses. Vielmehr stand hier eine Tradition im Visier, und es würde sicher spannend werden zu beobachten, wie die Leute hier damit umgingen. Die Wahrscheinlichkeit, dass der »Dirndl Porno« über bestimmte regionale Lobbys hinaus auf Interesse stoßen würde, schätzte Lorenz hingegen als sehr gering ein. Und trotzdem störte ihn Wagners Vorgehen ungemein.

Er tippte »Dirndl Porno« in die Suchzeile seines Webbrowsers ein und begann, sich durch die Liste der Ergebnisse zu klicken. Gleich an erster Stelle fand er einen reißerischen Bericht eines Rosenheimer Nachrichtenportals, der großzügig mit

»Trachtenstrip«-Bildern und Fotos des Tatorts illustriert worden war. Die Überschrift lautete: »Skandal im Landkreis Rosenheim: Feuerwehrkommandant und Trachtenvorstand der Gemeinde Bad Feilnbach wegen Mordverdacht festgenommen.«

Lorenz überflog den Text, der sich als wildes Sammelsurium aus Gerüchten und Pressemitteilungen erwies. Interessanter waren die Kommentare der Leser unter dem Beitrag, die wüste und wütende Beschimpfungen gegen Neuberger und Lentner richteten. Und nahezu alle Kommentatoren unterstellten den beiden Verdächtigen eine Beteiligung am »Dirndl Porno«, eine besonders aufgebrachte Leserin namens »LarissaDC« schien sich sogar mehr darüber zu echauffieren, dass ein Gauvorstand einen Trachtenporno drehen könnte, als dass er des Mordes verdächtigt wurde.

Lorenz klickte weiter und stellte erstaunt fest, dass es das Thema auch auf die Webseiten der großen deutschen Tageszeitungen geschafft hatte. Die BILD-Zeitung titelte reißerisch mit »Ausgejodelt – Mord im Trachtenporno« und zeigte unverfremdete Porträts von Neuberger und Lentner, und sogar der Spiegel berichtete, wenn auch etwas unaufgeregter, von einem »tödlichen Heimatfilm«. Lorenz musste wieder an Eibl und Neuberger denken und daran, dass den Männern das Schlimmste wohl noch bevorstand.

Sein Blick fiel auf einen dicken Packen Papier am Rand seines Schreibtisches. Woher kam der gleich noch mal? Ach ja, der komische Kerl aus der Spurensicherung hatte ihm das Bündel vorgestern in die Hand gedrückt, seitdem fristete es sein Dasein in Lorenz' Stapel für unbearbeitete Dokumente. Er klappte den Deckel der Mappe auf und stellte fest, dass es sich um die Auswertung von Sarahs Mobilfunkgerät handelte.

Lorenz war immer wieder erstaunt, wie unfassbar viele Daten in modernen Telefonen gespeichert waren. Selbst wenn der Benutzer Nummern oder Nachrichten löschte, hieß das nicht automatisch, dass diese auch vom Telefon getilgt waren. Die Datenspeicher dieser Geräte funktionierten meist so, dass Informationen erst endgültig eliminiert wurden, wenn sie durch neue überschrieben wurden. Lorenz konnte sich noch an die

Zeit erinnern, als er Kurznachrichten aus seinem Handy löschen musste, damit er Platz für neue hatte. Bei den großzügigen Speichergrößen moderner Smartphones dauerte das Überschreiben der Daten jedoch in der Regel ziemlich lange, denn solange freier Speicherplatz zur Verfügung stand, verwendete das Gerät diesen auch.

Lorenz stellte fest, dass es fast achthundert DIN-A4-Seiten waren. Er legte eine Cappuccino-Kapsel in die Maschine, drückte, während er auf den Kaffee wartete, Franzi, die sich in der Zwischenzeit in die Fallakte vertieft hatte, eine Hälfte des Papierbündels in die Hand und machte es sich dann mit dem zweiten und seinem Retorten-Kaffee hinter dem Schreibtisch bequem.

Dann begann er, sich in die anstrengende Lektüre zu vertiefen.

Da trügerische Schein

Freitag, 3 Tage vor dem Mord an Sarah Lubner

»Was in Herrgotts Namen ist denn hier los?«, rief Nina Preußler plötzlich, und Sarah war, als wäre ihr ein Engel erschienen. Sie hatte keine Ahnung, woher Nina plötzlich gekommen war, und doch stand sie leibhaftig vor ihr. Sie hatte sich noch nie so sehr darüber gefreut, ihre langweilige, spaßbremsende Streber-Mitbewohnerin zu sehen.

Nina kniete sich neben Sarah und nahm sie in den Arm, während sie giftig zu Lentner starrte.

»Wer sind Sie? Und was haben Sie mit Sarah gemacht?«

Sie schien in diesem Moment völlig furchtlos zu sein, und das imponierte wohl auch Christoph Lentner so sehr, dass er nur ein paar gestotterte Wortfetzen herausbrachte, sich erhob und schnellen Schrittes zu seinem Motorrad zurückkehrte. Er setzte den schwarzen Helm auf, startete den Motor und verschwand in der Dunkelheit.

»Sarah, sieh mich an, was hat er dir angetan?«, sagte Nina, und alle Anspannung fiel von Sarah ab.

Sie vergrub den Kopf in Ninas dickem Wollschal und weinte hemmungslos, bis jede Träne aus ihrem Körper gequetscht schien. Schließlich flüsterte sie: »Ich möchte nach Hause.«

Zwei Stunden später saß Sarah in ihrem blauen Polo und verließ die Stadt in Richtung Cornelius' Anwesen. Sie hatte ihm eine SMS geschrieben, in der sie ihn darum bat, sie aus dem »Dirndl Porno« herauszunehmen, woraufhin er sie angerufen und ihr angeboten hatte, bei ihm vorbeizukommen und darüber zu reden. Zunächst war ihr das gar nicht recht gewesen, denn nach dem Vorfall mit dem Stalker hatte sie keine große Lust mehr, an diesem Abend nochmals das Haus zu verlassen, doch schließlich wurde der Drang, die Geschichte ein für alle Mal aus der Welt zu schaffen, zu groß.

Als sie nach der knapp halbstündigen Fahrt schließlich Cornelius' Haus erreichte, wartete der schon in der Eingangstür auf sie. Der Flur hinter ihm war mit Kerzenschein erleuchtet, und er selbst trug einen Bademantel.

»Bist du heute das Fotomodell?«, fragt Sarah ihn, als sie sich zur Begrüßung umarmten. Er roch gut, war offenbar frisch geduscht, ein herb-männliches Parfum umwehte ihn. Widerstrebend stellte sie fest, dass sie sich immer noch zu diesem Mann hingezogen fühlte. Und das in ihrer jetzigen Situation. Sie beschloss, sich zusammenzureißen.

»Nein, aber ich habe mir heute freigenommen. Ist auch mal ganz schön, einen Freitagabend daheimzubleiben. Das Eisrebenfest kommende Woche wird mich wieder genug Zeit kosten. Und eigentlich wollte ich heute saunen«, antwortete Cornelius. »Jetzt komm erst mal rein.«

Sie folgte ihm ins Wohnzimmer, wo er ihr einen Platz auf der großen Couchlandschaft anbot. Sie ließ sich in einen Kissenberg fallen, während Cornelius in der Küche verschwand, um ihnen etwas zu trinken zu holen.

Sarah ließ ihren Blick durch das Zimmer schweifen. Sie mochte Cornelius' Stil. Das ganze Zimmer strahlte Wärme aus. Das lag natürlich vor allem am großen, offenen Kamin, der links des Eingangs fast die ganze Wand einnahm. Aber auch der erdige Farbton, mit dem die Wände gestrichen waren, der dicke weiche Teppich und die indirekte Beleuchtung trugen zum gemütlichen Eindruck bei. Sarah merkte, wie ihre Muskeln locker wurden, sich die Anspannung löste. Nur das Thema, wegen dem sie gekommen war, lag ihr wie ein Stein im Magen.

Cornelius kehrte mit zwei großen, gläsernen Weinkelchen und einer Flasche Rotwein zurück. Es war der liebliche, von dem er wusste, dass Sarah ihn so gerne trank. Er setzte sich neben sie, goss großzügig ein und reichte ihr ein Glas.

»So, mein Schatz. Nun lass uns reden. Was beschäftigt dich?«, sagte er mit schnurrender Stimme, nachdem sie angestoßen hatten.

Die Worte sprudelten nur so aus Sarah heraus.

»Cornelius, ich habe Angst. Ich habe solche Angst, dass es falsch war, in deinem Film mitzumachen. Ich habe versucht, mir einzureden, dass das meine Chance sein würde. Aber es klappt nicht. Es fühlt sich so falsch an. Bitte, ich flehe dich an, nimm mich raus aus dem Video! Ich bezahle dich auch dafür, oder, wenn du einverstanden bist, darfst du mich in Zukunft immer umsonst fotografieren, damit ich den Schaden wiedergutmachen kann!«

Cornelius antwortete zunächst nicht. Er drehte sein Glas zwischen den Fingern und schaute es konzentriert an, als ginge es darum, dessen Beschaffenheit zu analysieren und nicht Sarahs Anliegen.

Als er schließlich antwortete, schien er seine Worte mit viel Bedacht zu wählen: »Eines musst du mir erklären.« Jetzt sah er Sarah direkt an. »Mit dem Film hast du Probleme. Aber all die Aktfotos haben dich nie gestört? Der ›Trachtenstrip‹? Die Bilder auf den Internetseiten?«

Darauf war Sarah nicht vorbereitet gewesen. Die Frage wollte nicht in ihr Gehirn passen und fühlte sich an wie der runde Klotz, den sie als Kleinkind vergeblich ins rechteckige Loch des Lernspiels zu hämmern versucht hatte.

Schließlich gelang es ihr doch, eine Antwort zu formulieren, die über ein »das ist was ganz anderes« hinausging: »Nein. Das hat mich nie gestört, aus dem ganz einfachen Grund, dass die Fotos Kunst sind. In Bewegung ist das Pornografie.«

Schon in dem Moment, als sie es aussprach, erschien ihr ihre eigene Logik verquer, und sie war sich sicher, dass sie Cornelius gerade eine Steilvorlage für eine Gegenargumentation geliefert haben musste. Sie hatte Fotos von sich machen lassen, die sicherlich weit besser in der Rubrik Pornografie aufgehoben waren als in jener für kunstvollen Akt. Aber zum einen hatte sie nie den schmalen Grad überschritten, den das Schlafen mit einem fremden Mann vor einer Kamera bedeutete, zum anderen waren selbst die freizügigsten Posen und Motive stets im kunstvollen Rahmen von Cornelius' Fähigkeiten als Fotograf verewigt worden.

Aber war der »Dirndl Porno« nicht auch äußerst kunstvoll komponiert?, fragte der verflixte Teufel auf ihrer Schulter. Wo lag denn nun genau der Unterschied zwischen einem nackten Körper auf einem Foto und einem auf bewegtem Bild? Es ist viel einfacher, einen ästhetischen Moment in einer Fotografie einzufangen, sagte der Engel. Nur der perfekte Augenblick für das Durchdrücken des Auslösers zählt und jegliche Arbeit und Vorbereitung führt dorthin. Eine Filmkamera hingegen ist unerbittlich, sie verzeiht kein schiefes Grinsen, keine Falten, keine hässlichen Verrenkungen.

Doch würde eine Aneinanderreihung perfekter Fotos nicht einen perfekten Film ergeben?, fragte der Teufel. War das nicht der logische nächste Schritt, der Schmetterling, der aus dem Kokon der Fotografie schlüpfte? Und nur weil kaum jemand in der Lage zu sein schien, einen Film zu erschaffen, der ebenjene Aneinanderreihung perfekter Fotos war, bedeutete es doch nicht, dass es nicht möglich sein könnte.

Cornelius hatte nicht aufgehört, sie durchdringend anzustarren, doch seine Antwort fiel anders aus, als Sarah erwartet hatte.

»Du hast recht. Ich kann und will dir da gar nicht widersprechen. Was wir geschaffen haben, ist Pornografie. Ich glaube aber, von Anfang an keinen Hehl daraus gemacht zu haben. Warum auch, es war ja immer das Ziel. Reich zu werden. Unabhängigkeit zu erlangen. Und soweit ich mich entsinne, war das auch das, was du wolltest. Was ist aus deinen Zielen geworden, Sarah? Haben sich deine Probleme in Wohlgefallen aufgelöst? Bist du an Geld gekommen? Macht es dir jetzt doch Spaß, dein Studium? Gefällt dir plötzlich der Gedanke, die Firma deines Vaters zu übernehmen, einen vorbestimmten Pfad zu beschreiten? Was ist aus deiner Exit-Strategie geworden?«

Jede Frage stach ihr ins Herz wie ein scharfer Dolch. Wie recht er doch hatte. Aber mehr noch als die Tatsache, dass sie eben keinen Plan B hatte und auch nicht wusste, wie sie mit all den von ihm angesprochenen Punkten umgehen sollte, ärgerte sie, dass Cornelius auf ihr zu spielen vermochte wie auf einem Klavier und in ihr, ohne dass sie es verhindern konnte, viele schmerzhafte Saiten zum Klingen brachte. Doch da fiel ihr wieder ein, was heute geschehen war.

»Nein, das alles hat sich natürlich nicht geändert, und das weißt du auch«, erwiderte sie. »Aber ich habe Angst. Cornelius, ich wurde heute angegriffen, von einem Stalker! Einem, der vom ›Dirndl Porno‹ wusste, vielleicht hat er ihn sogar gesehen. Er hat mir aufgelauert und mir schreckliche Angst eingejagt! Wem hast du das verdammte Video gezeigt?«, rief sie aufgebracht. Plötzlich waren sie wieder da, die Erinnerungen an die unheimliche Begegnung, die erst zwei Stunden zurücklag.

Das, was er da gerade gehört hatte, schien Cornelius gehörig aus der Fassung zu bringen.

»Dir ist *was* passiert?«, fragte er ungläubig nach.

»Jemand hat mir aufgelauert. Heute nach der Uni hat er auf mich gewartet, mich mit seinem Motorrad verfolgt, und als ich ihm klargemacht habe, dass ich nichts von ihm will, wurde er ausfallend, hat mich als Nutte beschimpft. Als verdammte Nutte, Cornelius! Wie ist der an das Video gekommen? Du hast mir nicht gesagt, dass du es bereits herumzeigst!« Nun schrie Sarah fast.

Cornelius hob beschwichtigend die Arme.

»Beruhige dich, bitte. Ja, ich habe das Video ein paar Leuten gezeigt. Freunden, Himmel noch mal! Ich wollte deren Meinung hören, die von Unbeteiligten, jemandem aus der potenziellen Zielgruppe. Ich hatte keine Ahnung, dass einer von denen so austicken könnte, das musst du mir glauben!«

»Und woher weiß ich, dass er nicht nur der Anfang war? Was, wenn er nicht der Einzige war, der so ausflippt? Die haben hier doch ohnehin alle einen an der Waffel. Hast du dir mal überlegt, was geschieht, wenn die sich doch alle auf die Füße getreten fühlen und sich an uns rächen wollen?«

»Um ehrlich zu sein: Mir war schon klar, dass es Ärger geben könnte, aber von der verbalen Sorte. Ein paar der gewöhnlichen Neidschmähereien und Leserbriefe, das Übliche eben. Aber, Sarah: Ich rede mit den Leuten. Ich finde heraus, wer das war, und sorge dafür, dass der das nie wieder macht, okay?«

Er nahm sie in den Arm, und sie fühlte sich sofort geborgen. Absurd, dachte sie. Der Mann, der dir das alles eingebrockt hat, ist jetzt der Einzige, dem du dich anvertrauen kannst und der dich tröstet. Sie nickte.

»Das war ein Ausrutscher. Du kennst das doch alles vom ›Trachtenstrip‹. Ich verspreche dir, schlimmer als da wird's auch nicht werden mit den Kritikern. Und ich stehe vor euch, fange alles ab, was die Medien berichten werden. Eure Arbeit ist getan! Ab jetzt steht das Ernten an! Und das Beste hab ich dir ja noch gar nicht gesagt.«

Er fasste sie an den Schultern, schob sie etwas von sich, damit er ihr in die Augen sehen konnte.

»Ich hab das Video nicht nur Spezln vorgestellt. Halt, warte, lass mich ausreden! Eine Kopie habe ich einer großen amerikanischen Internetfirma geschickt. Die haben mir ein Angebot unterbreitet: Hundertdreißigtausend Dollar wollen die uns für das Video geben! Nur, damit sie es auf ihrer Webseite gegen Bezahlung zeigen dürfen. Keine Exklusivrechte, wir können es zusätzlich anbieten, wem wir wollen. Sarah, das war meine erste und bisher einzige Anfrage. Und gleich ein Volltreffer! Wer weiß, was da noch kommt! Willst du wirklich aussteigen?«

Hundertdreißigtausend Dollar? Sarah rechnete kurz nach. Das bedeutete über zweiunddreißigtausend Dollar für jeden, und das sollte erst der Anfang sein? Erst jetzt wurde ihr klar, dass sie bisher gar nicht so recht an den finanziellen Erfolg der Geschichte geglaubt hatte. Doch nun wurde er plötzlich greifbar. Und mit dem schönen Gefühl, das die Vorstellung von dem Geld in ihr hervorrief, kehrte, wenn auch zögerlich, die ursprüngliche Euphorie zurück. Und plötzlich war da Cornelius' Hand an ihrem Oberschenkel und glitt vorsichtig über den dünnen, glatten Stoff ihrer Leggins. Gleichzeitig umfasste er mit der anderen Hand zart ihr Kinn, drehte ihr Gesicht zu ihm und drückte seine Lippen auf die ihren. Sämtliche Spannung fiel nun endgültig von Sarah ab, und sie ließ sich noch tiefer ins Sofa sinken.

Cornelius' Hand fuhr unter ihr T-Shirt und ihren Büstenhalter und knetete sanft ihre rechte Brust. Die andere Hand schickte er auf die Reise in ihren Schritt. Ohne vom Küssen abzulassen, fanden seine Finger Sarahs Venushügel und massierten ihn durch den Stoff hindurch. Sarah spürte, wie sie feucht wurde, und begann ihrerseits, die Schleife von Cornelius' Bademantel aufzuziehen. Unter dem Mantel war er vollkommen nackt und sein erregtes Glied reckte sich ihr bereits erwartungsvoll entgegen. Sie umfasste es fest mit ihrer Hand, was Cornelius ein vorfreudiges Stöhnen entlockte.

Er ließ kurz von ihr ab, um ihr das T-Shirt über den Kopf zu ziehen und sie von ihrem BH zu befreien. Anschließend kniete er sich vor sie auf den Boden und zog ihr die Leggins und den Slip von den Beinen. Dann schob er ganz sanft ihre Knie auseinander und betrachtete sie, wie sie im Feuerschein, nackt, erregt, mit gespreizten Beinen vor ihm lag. In seinen dunklen Augen glühte rohe Leidenschaft.

Was habe ich diesen Mann vermisst, dachte Sarah. Und als sie meinte, es nicht mehr auszuhalten, beugte er sich nach vorne und tauchte seine Zunge in ihre nasse Vagina. Augenblicklich breitete sich ein befriedigender Schauer aus ihrem Unterleib über den ganzen Körper aus. Cornelius kannte sie immer noch in- und auswendig und wusste genau, was er tun musste, um lustvolle Explosionen in ihr zu zünden. Während seine Zunge ihren Kitzler liebkoste, führte er zuerst seinen Zeigefinger und schließlich auch noch den Ringfinger in sie ein, immer wieder und immer tiefer, sodass sie fast wahnsinnig vor Lust war. Sie krallte ihre Finger in seine Haare, warf ihren Kopf in den Nacken und stöhnte hingebungsvoll.

Cornelius' Zunge verfügte über eine bemerkenswerte Ausdauer und beherrschte die Klaviatur der Lust wie ein ungezogener Pianospieler. Erst als sie es nicht mehr auszuhalten glaubte, zog sie an Cornelius' Kopf und flüsterte heiser: »Schlaf mit mir!« Daraufhin streifte er seinen Morgenmantel ab, setzte sich neben sie auf das Sofa und zog Sarah auf sich. Sie hockte sich auf seinen Schoß, verharrte kurz und genoss noch einmal das Gefühl der Vorfreude, dann nahm sie den immer noch stocksteifen Phallus in sich auf. Sarahs ganzer Unterleib bebte vor Lust. Ihre Hände wühlten sich in Cornelius' Brusthaare, als suche sie Halt für den bevorstehenden Ritt. Sie ließ ihre Hüfte kreisen und spürte Cornelius tief in ihr. Sarah versank in ihrer Lust. Ein Gemälde bunter Farben zog vor ihrem inneren Auge vorüber, und eine wohlige Hitze durchströmte ihren Körper. Alle Gedanken der

Sorge und des Schmerzes waren fortgewischt, es existierte nur noch heiße Lust.

Gerade als sie glaubte, es nicht mehr aushalten zu können, und ihren Orgasmus nahen spürte, hob Cornelius ihr Becken an, glitt aus ihr heraus und schob sie von sich herunter. Er legte sie über die Lehne des Sofas, sodass sie auf der Sitzfläche knien musste und ihm den Rücken zuwandte. Eine kräftige Hand landete auf ihrer Schulter, die andere an ihrer Hüfte. Sie spürte sein feuchtes, hartes Glied an ihren Pobacken, dann war es zwischen ihren Beinen, fand ihren Schritt, und mit einem forschen Stoß war er wieder in ihr. Die Masse seines Körpers presste sie gegen die Lehne des Sofas, während er sie mit harten Stößen von hinten nahm.

Die Hand, die zunächst noch an ihrer Hüfte geruht hatte, glitt nun nach unten und fand ihren Kitzler. Geschickt liebkoste er diesen mit den Fingern, während er in einem immer schneller werdenden Rhythmus in sie hineinstieß. Sarah merkte durch ihren Schleier der Erregung, dass Cornelius einen Orgasmus erlebte. Seine immer schnelleren Bewegungen entluden einen Schwall zusätzlicher Wärme in ihr. Doch obwohl auch sie sich auf der Spitze ihrer eigenen Lust wähnte und Cornelius in seinen Bewegungen nicht nachließ, wollte sich die endgültige Befreiung nicht einstellen. Sie schrie die angestaute Lust trotzdem heraus und Cornelius nahm das als Zeichen, dass auch sie gekommen war. Erschöpft ließ er von ihr ab.

Als sie beide nach einer ausgiebigen Dusche in eine Decke gekuschelt auf der Couch lagen und schweigend ins Kaminfeuer starrten, bemühte sich Sarah verzweifelt, das angenehme Gefühl der Sorglosigkeit festzuhalten. Aber es gelang ihr nicht gänzlich.

Voralpendämmerung

Freitag, Tag 4 nach dem Mord an Sarah Lubner

Lorenz wischte sich den Schweiß von der Stirn. Eine drückende Hitze waberte durch die Hütte. Der alte Ventilator an der Decke schien nichts zu vollbringen, als die dicke Luft umzurühren. Lorenz lag nackt auf dem Bett, umgeben von zerwühlten Laken. Der Dschungel gab ein irrwitziges Konzert zum Besten, wenn er sich darauf konzentrierte, dröhnte ihm der Kopf, Myriaden von Tieren schienen alle gleichzeitig durcheinander zu singen, zu kreischen, zu brüllen, zu stöhnen, zu fauchen, zu gurren, zu zirpen und zu schreien. Und all das übertönte der rollende Donner, der mit jedem Schlag ein Stück näher heranzukriechen schien.

Ein Gewitter zog auf und die Atmosphäre draußen vor der Hütte schien zum Zerreißen gespannt. Lorenz ließ den Blick durch die Hütte schweifen. Sie bestand aus altem Holz, das einst wohl in blauer Farbe gestrichen worden war. Davon zeugten jetzt jedoch nur noch vereinzelte Fetzen, die von den Wänden und der Decke abblätterten. Gegenüber dem Bett stand eine alte Holzkommode, ebenfalls in ausgeblichenem Blau. Es gab zwei Fenster, deren Läden geschlossen waren und durch deren Spalten schwaches Dämmerlicht in den Raum drang. Dann waren da noch zwei Türen, eine davon führte hinaus auf die kleine Terrasse, die andere in das zweckmäßig ausgestattete kleine Badezimmer.

Plötzlich nahm Lorenz rechts von sich aus den Augenwinkeln eine Bewegung wahr. Ein kühler Luftzug, der Duft von Regen und Wald erfasste ihn, und trotz der Hitze richteten sich seine Härchen auf den Armen auf. In der Tür des Badezimmers stand eine Frau.

Sie war nackt bis auf einen bodenlangen Wickelrock aus einem transparenten gelben Stoff, der kaum etwas zu verhüllen vermochte. Sie hatte langes dunkles Haar, das in Wellen über ihre Schultern floss und ihre makellosen Brüste umspülte, als wären sie Felsen in einem reißenden Gebirgsbach. Ihr Gesicht konnte er nicht erkennen, sosehr er auch blinzelte und sich anstrengte, ihm war, als läge ein Schleier darüber.

Dann trat die Frau aus dem Türrahmen und schritt langsam und mit verführerisch wiegenden Hüften auf Lorenz zu. Sie war groß und schlank, ihre Haut dunkel und schimmernd, und durch den dünnen Stoff ihres Sarongs erkannte er das Tattoo einer Orchidee auf ihrem Schambein. Und als ob das Gewitter über ein besonderes Gespür für dramatische Auftritte verfügte, schickte es einen Blitz, dessen Leuchtkraft ausreichte, um für den Bruchteil einer Sekunde das Gesicht der unbekannten Schönheit zu erhellen.

Lorenz war wie gelähmt, er wollte sich bewegen, doch seine Glieder versagten ihm den Dienst. Zumindest alle bis auf das eine, das er jetzt überhaupt nicht gebrauchen konnte. Und während er sie so anstierte, wechselte sie ihre Haarfarbe, aus Schwarz wurde Blond, und sie lächelte ihn verführerisch an. Sie knotete den Rock auf und ließ ihn langsam nach unten sinken, über die Schenkel, ihre Knie, die Knöchel. Lorenz' Körper vibrierte. Wie begehrenswert diese Frau war! Sie roch nach Meer und Sonnencreme, nach Freiheit und Gefahr, sie war das Gewitter, das sich anschickte, die Hitze des Dschungels in ihre Schranken zu weisen und über Lorenz herzufallen.

Sie beugte sich nach vorn und kroch auf allen vieren langsam vom Bettende her auf ihn zu. Das Unwetter hatte die Hütte mittlerweile erreicht und entlud neben Blitz und Donner nun auch einen heftigen Platzregen. Die Luft kühlte sich ab, doch Lorenz schwitzte weiter. Das Mädchen hatte seine Lenden erreicht, blickte ihn mit einem unergründlichen Blick an, senkte dann den Kopf und schloss ihre vollen Lippen um seine schon jetzt pralle Männlichkeit.

Ein Schauer purer Lust strömte in alle Winkel seines Körpers, und instinktiv bäumte er sich auf, legte den Kopf in den Nacken und schob ihr sein Becken entgegen. Er spürte ihre weiche Haut, ihren Busen, der über seine Beine strich, während sie so hingebungsvoll an seinem Glied leckte und saugte, als handle es sich um eine außerordentliche Leckerei, über die sie sich mit Heißhunger hermachte. Sie umfasste ihn mit beiden Händen und ließ ihre Zunge um die rosa glänzende Eichel kreisen, bevor sie sich das ganze Stück wieder tief in den Mund schob.

Lorenz streckte die Arme aus, bekam ihre Schulter zu fassen, strich ihr durchs Haar, und die Lust in seiner Lende steigerte sich auf ein nahezu unerträgliches Maß, er spürte, dass er die Kontrolle verlor, als sie von ihm abließ, sich aufrichtete und ihn anschrie: »Lenzi, wach auf! Ich hab da was gefunden, das musst du dir ansehen.«

Als Lorenz wieder aufnahmefähig war, schnappte sich Franzi den Edding und stellte sich vor das Flipchart.

»Wie würde sich unsere illustre Ansammlung an Verdächtigen verändern, wüssten wir, dass Sarah Lubner den Pornofilm am Ende doch nicht veröffentlicht haben wollte?«, fragte sie.

Lorenz, immer noch milde verstört, antwortete unsicher: »Drei von denen sollten wir in so einem Fall in einem neuen Licht betrachten …«

»Richtig«, sagte Franzi und malte jeweils einen Kreis um die Namen von Cornelius Wagner, Ludwig Graser und Tanja Zachel. »Alle drei haben uns erzählt, wie sehr sie sich Veröffentlichung und Erfolg des Films wünschen. Wenn Sarah nun abgesprungen wäre, hätten die doch allen Grund, auf sie sauer zu sein, oder?«

»Was hast du herausgefunden?«, fragte Lorenz.

»Es gibt da eine Kurznachricht, in der Sarah den guten Herrn Wagner anfleht, sie aus dem Film rauszuschneiden, sie wolle nicht mehr darin mitwirken, weil sie Angst habe. Versandt wurde sie übrigens am Freitag, drei Tage, bevor das Mädel ermordet wurde, und passenderweise an jenem Abend, an dem unser brünftiger Feuerwehrkommandant seinen kleinen Terroranschlag inszeniert hat.«

Lorenz war jetzt wieder hellwach.

»Und was hat der Wagner ihr geantwortet?«, wollte er wissen.

»Nix. Er hat sie angerufen.«

»Der elende Drecksack«, schimpfte Lorenz. »Und er hat so unschuldig getan … Fahren wir hin und reißen ihm den Hintern auf!«

»Ich hab noch etwas rausgefunden, was er uns verschwiegen hat: Ungefähr eine Stunde vor ihrem Tod hat Sarah Lubner mit ihm telefoniert …«

Als die beiden Beamten die schmale Straße zu Cornelius Wagners Residenz hinauffuhren, präsentierte sich das voralpenländliche Panorama in seiner ganzen herbstlichen Schönheit. Die Route führte immer wieder durch kleine Laubwälder, die bereits damit begonnen hatten, im sanften Wind ihre Blätter abzuschütteln, die in einem zauberhaften Reigen tanzend und rudernd gen Boden wehten. Lorenz lenkte den Wagen durch ein buntes Wirbeln und Stauben und hatte Mühe, in all der wirren Pracht die Straße auszumachen. Die Sonne, die sich in den Wäldern durch die Zweige und Äste mogelte, wärmte die Felder und Wiesen, und weil sie schon recht tief stand und beinahe den Horizont kitzelte, tauchte sie den Himmel in ein sanftes Orange.

Es war immer noch warm, das Thermometer im Auto zeigte vierzehn Grad an, und Franzi hatte das Fenster heruntergekurbelt, während im Radio »Jocasta« von Noah and the Whale lief. Franzi kannte den Song und liebte die Band, weshalb sie laut mitsang, was Lorenz jedoch nicht im Geringsten störte, seine vernebelte Aufmerksamkeit allerdings immer wieder von der Straße ablenkte. So hatte er bereits fast einen entgegenkommenden Traktor übersehen, und auch jetzt verhinderte vor allem Franzis spitzer Schrei Schlimmeres: Im letzten Moment riss Lorenz das Steuer nach rechts, um einem weißen VW Touareg auszuweichen, der mit halsbrecherischer Geschwindigkeit den Weg entlanggerast kam.

»He, war das nicht –«

Doch Franzi wurde von Lorenz' Schnauben unterbrochen, der mit einem entnervten »Wo ist hier die verflixte Sirene?« der Reihe nach verschiedene Knöpfe auf dem Armaturenbrett drückte, schließlich Blaulicht und Martinshorn fand und einen U-Turn hinlegte, den Franzi ihm nie zugetraut hätte.

Sie klammerte sich instinktiv am Sitz fest, als Lorenz dem weißen Geländewagen hinterherraste. Die Verfolgungsjagd führte durch einen kleinen Wald, dann bremste der VW plötzlich und kam am Straßenrand halb in der Wiese zu stehen.

Lorenz hüpfte schäumend aus dem Wagen und lief forschen Schrittes zu dem Verfolgten, Franzi stieg ebenfalls aus und ging ihrem Kollegen hinterher. Noch ehe die beiden das fremde Fahrzeug erreichten, öffnete sich schon dessen Fahrertür, und Lorenz staunte nicht schlecht, als er sah, wen er da vor sich hatte: Vor ihm stand Manfred Lubner, Sarahs Vater, und sein Gesicht zeigte eine Maske aus Angst, Verwunderung und Zorn.

»Sie haben es aber eilig, Ihrem Schöpfer entgegenzutreten«, schleuderte Lorenz dem Mann entgegen. »Mir wär's nur ganz lieb, wenn Sie meine Kollegin und mich da außen vor ließen! Gibt's einen Grund für Ihre abenteuerliche Fahrweise? Oder halt, ich stelle meine Frage zurück und möchte stattdessen wissen, was Sie hier zu suchen hatten!«

Manfred Lubner brachte außer einem Stottern nichts heraus.

Franzi half ihm auf die Sprünge und schoss ins Blaue: »Was wollten Sie denn bei Cornelius Wagner?«

Genau zwischen die Augen, dachte Lorenz, denn Lubner war merklich zusammengezuckt.

»Und was zum Teufel geht hier vor?«, schob Franzi hinterher.

»Kein Grund, gleich den Beelzebub ins Spiel zu bringen. Ich kann alles erklären«, setzte Lubner an und hob beschwichtigend beide Hände. »Zunächst einmal bitte ich Sie um Entschuldigung für meine rüde Fahrweise. Das war wirklich unangemessen, und ich wollte Sie nicht gefährden. Ich fürchte, ich war mit dem Kopf nicht ganz bei der Sache …«

So ist's recht, sammle nur brav Punkte, du wirst sie noch brauchen, dachte Lorenz. Laut sagte er: »Na, dann erklären Sie sich mal, Herr Lubner, ich bin gespannt!«

Manfred Lubner seufzte laut, dann lehnte er sich an sein Auto und begann mit leiser Stimme zu erzählen: »Nun gut. Es hat wohl ohnehin keinen Sinn, damit hinter dem Berg zu halten, es kommt sowieso alles heraus. Am vergangenen Samstag fand ich in meinem Briefkasten eine DVD. Sie können sich sicherlich denken, welchen Inhalt die hatte, denn wie ich hörte, kennen Sie das Machwerk bereits. Es war schockierend, ich konnte mir den Film gar nicht ansehen. Dass meine Tochter, Gott sei ihrer Seele gnädig, einmal so tief sinken konnte, ist mir nach wie vor unbegreiflich. Ich weiß wirklich nicht, was ich falsch gemacht habe, dass es so weit kommen konnte. In einem Porno spielt sie mit! Ausgerechnet meine Tochter! An jenem Abend brach eine Welt für mich zusammen.«

»Springen wir doch gleich zu dem Teil, in dem Sie uns sagen, warum Sie uns bei unserem Gespräch nicht über die neuen Karrierepläne Ihrer Tochter informiert haben!«, unterbrach ihn Lorenz, obwohl er sich die Antwort schon denken konnte.

»Nun, ich wusste zu diesem Zeitpunkt nicht, dass Sie den Film kennen. Und mein oberstes Interesse war, auch nach ihrem Tod die Ehre meiner Tochter zu bewahren und die Verbreitung des Films zu verhindern.«

»Und Ihnen ist nie in den Sinn gekommen, dass der Tod Ihrer Tochter mit dem ›Dirndl Porno‹ zu tun haben könnte?«, sagte Lorenz und fragte sich im Stillen, ob Lubner nun wegen der Erwähnung des Todes seiner Tochter gezuckt hatte oder weil er den Film beim Namen genannt hatte. Er beschloss, das bei passender Gelegenheit nochmals auszuprobieren.

»Ja, nein … Ach, Herr Kommissar, versetzen Sie sich doch mal in meine Lage!«

»Das fällt mir im Moment äußerst schwer. Und was wollten Sie nun von Wagner?«

»Ist das nicht offensichtlich? Ihn bitten, den liederlichen Schundfilm verschwinden zu lassen und nie zu veröffentlichen.«

»Und was hat er von der Idee gehalten? Hatte er ein Einsehen und legt den ›Dirndl Porno‹ in seinen Giftschrank?«

Zack, da war es wieder, das lubnerische Zucken. Lag wohl doch an der Nennung des Films, dachte Lorenz.

»Ich fürchte, dass ich den Mann nicht umstimmen konnte. Der hat Eurozeichen in den Augen und ist leider nur allzu bereit, das Vermächtnis meiner Tochter in den Schmutz zu ziehen.«

»Was mich noch interessiert: Ging mit der Übergabe des Films an Sie eine Geldforderung einher?«, fragte Franzi.

»Wie meinen Sie das? Ich verstehe nicht so recht, worauf Sie hinauswollen …«, antwortete Manfred Lubner zögernd.

»Ach, kommen Sie, Sie sind doch ein Geschäftsmann. Haben Sie Cornelius Wagner Geld für das Video geboten oder bieten müssen? Wurden Sie erpresst, wollten Sie ihn bestechen?«, fragte Lorenz.

»Natürlich habe ich ihm Geld geboten. Aber er hat mich nicht explizit dazu aufgefordert, wenn Sie das andeuten wollen«, sagte Lubner.

»Wie hoch war Ihr Angebot?«, fragte Franzi.

Manfred Lubners Augen verdunkelten sich: »Ich habe ihm am Ende fünfundzwanzigtausend Euro geboten. Aber er hat mich nur ausgelacht und gemeint, er würde das Zehnfache mit dem Film verdienen, wenn er ihn erst einmal veröffentlicht hätte.«

»Haben Sie erwogen, gerichtlich gegen die Veröffentlichung vorzugehen?«

»Natürlich. Aber dieser Wagner ist nicht dumm. Er hat Sarah einen Vertrag unterzeichnen lassen, gegen den ich wahrscheinlich nichts ausrichten kann.«

Lubner drehte sich um, öffnete die Tür seines Wagens und fischte einen Zettel vom Beifahrersitz, den er Franzi reichte. Lorenz sah ihr über die Schulter, während sie das Dokument inspizierte. Es handelte sich um eine Kopie des Modelvertrags, den Sarah für die Teilnahme am »Dirndl Porno« erhalten hatte. Darin erklärte sich Sarah durch ihre Unterschrift und legitimiert durch ihre Personalausweis-Nummer bereit, sämtliche Rechte an Bild und Ton des »Dirndl Pornos« an Cornelius Wagner abzutreten. Ihr Honorar betrug im Ausgleich dafür fünfundzwanzig Prozent des Reinerlöses aus Verkauf und Distribution des Films.

Lorenz rechnete im Kopf kurz nach. Wenn der Fotograf mit seiner Schätzung richtiglag, bedeutete das ja mindestens sechzigtausend Euro Gage für Sarah! Ein stolzes Sümmchen für ein wenig Rammelei vor der Kamera.

»Immerhin sieht es so aus, als wären Sie nun dank Ihrer Tochter an den Erlösen aus dem ›Dirndl Porno‹ beteiligt …«, sagte Lorenz und freute sich über Lubners Grimasse.

Und wer weiß, dachte er, wenn das Ding wirklich einschlägt,

verdienst du an deiner Tochter sogar noch ordentlich. Das ist doch ein weiteres lukratives Geschäft für deine Vita.

Doch Franzi unterbrach ihn in seinen Gedanken. »Da wäre ich mir mal nicht so sicher, schau mal hier«, sagte sie und deutete auf das Kleingedruckte unter Sarahs Unterschrift. Ihre Fingerspitze zeigte auf folgenden Satz:

»Höchstpersönlichkeits-Klausel: Gage und/oder Umsatz-Beteiligungen werden ausschließlich an den Unterzeichner ausbezahlt und sind weder übertrag- noch vererbbar.«

»Was soll denn das bedeuten? Etwa, dass Wagner im Todesfall des Unterzeichners dessen Anteil behält?«, fragte Lorenz.

Manfred Lubner war kreidebleich geworden, offenbar hatte er den Vertrag gar nicht so weit gelesen.

»Sieht so aus, als hätte unser angehender Pornomogul an alles gedacht«, antwortete Franzi. »Ich bin gespannt, was uns der Wagner dazu für eine Geschichte auftischen wird.«

Lubner stammelte etwas von »Anwalt anrufen« und »prüfen lassen« und ein ganz und gar unchristliches »Drecks-Fotograf«, und Lorenz beschloss, dass er den Mann nach Hause schicken konnte. Er behielt die Kopie des Modelvertrags und versprach Lubner, ihm einen Abzug zu faxen, sobald er in seinem Büro in der Inspektion war.

Als Lorenz gewendet hatte und wieder in Richtung von Wagners Haus fuhr, sagte Franzi: »Ich weiß nicht, ob ich Mitleid mit dem Mann haben oder ihn einfach nur gemein finden soll. Gut, ich verstehe, dass es Lustigeres gibt als zu erfahren, dass die eigene Tochter als Beruf Pornodarstellerin anstrebt. Aber ich werd bei dem den Eindruck nicht los, dass der die Sorge um des Vermächtnis seiner Tochter nur als Vorwand nimmt, seine eigene Weste rein zu halten.«

»Im Grunde ist das ein ganz armer Wurm. Ich glaub, dass der seinen wahren Reichtum gar nicht erkannt hat, und selbst wenn das noch irgendwann kommt, ist es unweigerlich zu spät, denn seine Tochter kann er dann nicht wieder aufwecken.«

Lorenz musste an seinen eigenen Papa denken und wie sehr der seine verstorbene Frau geliebt hatte und immer noch liebte. Warum ging mit Erfolg und Reichtum nur allzu oft die zwischenmenschliche Armut einher? Lorenz würde das ja selbst gerne einmal ausprobieren, wenn sich die Gelegenheit ergäbe: reich sein *und* ein glückliches Familienleben führen, ohne kaputte Beziehungen zu Kindern oder Rosenkriegen nach einer Scheidung.

Die kurze Fahrstrecke zu Cornelius Wagners Haus verbrachten die beiden Beamten schweigend, jeder über seine eigenen Gedanken sinnierend.

Die Frau war nur mit schwarzen Strümpfen bekleidet, die mit einem Strapsgürtel verbunden waren. Sie lehnte gerade an einem Baum, den Kopf im Nacken, die Brust nach vorne gestreckt. Ihre Arme hatte sie über dem Kopf an den Stamm gelegt. Das warme Licht der untergehenden Herbstsonne brachte ihren dunklen Teint zum glühen. Sie reckte ihr Kinn genießerisch nach vorne und hatte die Augen geschlossen. Den Hintergrund der Szenerie bildete ein beeindruckendes Panorama mit dramatisch von der Abendsonne erleuchteten Bergen und einem unwirklich erscheinenden Himmel.

Vor diesem Motiv kniete Cornelius Wagner und sah die beiden Beamten nicht, die sich nach erfolglosem Klingeln um das Gebäude herum begeben hatten und den Fotografen und sein Model im Garten vorfanden. Jetzt versuchte das Mädchen, mit seinen Armen notdürftig Schambereich und Brüste zu verdecken, und stakste unbeholfen zum Haus zurück, während Lorenz den Fotografen, dem das forsche Auftreten der beiden Beamten offenbar nicht entgangen war, bat, an einer nahen Sitzgruppe im Garten Platz zu nehmen.

Als sie sich gesetzt hatten, murrte Wagner: »Ihnen ist klar, dass Sie gerade eine wunderbare Session ruiniert haben? So ein Licht und eine solche Bergansicht bekomme ich vermutlich nie mehr wieder!«

Lorenz ging darauf allerdings nicht ein. Er erwiderte: »Sie konnten es nicht lassen, nehme ich an? Was ist aus Ihrer Zusage geworden, den ›Dirndl Porno‹ zurückzuhalten, bis Gras über die Sache gewachsen ist oder wir zumindest unsere Ermittlungen zu Ende gebracht haben?«

»Ja, ich erinnere mich dunkel«, antwortete der Fotograf und gähnte provozierend, wobei er sich übertrieben streckte. »Aber ich habe es mir anders überlegt. Das Geschäft geht vor, das verstehen Sie doch sicher.«

»Nein, das tue ich ganz und gar nicht«, sagte Lorenz.

»Nun, das ist bedauerlich, aber ich fürchte, ich kann Ihnen da nicht helfen. Es ist mein gutes Recht, den Film zu veröffentlichen, wann immer mir danach ist. Und ich bin mir sicher: Die Zeit ist reif, der Welt meinen neusten Streich zu präsentieren.« Cornelius Wagner lächelte dünn.

Lorenz hätte ihm am liebsten eine runtergehauen. Doch er übte sich im Frieden. Der Kerl hatte recht. Im Moment konnten sie ihm gar nichts.

»Herr Wagner, meine Kollegin liest Ihnen nun etwas vor, das Sie uns im Anschluss bitte kommentieren.«

Auf sein Stichwort hin öffnete Franzi die schlichte Ledermappe, die ihnen als Fallakte diente.

»›Lieber Conny‹«, las sie. »›Es tut mir leid, ich kann es doch nicht. Du kannst den Film doch ganz einfach noch mal mit einer anderen drehen. Ich will nicht, dass er veröffentlicht wird, ich hoffe, du verstehst das! LG Sarah‹.«

Franzi sah Wagner nun direkt in die Augen: »Das stammt aus Sarahs Handy. Ich denke, Sie schulden uns ein paar Antworten. Was für ein kaputtes Spiel ziehen Sie hier eigentlich ab?«

Wagner hatte die ganze Zeit über still dagesessen und keine Miene verzogen. Lorenz entging aber das Glitzern in den Augen des Fotografen nicht.

»Na gut, vielleicht war sich Sarah am Ende doch nicht mehr so sicher, dass der ›Dirndl Porno‹ für sie der richtige Weg sein könnte …«, begann Wagner verhalten.

»Diese SMS hat sie Ihnen geschickt, zwei Tage bevor jemand dem armen Mädchen ein Messer in den Hals getrieben hat!« Franzi war etwas lauter geworden. »Warum lügen in diesem Scheißkaff eigentlich alle wie gedruckt? Und wenn wir schon dabei sind: Was zum Teufel hatten Sie mit Sarahs Vater, Manfred Lubner, zu schaffen?«

Lorenz war sich nicht sicher, ob Franzi tatsächlich so aufgebracht war oder ob sie nur Böser-Polizist-guter-Polizist aufführen wollte. Er entschied sich mitzuspielen, falls es Letzteres war.

Wagner antwortete: »Ich habe ihm eine Kopie des ›Dirndl Pornos‹ geschickt. Nachdem Sarah mit der Idee schwanger ging, alles platzen zu lassen, wollte ich für mich ausloten, wie ich noch etwas Profit aus der Geschichte ziehen könnte, wenn ich den Film tatsächlich unveröffentlicht verschwinden lasse. Ich habe den Mann weder erpresst noch bedroht. Mich hat lediglich interessiert, was ihm die reine Weste seines Töchterleins wert ist.« Wagner grinste böse und fuhr fort: »Ganz offensichtlich war das aber bei Weitem nicht so viel, wie ich erhofft hatte. Sein Angebot war im Rahmen seiner finanziellen Möglichkeiten geradezu lächerlich.«

»Was hat er Ihnen denn geboten?«, fragte Franzi mit nur mühsam unterdrücktem Zorn.

»Zunächst bot er mir zehntausend Euro. Als Sie beide dann am Mittwoch bei ihm waren, um ihn zu verhören, hatte er Angst, dass das Video im Zuge der Ermittlungen an die Öffentlichkeit gezerrt werden würde. Anscheinend haben Sie da wohl eine Andeutung gemacht, die ihm nicht gefallen hat. Er rief mich gleich danach an und versuchte, neu zu verhandeln. Heute hat er mich dann nochmals besucht, unangemeldet, wie ich hinzufügen möchte, aber unser Gespräch war schnell beendet. Auch sein letztes Angebot lag weiter unter dem, was ich mir an Einnahmen für den ›Dirndl Porno‹ erhoffe. Sie sehen, ich spiele mit offenen Karten und habe nichts zu verbergen.«

»Ihr Gewinn an der Geschichte dürfte sich durch Sarahs Tod ja nochmals ordentlich erhöht haben, stimmt's?«, sagte Franzi.

Wagners Miene verriet keine Regung, als er nachfragte: »Wie meinen Sie das jetzt?«

Als Antwort legte Lorenz die Kopie des Modelvertrags auf den Tisch und deutete auf die Stelle im Kleingedruckten, die Wagner für den Fall, dass Sarah vorzeitig ableben würde, ihren Anteil einräumte. Wagner starrte auf die entsprechende Stelle, legte den Kopf schräg und kratzte sich an der Stirn.

»Ach Mist …«, murmelte er. »Das hatte ich ja ganz vergessen. Im Ernst, schauen Sie mich nicht so an, den Passus mit der

Höchstpersönlichkeits-Klausel habe ich in all meinen Model-Verträgen drin. Ich benutze seit Jahren denselben Vordruck, den hat mir damals während des Studiums ein Spezl erstellt, der Jura studiert hat.« Wagners kühle Beherrschtheit war kurzzeitig verschwunden. »Natürlich habe ich für den ›Dirndl Porno‹ keinen neuen Vertrag erstellt, ich habe einfach den für meine Fotogeschichten genommen und abgeändert.«

»Wenn das stimmt, können Sie uns ja sicher ein paar Modelverträge älteren Datums zeigen«, sagte Lorenz.

»Ja, ja, natürlich! Ich habe welche im Büro! Soll ich sie gleich holen?«

»Nachher. Herr Wagner, Sie haben jetzt einmalig die Gelegenheit, uns zu erzählen, warum Sie uns verschwiegen haben, dass Sarah Lubner das Pornovideo doch nicht veröffentlichen wollte. Und: Als Sie Sarah auf diese Kurznachricht hin angerufen haben, was haben Sie ihr da gesagt?«, fragte Lorenz.

Wagner räusperte sich, dann antwortete er: »Ich bat Sarah an jenem Freitagabend vorbeizukommen. Sie war aufgelöst, ich habe versucht, sie zu trösten. Es war eine obskure Situation, in ihrer Brust haben zwei Seelen gewohnt. Die eine wollte unbedingt den Ruhm und noch mehr das Geld, das ihr das Video sicherlich gebracht hätte, die andere hatte Angst vor der öffentlichen Meinung. Und zwar weniger davor, was die Menschen über sie dachten, nein. Damit hatte Sarah nie ein Problem. Als Model war sie Neid und Schmähungen gewohnt. Womit sie jedoch nicht klarkam, waren tätliche Übergriffe. So tough sie auf der einen Seite war, so laut schrie das kleine, furchtsame Mädchen in ihr, den Schritt ins Rampenlicht doch bitte mit aller Kraft zu vermeiden.«

»Und wie ging es dann an jenem Abend weiter?«, fragte Lorenz

»Ist das denn noch wichtig?«, antwortete Wagner.

»Es ist insofern wichtig, als mein Kollege Gründe dafür sucht, warum Sie die Kleine nicht ermordet haben, Sie schmieriger Scheißkerl!«, wetterte Franzi.

Lorenz ergänzte: »Ich hätte es jetzt vielleicht weniger drastisch formuliert, aber im Kern hat meine Kollegin durchaus recht:

Was sollte mich hindern, Sie wegen des dringenden Verdachts des Mordes an Sarah Lubner zu verhaften? Das Motiv würde lauten, dass Sie Sarah getötet haben, damit sie die Veröffentlichung des ›Dirndl Pornos‹ nicht verhindern kann!«

Als wolle sich die Sonne weigern, sich ihrem Schicksal zu ergeben, tauchte sie die Szenerie noch einmal in goldenes Licht: Der großzügige Garten des Fotografen mit dem schönen alten Bauernhaus, die Sitzecke unter dem gewaltigen Kirschbaum, die beiden Beamten und der in die Zange genommene Fotograf – alles schien für den Bruchteil einer Sekunde eingefroren. Und in diesem Moment wusste Lorenz, dass er verloren und zu hoch geblufft hatte.

»Lieber Kommissar Hölzl«, entgegnete Wagner. »Ich weiß, worauf Sie hinauswollen. Aber erstens haben Sie bereits zwei Verdächtige, von denen der eine dem Opfer nachgestellt hat und der andere ein erklärter Feind des ›Trachtenstrips‹ ist und allem, was damit zu tun hat. Sie können mich schon auch beschuldigen, Sarah getötet zu haben. Aber Ihnen fehlt noch eine entscheidende Information: Ich konnte Sarah an jenem Abend umstimmen. Oder zumindest beruhigen. Und … Lassen Sie mich bitte ausreden, vielleicht sollten Sie auch noch Folgendes wissen, bevor Sie urteilen: Ich habe ein Alibi. Ich war am Montag nicht auf der Alm, ich hatte hier den ganzen Tag Fotoshootings, eines der Ergebnisse habe ich Ihnen bei Ihrem letzten Besuch gezeigt. Und spät am Abend hat mich Tanja Zachel besucht.«

Die Selbstgefälligkeit des Fotografen machte Lorenz kurz sprachlos.

Franzi war gefeiter. »Und schon wieder lügen Sie«, sagte sie in frostigem Ton. »Frau Zachel war auf der Alm. Wie kann sie Sie da besucht haben? Außerdem hat sie uns gegenüber diesbezüglich nichts erwähnt.«

»Vielleicht haben Sie nicht gefragt«, sagte Wagner. »Oder aber: Sie wollte das geheim halten. Wir haben schon seit ein paar Monaten eine Affäre miteinander. Da sie aber mit Graser zusammen ist, hatte sie wohl kein Interesse daran, die Geschichte auffliegen zu lassen.«

Lorenz schaltete sich ein: »Ist der Graser Ludwig nicht Ihr Freund?«

»Na ja, ich würde eher sagen, wir sind gute Bekannte. Und Tanja ist nun mal ein verdammt heißes Mädel, und als Fotograf öffnen sich einem da manchmal Türen, die ich nur zu gern durchschreite …« Er grinste lüstern, was Franzi ein abfälliges Brummen entlockte.

»Aber Frau Zachel war auf der Alm, sie wurde dort gesehen«, sagte Lorenz.

»Ich habe auch nie bestritten, dass sie da war. Und sie auch nicht, denn immerhin sollte vor allem Ludwig das glauben. Sie kam gegen zweiundzwanzig Uhr zu mir, und wir haben eine schöne Nacht zusammen verbracht«, sagte Wagner. »Und wenn's sein muss, kann ich Ihnen das auch beweisen. Wenn Sie mir bitte folgen würden …«

Wagners Alibi entsprach nicht unbedingt dem, was Lorenz erwartet hatte. Er stand zusammen mit Franzi hinter dem Fotografen, der vor seinem riesigen Computermonitor saß und ihnen die Aufnahmen einer versteckten Videokamera zeigte. Diese hatte er, wie er den Beamten bereitwillig erklärte, im Bücherschrank seines Schlafzimmers deponiert. Damit filmte er sich dann zusammen mit seinen Gespielinnen beim Sex. Ohne deren Wissen.

Mit einer bemerkenswerten Schamlosigkeit scrollte er durch seine Sammlung an Jagdtrophäen und fand das Video, das ihn zusammen mit Tanja zeigte. Lorenz und Franzi sahen sich die Aufnahme ein paar Minuten lang an, sie zeigte gut erkennbar den Fotografen mit Tanja Zachel beim Beischlaf.

»Na gut, Herr Wagner, vorerst lassen wir Sie laufen. Aber ich konfisziere hiermit die Videokamera und die Rohdaten. Ich möchte das Material auf seine Echtheit überprüfen. Ach ja, und eine letzte Frage hätte ich da noch …«, sagte Lorenz. »Was wollte Sarah von Ihnen, als sie Sie ungefähr eine Stunde vor ihrer Ermordung anrief?«

Der Fotograf stutzte kurz, antwortete dann aber glatt: »Nichts Besonderes. Sie war gut drauf, wollte feiern und hat in dieser

Stimmung wohl ihre Gefühle für mich wiederentdeckt. Sie wollte, dass ich auf die Alm komme, zu ihr.«

»Das hätten Sie wohl mal besser getan, dann wäre sie jetzt vielleicht noch am Leben«, kommentierte Franzi kühl.

Während sie im Keller der Polizeiinspektion saßen und dem Techniker, einem kräftigen und gedrungenen Kerl, der aussah wie ein russischer Grubenarbeiter und einen tiefbayerischen Dialekt hatte, zusahen, wie er das Material auswertete, fragte Franzi: »Was spricht deiner Meinung nach dagegen, dass der Wagner auf die Alm gefahren ist, das Mädel umgebracht hat, sich die Zachel als Alibi geschnappt hat und wieder abgedüst ist?«

»Es hat ihn keiner gesehen, und ein Unbekannter ist der Mann in dieser Gegend bestimmt nicht. Aber du hast schon recht, er hätte sich irgendwie Neubergers Messer schnappen und Sarah hinter die Hütte locken können. Allerdings dürfte für ihn nahezu unmöglich gewesen sein, den Hirschfänger zu klauen, ohne dass ihn der Neuberger oder jemand anders gesehen hätte«, antwortete Lorenz. »Es sei denn, er hatte einen Komplizen.«

Daraufhin schwieg Franzi und schien ganz in sich versunken. Plötzlich platzte es aus ihr heraus: »Was, wenn Wagner es der Zachel erzählt hat? Ich mein, dass Sarah das Handtuch schmeißen wollte. Die war immerhin auf der Alm. Und da sie ursprünglich zusammen mit Sarah dort war, könnte sie darüber gelogen haben, wann sie ihre Freundin das letzte Mal gesehen hat.«

»Aber das ist doch irrsinnig«, wandte Lorenz ein. »Was ist das denn für ein Plan, wenn ich zur möglichen Tatzeit am Tatort war und mich dort auch noch habe sehen lassen?«

»Hm. Vielleicht dachte sie, es würde genügen, wenn der Mord mit dem Messer des Gauvorstands verübt worden wäre. Und dann wäre auch der Wagner wieder interessant: Vielleicht haben sie das doch zusammen ausgeheckt? Und decken sich nun gegenseitig?«

Lorenz war noch nicht überzeugt. »Da müsste er sich aber schon sehr sicher sein, dass er damit durchkommt, wenn er das todsichere Ding, das der ›Dirndl Porno‹ für ihn ist, durch so eine Tat gefährdet …«

»Trotzdem will ich noch mal zur Zachel«, sagte Franzi.

Auf dem Monitor des Technikers ritt besagte Verdächtige gerade auf dem rücklings im Bett liegenden Wagner.

»Die hat ja noch ihre Pumps an …«, kommentierte Franzi die Szene, die sie aus den Augenwinkeln beobachtet hatte, interessiert.

In diesem Moment drehte sich der Techniker auf seinem Bürostuhl um und sagte: »Herrschaft'n, i bin mir mittlerweile sicher, dass die Aufzeichnung um dreiundzwanzig Uhr vierunddreißig am vergangenen Montag begann und am Dienstag um null Uhr acht g'endet hat. I konnt keine Spuren von irgendwelchen Manipulationen erkennen, da is nix verändert g'worden.«

»Wir wissen, dass Sarah zwischen einundzwanzig Uhr dreißig und zweiundzwanzig Uhr dreißig erstochen wurde«, sagte Lorenz zu Franzi. »Wagners Video beginnt um halb zwölf. Wagner gab an, dass Tanja ungefähr eine Stunde da war, bevor sie Sex hatten. Wenn wir jetzt davon ausgehen, dass die Zachel, sagen wir mal, um zehn die Sarah umgebracht hat, dann eine halbe Stunde zu Wagner gebraucht hat, dort um halb elf ankam, dann würde alles ganz genau zusammenpassen …«

»Na, dann statten wir der Guten doch mal einen Besuch ab und versuchen herauszufinden, ob wir zwei Unschuldige eingesperrt haben«, sagte Franzi.

Auf der Alm ...

Montag, der Tag, an dem Sarah Lubner stirbt

Das Abenteuer, das ein Besuch des »Almrausch«-Festivals unweigerlich mit sich brachte, begann in der Regel schon bei der Anreise. Die Passstraße zur Kohlgrub-Alm war so schmal, dass Autos nicht nebeneinander darauf fahren konnten. Wenn sich zwei Fahrzeuge begegneten, musste eines so lange zurücksetzen, bis es eine der Parkbuchten erreichte und dort ausweichen konnte. Was für die Einheimischen noch meisterbar sein mochte, stellte die extra zum Festival angereisten Städter oft vor gehörige Probleme. Wundersamerweise waren schwere Unfälle bislang ausgeblieben. Trotz des erhöhten Verkehrsaufkommens, trotz des Fehlens jeglicher Leitplanken an den steilen Hängen und trotz der vielen Fußgänger und Radfahrer, welche die Straße an jenem Abend zusätzlich bevölkerten.

Richtig spannend wurde es dann zu fortgeschrittener Stunde, wenn es galt, zusammen mit dem am Abend erarbeiteten Rausch die Heimreise anzutreten. Die gen Tal torkelnden Gestalten wurden zu herausfordernden Hindernissen auf der unbeleuchteten Straße. Doch wie durch ein Wunder kam es auch hier nie zu Unglücken, und so fühlte sich bislang noch keine Behörde genötigt, die abenteuerliche An- und Abreise zum »Almrausch«-Festival auf die ein oder andere Weise zu entschärfen oder zu unterbinden.

Wenn man es geschafft hatte, die Alm zu erreichen, erstreckte sich vor einem eine durchaus als ausgefallen zu bezeichnende Partylocation. Die Alm bestand aus einem Hauptgebäude in der Größe eines mittleren Einfamilienhauses, dessen umgebauter Stall eine große Bar beinhaltete, die im Stil eines Heustadls eingerichtet war. Es gab darin sogar noch genug Heu, um eine Herde Kühe durch den Winter zu bringen, heute diente es aber vor allem als Lounge und Kuschelecke. Eine Leiter führte auf eine Galerie, wo es weitere lauschige Plätzchen gab. Um diese Bar zu erhalten, akzeptierten die Veranstalter ein ungewöhnlich scharfes Rauchverbot, das für das gesamte Festgelände galt.

Vor dem Gebäude standen Hunderte Biertisch-Garnituren, seit einigen Jahren sogar überdacht, weil es die Veranstaltung ein paarmal hintereinander verregnet hatte. Hier spielte sich auch der Großteil des Festes ab. Eine volkstümliche Kapelle, die sich nachmittags an Ballermann- und Wiesnhits versuchte, beschallte das Publikum und schaffte es sogar, stets ein paar Leute zum Tanzen zu bewegen. Der Großteil der Besucher glühte hier kräftig mit frisch gezapftem Bier und Radler vor, bevor es dann in eine der Bars ging. Neben der Heustadl-Bar gab es nämlich noch die Schupfn-Bar an der Ostseite der Alm. Die befand sich auf einer großen Terrasse und teilweise in einer leer geräumten Scheune, und traditionell waren es meist die jüngeren Gäste, die sich hier zu wummernden Bässen die Höhenluft in ihren Gehirnen mit Alkopops und Longdrinks anreicherten.

Abends gaben jedes Jahr neue, aktuell angesagte Künstler und Bands Konzerte und verliehen dem Ganzen seinen Festival-Charakter. All das zog ein mehr als bunt gemischtes Publikum an. Dem Trend der zunehmenden Beliebtheit der Trachten folgend neigten vor allem die Städter zu Übertreibungen. Sie wurden von den Einheimischen deshalb gern als »Wiesnglitzis« bezeichnet. Diese hingegen rümpften im Gegenzug die Nasen über die langweiligen Leinen-Dirndl der Landbevölkerung. Doch frei nach dem Spruch »Nach dem zwölften Biere ähneln sich alle Tiere« störte sich spätestens dann niemand mehr daran, wenn die Hüllen fielen oder der Alkoholpegel eine genauere Fokussierung empfindlich erschwerte. Am Ende hatten sich immer alle lieb, und kaum eine Veranstaltung im Umkreis lief so friedlich ab wie das »Almrausch«-Festival. Deshalb kam es auch ganz ohne Aufseher und Sicherheitsleute aus.

Und just in diesem bunten Reigen befand sich nun Sarah. Sie war zusammen mit Tanja raufgekommen, wobei Tanja sich bereit erklärt hatte zu fahren, damit Sarah trinken konnte. Sarah hatte kurz überlegt, ob sie Tanja einweihen und an ihren Bedenken wegen des »Dirndl Pornos« teilhaben lassen sollte, entschied sich dann aber dagegen. Ihre Freundin würde das nicht verstehen. Sie redete jetzt schon die ganze Zeit davon, wie sich ihr Leben nun endlich zum Positiven wenden würde.

Nun hatte sie Tanja in der Menge verloren, und sie kehrte zurück in die Heustadl-Bar, wo sie sich in solchen Fällen wieder zu treffen pflegten. Es war halb neun, und das schöne Wetter hatte derart viele Menschen angelockt, dass Sarah sich nur schiebend und drängend fortbewegen konnte.

Als sie sich endlich zum Eingang der Bar vorgekämpft hatte, schien es ihr, als pralle sie gegen eine unsichtbare Wand. Sie konnte ihren eigenen Augen nicht trauen. Vor ihr an der Ecke der Bar stand der Mann, der ihr am Vorabend aufgelauert hatte! Obwohl er eine blaue Feuerwehruniform anstelle der Motorradkluft trug, erkannte sie ihn sofort wieder. Er unterhielt sich angeregt mit einem dicklichen, älteren Mann, der neben seiner streng traditionellen Tracht vor allem durch den gewaltigen Gamsbart auf seinem grünen Trachtenhut aus der Menge stach.

Ein Wechselbad der Gefühle durchschwemmte Sarah. Was sollte sie nun tun? Ihr erster Impuls war, Cornelius anzurufen, und sie gab ihm nach. Beim ersten Anrufversuch meldete sich nach dem zehnten Klingeln seine Mailbox. Sie legte auf und startete gleich einen zweiten Versuch. Dieses Mal hob Cornelius ab.

»Sarah, was ist denn los?«, fragte er, und sie bildete sich ein, dass seine Stimme mehr genervt denn besorgt klang.

»Cornelius, Gott sei Dank! Der Kerl, der mich überfallen hat, ist hier auf dem ›Almrausch‹-Festival! Kannst du nicht kommen und ihn zur Rede stellen? Bitte!«

»Ich kann nicht, Sarah, ich hab ein Shooting! Wie sieht er denn aus?«

»Ein großer blonder Mann, lockige Haare, Feuerwehruniform. Kannst du nicht trotzdem kommen? Ich hab Angst!«

»Sarah, das ist Christoph Lentner, der Feuerwehrkommandant. Ich hab schon mit ihm gesprochen. Der wird sich niemals in der Öffentlichkeit an dich herantrau'n, glaub mir. Geh ihm einfach aus dem Weg.«

Sarah war entsetzt. Es schien, als wäre sie Cornelius plötzlich egal. Was war nur los mit ihm? Sie legte auf, ohne sich zu verabschieden, und stürmte in die andere Richtung zur Schupfn-Bar.

Pech oder an Lauf

Freitag, Tag 4 nach dem Mord an Sarah Lubner

Tanja Zachels Wohnung befand sich im ersten Stock eines alten Rosenheimer Mehrfamilienhauses. Das Gebäude war an seiner Front mit einer blau-grünen Lüftlmalerei verziert worden, allerdings hatte der Besitzer des Hauses es versäumt, das Gemälde rechtzeitig erneuern zu lassen, und so wirkten die ausgebleichten Farben wie das traurige Make-up einer längst vergessenen Opernsängerin.

Lorenz klingelte. Nur ein paar Sekunden später brummte der Summer, und die beiden Beamten traten ein.

Den Pomp, den seine Fassade einst ausgestrahlt haben mochte, hatte es im Inneren sicherlich nie gegeben. Eine Reihe heruntergekommener und teilweise defekter Briefkästen begrüßte den Besucher im Eingangsbereich, das Treppenhaus war alt, die Stufen aus fadem Stein und mit einem schmucklos-zweckmäßigen Metallgeländer ausgestattet.

Im ersten Stock wartete Tanja Zachel bereits in der Tür. Sie trug ein Dirndl und war barfuß, die Haare ihres Ponys waren um einen gewaltigen Lockenwickler gewunden. Sie telefonierte. Offenbar war der Anblick der beiden Beamten nicht der, den sie sich erwartet hatte. Ihr zunächst fröhlicher Gesichtsausdruck verdunkelte sich etwas, und sie führte das Telefonat zu einem raschen Ende.

»Grüß Gott«, sagte sie steif. »Was wollen S'?«

»Mit Ihnen über Ihre Affäre mit Cornelius Wagner sprechen. Dürfen wir reinkommen?«

Jegliche Farbe wich aus Tanjas Gesicht. »Habe ich denn eine Wahl?«, fragte sie.

»Natürlich haben Sie die«, antwortete Lorenz. »Sie müssen uns nicht reinlassen. Aber unter uns, was hätten Sie denn für einen Grund, das nicht zu tun?«

Das war gemein, und er wusste das. Er wunderte sich immer wieder, wie sehr Menschen in Gegenwart eines Polizisten dazu neigten, vor Schreck zu erstarren und ihre ureigenen Bürgerrechte zu vergessen. Zu diesen gehörte nun mal das Recht zu schweigen. Und natürlich, niemanden in seine Wohnung zu lassen, der keinen Durchsuchungsbeschluss vorweisen konnte.

Tanja Zachel führte die beiden in die Küche und bat sie, am Tisch Platz zu nehmen, während sie schnell ins Bad gehen und den Lockenwickler herausnehmen wollte.

Plötzlich hörten sie, wie die Wohnungstür zugeschlagen wurde. Instinktiv sprang Lorenz auf und spurtete durch den Flur hinaus. Er wollte die Tür in dem Moment öffnen, als er das Klicken des Schlosses vernahm.

»Frau Zachel, öffnen Sie sofort diese Tür!«, schrie er und kam sich schon im nächsten Augenblick unglaublich doof vor. Natürlich ließ sich Tanja Zachel nicht von seinem Befehl beeindrucken, und Lorenz hörte sie die Treppe hinablaufen. Er wollte sich umdrehen und nach Franzi rufen, doch die stand längst hinter ihm.

»Worauf wartest du, du Hirsch? Tritt die verdammte Tür ein!«

Perplex trat Lorenz einen Schritt zurück und warf sich gegen das massive Holz. Der Aufprall fühlte sich an, als hätte ihm jemand mit einem Vorschlaghammer auf die Schulter gehauen. Der Schlag hatte jedoch gereicht, um das alte Schloss zu brechen, und so riss Lorenz die Tür mit einem Ruck auf und stürmte der Flüchtigen hinterher.

Unten angekommen sah er, dass sie gerade dabei war, ihr Auto aufzusperren. Als sie den Kommissar erblickte, nahm sie panisch Reißaus. Lorenz wuchs über sich selbst hinaus. Er hatte noch nie einen flüchtenden Verdächtigen schnappen müssen. Er war stets davon überzeugt gewesen, dass Verdächtige nur in Filmen davonliefen, um die Spannung zu erhöhen.

Das Mädchen rannte die Straße entlang. Ihr Lockenwickler löste sich und flog Lorenz entgegen. Er hörte Franzi hinter ihm herlaufen, sie schien aber wegen ihrer Absätze nicht recht voranzukommen. Also lag es bei ihm.

Tanja Zachel bog in eine Seitenstraße ab, und Lorenz beschleunigte nochmals. Er wunderte sich, woher er die Kraft für diesen Spurt nahm, war er doch alles andere als in Hochform.

Doch noch spielten seine Muskeln und Sehnen mit, und seine Lunge versorgte ihn mit genügend Sauerstoff. Er war optimistisch, dass er es schaffen würde und die Kleine einholen konnte.

Doch dann wendete sich das Blatt. Seine spitzen Anzugschuhe mit der großen Schnalle waren nicht für Verfolgungsjagden entworfen worden. Der rechte machte sich selbstständig, und Lorenz stolperte buchstäblich über seine eigenen Füße. Er schlug der Länge nach auf den Boden und konnte gerade noch die Arme vor sein Gesicht reißen, sodass er sich bei der Landung auf dem harten Asphalt nur die Hände blutig schlug und nicht sein Kinn oder seine Nase.

Eine Weile sah er nur Sterne. Er lag einfach da, mit geschlossenen Augen, und konzentrierte sich auf seine Atmung.

Franzi würde ihn später damit aufziehen, dass er wie eine auf den Rücken gedrehte Schildkröte auf dem Bürgersteig gelegen hatte, als sie zu ihm gestoßen war, doch jetzt beschränkte sie sich auf Erste Hilfe und gutes Zureden. Als Lorenz schließlich wieder aufrecht sitzen konnte und sich benommen umsah, war die flüchtige Tanja Zachel natürlich längst über alle Berge.

Schlang

Montag, der Tag, an dem Sarah Lubner stirbt

Auf der Hauptbühne gab gerade eine junge Band, deren Stil der neuen bayerischen Welle zuzuordnen war, ein Konzert. Wie immer tanzten die treusten Fans, die ihren Idolen zu jedem Auftritt hinterherreisten, in der ersten Reihe.

Sarah hatte nie viel für deutschsprachiges Liedgut übrig gehabt. Und schon gleich gar nicht für solches, das in Mundart daherkam. Ihre Leidenschaft galt der elektronischen Musik. Sie liebte es, wenn jede Faser ihres Körpers von den Bässen zum Vibrieren gebracht wurde, und mochte die melodisch-eingängigen Rhythmen, dank derer sie sich schnell in Trance tanzen konnte.

Im Moment schwirrten ihr jedoch ganz andere Gedanken durch den Kopf. Der Feuerwehrkommandant hatte ihr aufgelauert? Warum nicht gleich der Landrat oder der Ministerpräsident? Und was noch viel schlimmer war, Cornelius ließ sie im Stich, er wollte nicht kommen und ihr beistehen! Was sollte sie jetzt nur tun?

Auf ihrer Flucht durch die Menge gelangte sie schließlich zur Toilette. Vor dieser lehnte sie sich an die Wand und atmete tief durch. Bleib ruhig, Mädchen, dachte sie. Alles wird in Ordnung kommen. Sie wühlte in ihrer Tasche, musste jedoch feststellen, dass ihr Pillenvorrat erschöpft war. Auch das noch. Dann muss ich mich eben betrinken, dachte sie.

»Da bist du ja, i hab dich überall g'sucht!« Tanja stand vor ihr. »Hier is so mieser Handyempfang, i krieg kaum Netz! Wie hab'n wir des eigentlich früher g'macht, wenn wir uns verlor'n hab'n?«

Sarah war erleichtert, ihre Freundin zu sehen. Sie fühlte sich gleich viel sicherer.

»Ich glaube, wir haben uns einfach vor dem Klo getroffen.« Sarah fiel Tanja um den Hals.

»Ruhig, Prinzessin. Was is denn mit dir los?«, fragte Tanja, offenbar überrascht von der heftigen Begrüßung ihrer Freundin.

»Ach, Tanja, das ist alles so furchtbar! Ich wollt's dir eigentlich nicht erzählen, um dich nicht zu verunsichern, aber ich kann es nicht mehr verschweigen. Am Freitag hat mich auf dem Nachhauseweg von der Uni der Kommandant der Ortsfeuerwehr überfallen! Stell dir vor, der kennt den ›Dirndl Porno‹ bereits, Conny hat ihm den gezeigt. Und dann hat dieser Irre mich mit seinem Motorrad verfolgt und bedroht!«

»Ach geh! Spinnt der? Hast es dem Conny schon erzählt?«

»Ja, aber der meinte nur, er würde mit dem Kommandanten, Lentner oder wie der heißt, reden, und ich soll mir keine Sorgen machen. Das sei sicher nur ein Einzelfall gewesen. Aber, Tanja, was, wenn es eben keiner war? Was, wenn da noch mehr Leute durchdrehen, wenn der ›Dirndl Porno‹ rauskommt? Ich hab Angst, solche Angst! Glaubst du, das war richtig, was wir getan haben? Kann es sein, dass wir es nicht zu Ende gedacht haben?«

Tanja nahm Sarah an den Schultern und sah ihr tief in die Augen: »Ja, mein Schatz. Es war richtig. Wir hab'n genau des Richtige getan: eine Chance ergriff'n. Und jetzt wird sich unser Leben zum Gut'n wend'n! Du musst Vertrauen haben! Sarah, denk an des Geld, des hilft!«

Nein, es half nicht. Auch der Gedanke an das viele Geld barg keinen Trost mehr. Erst Cornelius, jetzt Tanja. Keiner wollte oder konnte ihre Angst verstehen. Sie alle sahen nur den Profit. Wie hatte sie es nur so weit kommen lassen können?

»Tanja, ich will aussteigen. Ich will nicht mehr Teil des ›Dirndl Pornos‹ sein. Der frisst mich schon auf, bevor er überhaupt offiziell veröffentlicht wurde. Ich wage gar nicht daran zu denken, was geschehen würde, wenn alle Welt den Film sehen kann.«

Tanja antwortete nichts darauf, sondern umarmte Sarah. Ihre Miene war allerdings wie versteinert.

Die Gamserln grean und rot

Freitag, Tag 4 nach dem Mord an Sarah Lubner

Lorenz ließ sich erschöpft auf Frau Grubers Hausbank fallen. Er war sich sicher, ein jämmerliches Bild abzugeben, wie er da mit seiner zerrissenen Hose saß, schmutzig und die Hände notdürftig verbunden, als hätte er eine Kneipenschlägerei verloren. Er schloss die Augen und dachte nach. Was hatte das Mädel nur getrieben, vor ihnen wegzulaufen? Schon der Söllner Hans hatte doch gesungen, dass, wer vor der Polizei wegliefe, automatisch verdächtig sei. Das konnte ja eigentlich nur bedeuten, dass Franzi mit ihrer Theorie recht gehabt hatte: Die Zachel war in die Sache verwickelt. Zeitlich würde es hinkommen. Aber wie passten die anderen Verdächtigen ins Bild, allen voran der Feuerwehrkommandant und der Gauvorstand?

»Ja, Bua, was is denn mit dir passiert?«

Lorenz erschrak so sehr, dass er sich verschluckte und husten musste. Er hatte gar nicht bemerkt, dass Frau Gruber sich ihm genähert hatte und nun direkt vor ihm stand. Sie musterte ihn entsetzt.

»Keine Sorge, Frau Gruber. Nur die Harten kommen in den Garten, das wissen Sie doch. Ich habe heute eine flüchtige Verdächtige verfolgen müssen, und dabei bin ich gestürzt …«

»Ja mei, ja mei, da zeigst mir aber jetzt gleich die Wund'n, die g'hörn sauber g'macht!«

Sie inspizierte Lorenz' Schrammen, verschwand kurz im Haus und kehrte mit einer ganzen Batterie an Verbandszeug und Tinkturen wieder zurück.

Während sie ihn versorgte, erzählte Lorenz ihr, einfach um den Kopf freizubekommen, was sich in der letzten Stunde ereignet hatte.

»… und dann hat das Gör einfach beschlossen zu türmen. Und leider ist es mir nicht gelungen, sie aufzuhalten. Jetzt müssen wir sie suchen.«

»Ah, da schau her. Mir war die Schnepfe immer schon unsympathisch, wenn i da in der Stadt beim Bäcker war. Des is die

Blonde mit der tiefen Stimme, gell?«, sagte Frau Gruber. »Sind der Johann und der Christoph dann unschuldig und ihr lasst's die wieder laufen?«

Lorenz wurde sich bewusst, dass der Feuerwehrkommandant und der Gauvorstand gute Bekannte von Frau Gruber waren, vielleicht hätte sie die beiden gar als Freunde bezeichnet. Er bekam ein schlechtes Gewissen.

»Nein, vorerst leider nicht. Die haben klare Motive und kein Alibi, und derzeit sieht es so aus, als wären sie in die Sache verwickelt. Mehr darf ich dazu aber nicht sagen, das verstehen Sie doch sicher?«

»Ja freilich«, antwortete Frau Gruber und lächelte verschmitzt. Plötzlich schien ihr etwas einzufallen: »Du hast doch an Computer, oder? I hab heut was Sensationelles erfahren: Da macht einer einen Pornofilm mit Trachten und kündigt des im Internet an! Des tät i ja zu gerne mal sehen!«

Jetzt ist es so weit, dachte Lorenz. Der Damm war gebrochen. Wenn Frau Gruber es wusste, wussten es demnächst alle. Mit einem Ächzen erhob er sich und holte seinen tragbaren Computer aus seinem Zimmer, klappte ihn auf, fuhr ihn hoch und tippte die Adresse des »Dirndl Pornos« ein. Zu spät bemerkte er, dass er ja eigentlich gar nichts von der Seite wissen dürfte, doch Frau Gruber schien das in ihrer Vorfreude nicht aufzufallen. Sie besah sich mit großen Augen die Ankündigung des »Dirndl Pornos«, dessen Countdown nun nur noch einen Tag, dreiundzwanzig Stunden und vier Minuten anzeigte.

»Des is ja wirkli' bei uns!«, quiekte die alte Frau aufgeregt und tippte mit dem Finger auf das Foto mit dem Bergpanorama. Dann sagte sie enttäuscht: »Fad, mehr gibt's da ned zum Seh'n?«

Lorenz überlegte kurz, ob er Frau Gruber einweihen sollte. Dass nämlich Sarah Lubner Darstellerin in just jenem Pornofilm war. Und welche Rolle das Werk im Mordfall spielte. Er entschied sich jedoch dagegen, er hatte eh schon zu viel ausgeplaudert.

»Das scheint mir lediglich eine Ankündigungsseite zu sein. Offenbar wird der Film erst veröffentlicht, wenn der Countdown abgelaufen ist«, antwortete er.

»Die Trachtler hab'n für heut Abend bereits eine außerordentliche Mitgliederversammlung anberaumt. Da geht's um den Neuberger und um den Porno. Des wird sicher lustig!«, gluckste Frau Gruber.

»Darauf halte ich jede Wette. Darf ich fragen, wie Sie von dem Film erfahren haben?«

»Die Kagerbauer Lisi hat mir des heut beim Frühschoppen erzählt. Und die weiß es von ihrem Sohn. Da steckt der Wagner dahinter, gell?«, antwortete Frau Gruber, ohne den Blick vom Bildschirm zu wenden. Sie fixierte ihn wie eine Eule ein Kaninchen.

»Vermutlich«, sagte Lorenz. »Wie war denn die Stimmung bezüglich des Themas?«

»Die Fetz'n sind g'flogen! Die alten Weiber hab'n Zeter und Mordio g'schrien. Als ob jetzt die Welt untergeh'n würd!« Frau Gruber lachte laut und fuhr fort: »Derweil dürften die gar nix sag'n, wir haben's ja früher auch bunt getrieben. Fotos hamma g'macht, und was für welche! Willst die mal sehen?«

In Lorenz formten sich furchtbare Bilder der nackten Frau Gruber, bis er seinen Denkfehler bemerkte: Als sie die Fotos hatte machen lassen, war sie sicher noch jung und knackig gewesen. Die Neugierde siegte über die Angst: »Ja, Frau Gruber! Sie sind mir ja eine! Wenn's Ihnen eine Freude macht, würde ich die Bilder sehr gern mal anschau'n.«

Daraufhin verschwand die alte Frau breit grinsend im Haus. Lorenz lehnte sich erschöpft zurück.

Ein paar Minuten später kehrte Frau Gruber mit einem dicken Wälzer in der Hand zur Terrasse zurück. Das Album war bereits recht abgegriffen. Sie wuchtete es auf den Tisch, räumte die Überreste der Brotzeit beiseite und setzte einen verschwörerischen Gesichtsausdruck auf. Dann klappte sie den Deckel auf, überblätterte die ersten beiden Drittel, die voller Urlaubsfotos zu sein schienen, bis sie offensichtlich am Ziel angelangt war, denn sie drehte das Album um, sodass Lorenz einen Blick hineinwerfen konnte. Frau Gruber sah ihn erwartungsvoll an.

Lorenz beugte sich vorsichtig vor und hatte das Gefühl, als

müsse er eine Schachtel mit einem Springteufel öffnen. Doch was er dann schlussendlich sah, entlockte ihm einen leisen Pfiff der Bewunderung. Frau Gruber war in jungen Jahren ein famoser Feger gewesen! Die Fotos waren zwar allesamt bereits ausgebleicht und hatten einen braungelben Farbton angenommen, doch was sie abbildeten, war noch gut zu erkennen: die junge Frau Gruber in allen erdenklichen Posen, sich räkelnd mit Badeanzug im Wasser eines Teichs, nackt und nur mit Heu bedeckt in einer Scheune und mit Spitzenmieder im Bett liegend. Es gab auch Fotos, auf denen sie vollständig entblößt war, doch Frau Gruber zeigte keine Scham. Am bemerkenswertesten fand Lorenz jene Aufnahmen, die seine Vermieterin in ihrer Tracht zeigten. Denn zu seiner großen Verwunderung hatte sie damals Dirndlkleider getragen, die einem Johann Neuberger eine sicherlich interessant anzusehende Palette aus Zornes- und Schamesröte ins Gesicht hätten treiben müssen. Die damaligen Röcke waren überraschend kurz gewesen. Auf seine Nachfrage hin antwortete Frau Gruber: »Ja, des war damals schon so. Wir ham alle so kurze Röck' g'habt, sogar an unserer offiziellen Vereinstracht! Und grad schee war's!«

»Und warum regen sich die älteren Trachtler dann heute über die angeblich immer kürzer werdenden Dirndlröcke auf? Ich glaube nicht, dass ich auf dem Eisrebenfest ein auch nur ansatzweise so kurzes Dirndlkleid gesehen habe«, sagte Lorenz.

»Ach, des hab i mich auch schon oft g'fragt. I glaub, in jeder Generation und in jeder Kultur, in der alte Männer was zum Sagen hab'n, is die Angst vor der Freizügigkeit des konstanteste Merkmal. Weil mit der Freizügigkeit geht a des freie Denken einher, und wer frei denkt, der neigt dazu, nimmer auf des zu hör'n, was die da ob'n ihm anschaff'n woll'n. Und was bestimmt a noch reinspielt: An die Macht kommen doch meist die, die sonst kein' Stich g'landet haben. De hab'n dann Zeit, sich in'd Politik und d'Ämterei reinz'hängen. Aber genau de G'frusteten schaff'n dann halt an und b'stimmen, was verwerflich ist und was ned. Drum würd i da ned z'viel drauf geb'n. Lass red'n, de Leid. Und nackert schau'n wir eh alle gleich aus, des hat ihnen nur nie einer g'sagt.«

Lorenz war ehrlich beeindruckt von Frau Gruber. Er nahm sich vor, sie bei passender Gelegenheit seinem Papa vorzustellen.

Wenig später erhielt Lorenz einen Anruf von Franzi. Die hatte sich im Eilverfahren einen Durchsuchungsbeschluss für Tanja Zachels Wohnung besorgt und teilte ihm mit, dass sie schon auf dem Weg war und er zu ihr stoßen sollte. Außerdem hatte sie die Fahndung nach Zachel eingeleitet. Also raffte sich Lorenz auf und fuhr ebenfalls los.

Vor der Wohnung traf er auf Franzi, die gerade den wegen der defekten Türe tobenden Hausmeister in seine Schranken gewiesen hatte. Sie hatte außerdem bereits die Spurensicherung alarmiert, die jeden Augenblick eintreffen musste.

»Na, dann lass uns die Bude mal auf den Kopf stellen«, sagte Lorenz.

Sie machten sich auf, Tanja Zachels karg eingerichtete Wohnung zu durchsuchen. Lorenz durchstöberte das Wohnzimmer. Alles an diesem Raum erschien ihm trostlos. Das alte braune Sofa, die gruseligen Porzellankopf-Puppen, der klapprige Tisch mit verschmutzten Tellern und dem vollen Aschenbecher, die bereits knusprig-braune Zimmerpalme in der Ecke.

Er wechselte ins Bad, das erwartungsgemäß angefüllt war mit Schmink- und Körperpflege-Artikeln. Er war sich allerdings sicher, dass man mit diesem Raum auch gar nichts anderes anstellen konnte, als ihn vollzustopfen, denn das Bad war so eng, dass es schon durch die bloße Anwesenheit einer Person übervoll war. Er warf gerade einen Blick in das kleine Badschränkchen, als er Franzi aus einem anderen Teil der Wohnung rufen hörte: »Lenzi! Komm mal rüber!«

Er freute sich so, ihre Stimme zu hören, dass er sogar davon absah, sich über den »Lenzi« aufzuregen. Er stolperte fast über einen der Spurensicherer, der gerade einen Rollkoffer durch den Gang zerrte, und fand seine Kollegin in Zachels Schlafzimmer. Das war ein wenig heimeliger als die übrigen Räume. Ein gemütlich aussehendes Bett mit zerwühlter Decke bildete den Mittelpunkt, an der Wand hing ein großes Panorama-Porträt von Tanja, das farblich auf die Vorhänge an den Fenstern abgestimmt war. Vor dem Bett stand ein großer Schrank mit Spiegelfront.

Und diesen Schrank hatte Franzi durchwühlt. Sie stand nun genau davor und hielt mit ihren in weißen Einmalhandschuhen steckenden Händen triumphierend ein Paar grüner Pumps in die Höhe.

»Na, hast du die schon mal gesehen?«, fragte sie. Lorenz betrachtete die Schuhe und durchforstete sein Gedächtnis. Wären es Männerschuhe gewesen, hätte er nun sicherlich keine Probleme gehabt, aber mit den Pumps tat er sich schwer.

»Hilf mir auf die Sprünge«, bat er.

»Das Video. Also ich meine Wagners heimlichen Porno, den er von sich und der Zachel gemacht hat.«

»Hm, kann sein, aber worauf willst du denn hinaus?«

»Mann, Lorenz, denk doch mal nach!« Sie wippte aufgeregt auf den Fußspitzen wie ein kleiner Lausbub, der herausgefunden hat, wie er das Schloss zu Papas Waffenschrank aufkriegt.

»Spann mich nicht auf die Folter, mir tut alles weh, und in meinem Schädel spielt eine dilettantische Blaskapelle. Bei mir klingelt nichts. Die Zachel hat die Lubner nicht mit ihren Absätzen erstochen.«

Franzi schien Nachsicht zu haben. Vielleicht wäre sie auch vor Spannung geplatzt, wenn sie Lorenz jetzt nicht gleich erzählt hätte, was sie herausgefunden hatte: »Wenn das dieselben Schuhe sind, die Tanja Zachel in dem Video trug, sind es höchstwahrscheinlich auch dieselben, die sie auf dem ›Almrausch‹-Festival anhatte. Und dann finden wir an ihnen Spuren vom Tatort!«

Lorenz kratzte sich an der Schläfe. »Franzi, das kann nicht sein. Wir haben am Tatort keine Schuhabdrücke gefunden. Keine außer denen von Sarah.«

»Natürlich haben wir das nicht«, antwortete Franzi. »Weil die Zachel die Schuhe vorher ausgezogen hat. Mit solchen Dingern kann man nicht im feuchten Gras mit weicher Erde laufen. Weiß ich aus Erfahrung. Darum glaube ich ja, die Spuren *in* den Schuhen zu finden.«

Jetzt hatte es in Lorenz geschnackelt. Am liebsten hätte er ihr den Kopf getätschelt. Oder sie umarmt.

»Gar nicht dumm, meine Liebe, gar nicht dumm! Das lassen wir auf jeden Fall untersuchen!«

Plötzlich klingelte Lorenz' Telefon.

»Hallo? Wie rum hält man das Ding? Burgi, i glaub, des is kaputt! Hallo? Lenz?«

»Ja, ich hör Sie, Frau Gruber, was gibt's denn?«, schrie Lorenz reflexartig in sein Mobilfunkgerät, so wie er es immer tat, wenn er mit alten Leuten telefonierte.

»Ah, es geht doch! Lenz, i muss dir was ganz Wichtiges sagen!«, plärrte nun auch Frau Gruber auf der anderen Seite und Lorenz überlegte kurz, ob er versehentlich den Lautsprecher aktiviert hatte.

»Was gibt es denn?«

»Lenz, stell dir vor, i weiß, wo die Zachel Tanja is!«

Sofort hatte die alte Frau Lorenz' volle Aufmerksamkeit. Natürlich hatten Polizeistreifen die ganze Gegend großräumig durchsucht, bislang allerdings ohne Erfolg, sonst wäre er längst benachrichtigt worden.

»Na, das ist ja wunderbar! Schießen Sie los, wo müssen wir hin?«

»I bin da auf der Trachtenvereinsversammlung. Da geht's grad richtig rund. Die woll'n echt ein Haberfeldtreib'n fürn Wagner anrichten! Und die Reitberger Uschi hat mir erzählt, dass sie die Zachel beim Graser aufm Hof gesehen hat, bevor sie auf die Versammlung g'angen is! Des is doch die Nachbarin vom Graser, und wir hab'n uns vorher über den Mordfall unterhalt'n und …«

»Tut mir leid, Frau Gruber, wenn ich Sie unterbreche. Ist sich Ihre Bekannte auch ganz sicher, dass es sich um Tanja Zachel handelt?«

»Ja, is sie. Die kennt des Weib auch von der Bäckerei. Und als wir uns vorher da drüber unterhalten, dass die immer so unfreundlich ist, und außerdem hast du ja g'sagt, dass ihr die sucht, und da hab i mir gleich gedacht …«

»Frau Gruber, haben Sie vielen Dank! Bitte erzählen Sie mir die ganze Geschichte später, ich muss jetzt sofort los!« Er legte auf und sah Franzi an. »Informantin Gruber hat gerade gemeldet, dass die Zachel sich beim Graser Ludwig verstecken soll.«

»Das ist ein so offensichtliches Versteck, dass es entweder unglaublich doof oder aber richtig genial ist. Warum tendiere ich nur zu Ersterem?«, antwortete Franzi.

»Weil du wahrscheinlich damit recht hättest … Auf geht's!«

Keine dreißig Minuten später stoppte Lorenz seinen Wagen vor Ludwig Grasers Hof. Das Anwesen war früher wohl ein Gehöft gewesen, das aber schon vor langer Zeit von einer Siedlung umschlossen worden war und nicht mehr landwirtschaftlich genutzt wurde. Stattdessen beherbergte es nun eine Autowerkstatt, und ein altes, verblichenes Neonschild nannte sie »Graser Kfz«. Hinter Lorenz hielt ein Streifenwagen, dem drei uniformierte Polizeibeamte entstiegen. Zwei davon waren Kerschl und Lallinger, die dritte war eine Frau, bei der es sich dann wohl um die Kollegin Juffinger handeln musste, die Kerschl erwähnt hatte, als sie ihn auf dem Eisrebenfest getroffen hatten.

»Da wär'n wir wieder, stimmt's, Herr Kommissar?«, begrüßte ihn Kerschl freudestrahlend, und Lallinger brachte immerhin sein Nicken zustande. Lorenz bemerkte erstaunt, dass Kerschl türkisfarbene Halbschuhe in Krokodilleder-Optik trug. Sicherlich Imitate und alles andere als hochwertig, aber auffällig. Da hatte er wohl sein erstes Groupie gefunden. Die Frau stellte sich als Katrin Juffinger vor. Sie hatte eine sportliche Figur und einen aufgeweckte Blick. Was die wohl verbrochen hat, dass sie mit diesen beiden Helden unterwegs sein muss?, fragte sich Lorenz.

»Gut erkannt, Herr Kerschl«, lobte Lorenz sarkastisch. Doch der Sarkasmus schien sich an Kerschl nur schmerzhafte Stromschläge einzufangen und hielt sich deshalb wohlweislich von ihm fern.

»Danke schön, Herr Kommissar!«, antwortete Kerschl gerührt.

»Also gut, Herrschaften. Wir haben die Information erhalten, dass die flüchtige Tanja Zachel sich hier aufhält und möglicherweise von Ludwig Graser versteckt und beschützt wird. Und zumindest von Letzterem wissen wir, dass er Zugang zu Schusswaffen hat«, sagte Lorenz. Dann hämmerte er gegen die Haustür.

»Herr Graser, machen Sie auf!«, rief er.

Im ganzen Haus brannte kein Licht.

»Da is keiner daheim!«, hörte er plötzlich eine Stimme hinter sich sagen. »Die sind auf'd Alm g'fahren.«

Lorenz drehte sich um und versuchte, seinen Gesprächspartner zu orten. Im Halbschatten einer Straßenlaterne vor dem Reihenhaus gegenüber stand ein runzliges, altes Mütterchen mit Stock und Kopftuch und hielt eine große Dogge an der Leine. Und zwar eine enorm große Dogge. Der Hund konnte ihr sicherlich im Stand übers Gesicht lecken.

»Schönen guten Abend!«, sagte Lorenz und ging auf die Dame zu, hielt aber einen gebührenden Sicherheitsabstand zu der sabbernden Dogge. »Welche Alm meinen Sie denn?«

»Na die Graser-Alm! Folgen S' einfach dem Feldweg am End der Straße da. Is beschrieben.« Sie deutete in Richtung des Wendelsteins.

Ihr Hund gab bei der Geste ein freudiges Bellen von sich, offenbar dachte er, er solle einen Hasen erlegen. Oder, seiner Größe angemessen, wohl eher ein Pony, dachte Lorenz. Doch die alte Frau zerrte energisch an der Leine der Dogge, die daraufhin ein keuchendes Husten von sich gab, dann folgte sie ihrem schlurfenden Frauchen in eines der Reihenhäuser.

Lorenz schüttelte das surreale Bild ab und sagte: »Okay, machen wir eine Spritztour in die Berge.«

Sie fuhren bis zum Ende der Teerstraße, die mit dem Beginn des Anstiegs in einen schlammigen, unbefestigten Kiesweg überging. Nach kurzer, hektischer Suche fand Lorenz den Knopf, der das Allrad aktivierte.

Er schwitzte, als er den Geländewagen den schmalen Weg hinauflenkte. Rechts von ihm wechselte sich eine schroffe, steile Felswand mit dunklem Wald ab, links ging es ungesichert scheinbar unendlich in die Tiefe. Es war mittlerweile stockdunkel und er sah nur, was der Lichtkegel der Scheinwerfer erhellte. Durch die Rückspiegel blendete ihn das Licht des Streifenwagens hinter ihm, der offenbar keine Probleme hatte, mit ihm Schritt zu halten. Was auch kein Wunder sei, so langsam, wie er fahre, hatte Franzi angemerkt. Aber Lorenz ließ sich nicht aus der Ruhe bringen, er hatte keine Lust, die Crash-Tauglichkeit seines neuen Dienstwagens zu testen.

Nach quälend langen dreißig Minuten lichteten sich endlich die Baumreihen und vor ihnen erstreckte sich eine Senke, in deren Mitte sie eine kleine, erleuchtete Almhütte ausmachen konnten.

»Wetten wir, dass das die Alm ist, auf der sie den ›Dirndl Porno‹ gedreht haben?«, sagte Lorenz und parkte vor dem Gebäude. In genau diesem Moment schob sich der aufgehende Mond über einen Berggipfel und schälte die Silhouette eines massigen Mannes aus den Schatten, der vor der Hütte auf der Terrasse stand. Die Gestalt hielt etwas Längliches in den Händen. Lorenz stieg langsam aus dem Wagen.

»Herr Graser?«, rief er in die Dunkelheit.

»Sie werden sie nicht bekommen!«, antwortete der Schatten.

Lorenz ging vorsichtig ein paar Schritte weiter. Sein Gegenüber rührte sich nicht. Als er näher kam, sah Lorenz, dass es sich tatsächlich um Ludwig Graser handelte, und in der Hand hielt er eine lange Jagdflinte. Der Lauf zeigte auf den Boden.

»Herr Graser, legen Sie bitte sofort das Gewehr weg!«, sagte Lorenz und bedauerte kurz, keine Waffe zu tragen. Aus den Augenwinkeln nahm er wahr, dass immerhin die drei Streifenbeamten ihre Pistolen auf Graser gerichtet hatten.

Quälend lange Augenblicke stand Graser einfach nur da und rührte sich nicht. Schließlich tat er, wie ihm geheißen. Er legte die Flinte auf die Hausbank, allerdings in Griffweite. Lorenz atmete auf.

»Herr Kommissar, i möcht keine Schwierigkeiten. Lassen S' uns einfach in Ruhe.« Graser sprach so leise, dass Lorenz ihn kaum verstand. Neben ihm erschien lautlos Franzi.

»Das geht nicht. Wir müssen mit Frau Zachel reden, Herr Graser«, antwortete Lorenz.

»NEIN! Hauen S' ab!«, brüllte Graser plötzlich und tat einen Schritt nach vorne.

Lorenz überlegte fieberhaft. Was hatte die Zachel ihrem Freund für eine Geschichte aufgetischt? Offensichtlich irgendetwas, das Graser glauben machte, sie beschützen zu müssen. Lorenz griff in den verbalen Werkzeugkasten und wählte die Brechstange.

»Herr Graser, wussten Sie, dass Ihre Freundin eine Affäre mit Cornelius Wagner hatte?«

Graser legte den Kopf schräg wie ein Hund, der etwas, was er gerade gehört hatte, einzuordnen versuchte.

»Des is g'logen!«, presste er zwischen zusammengebissenen Zähnen hervor.

»Leider nicht. Und ich kann Ihnen das auch beweisen. In jener Nacht, in der Ihre Freundin das ›Almrausch‹-Festival besuchte, war sie danach noch bei Wagner. Und der hat das mit versteckter Kamera gefilmt. Vertrauen Sie mir, Herr Graser«, sagte Lorenz und fragte sich insgeheim, womit er sich dieses Vertrauen denn verdient haben sollte. Doch es funktionierte.

Plötzliche Erkenntnis schien Ludwig Graser zu erfüllen, seine Mundwinkel sanken nach unten und auf seiner Stirn bildeten sich noch ein paar Falten mehr. Der arme Kerl hatte keine Ahnung gehabt. Und nun war er der Gehörnte.

»Nein, das kann nicht sein«, antwortete er unsicher. Und dann: »Die elende Ratte.« Schweigen. »Am liebsten würde i dem die Eier ausreißen. Aber i versteh immer noch ned, was des mit Sarah zu tun hat und warum Sie hinter Tanja her sind!«

»Wir haben da so eine Vermutung. Aber solange wir nicht mit Frau Zachel sprechen können, halte ich mich damit noch zurück. Eigentlich möchte ich von Ihnen nur eines wissen, und ich warne Sie, ich erkenne es, wenn Sie lügen: Wussten Sie, dass Sarah Lubner den ›Dirndl Porno‹ am Ende doch nicht veröffentlichen wollte und sich mit Cornelius Wagner überworfen hat?«

»Des hör i heut von Ihnen zum ersten Mal. Hat der Conny des g'wusst?«

»Ja.«

»Und Tanja?«

»Vielleicht. Eventuell von Wagner. Oder von Sarah selbst.«

»Oh.« Graser hatte verstanden. Er trat beiseite und Lorenz nickte Franzi zu. Die stellte sich sofort zwischen Graser und das Gewehr, und Juffinger und Kerschl betraten die Almhütte. Kurz darauf kamen sie wieder heraus, mit Tanja Zachel in ihrer Mitte. Sie trug immer noch das Dirndl, in dem sie getürmt war, hatte Filzpantoffeln an und einen stoischen Ausdruck im Gesicht. Sie schwieg und setzte sich nicht zur Wehr, als sie abgeführt wurde.

In Lorenz' Kopf spulte sich nochmals der Film von seiner Verfolgungsjagd ab, und beinahe spürte er wieder den Schmerz in seiner Brust aufflammen. Du dummes Mädel! Was hast du da angestellt?, fragte er sich.

Lallinger hatte sich hinter Ludwig Graser gestellt und sah Lorenz fragend an. Er gab ihm mit der Hand das Zeichen, dass er eingreifen konnte.

»Herr Graser, Sie müssen jetzt mit uns mitkommen«, sagte Lorenz sanft.

Aus Graser schien jeder Widerstandsgeist entwichen. Er ließ die Schultern hängen, und Lorenz gab Lallinger zu verstehen, dass er den Mann abführen konnte.

Als der Streifenwagen wieder gen Tal verschwunden war, betraten Lorenz und Franzi die Hütte.

»Ich war noch nie auf einem echten Filmset!«, sagte Franzi und blickte sich um. Der Raum wurde nur von einem schlichten Lampenschirm über einem Ecktisch erleuchtet, und da war nichts mehr von dem Flair, das er im Finale des »Dirndl Pornos« versprüht hatte.

»Mit einem Feuer im Kamin und ein paar Kerzen wär's sicher heimeliger …«, sagte Lorenz und schauderte. Nichts verriet, welch sündiges Treiben sich hier vor zwei Wochen abgespielt hatte. Das einzige Identifikationsmerkmal war der große Kamin mit dem Hirschgeweih darüber.

»Du hast recht«, sagte Franzi und riss ihn aus seinen Gedanken. »Leider haben wir jetzt keine Zeit dafür, wir müssen eine Verdächtige verhören!«

Sie zwinkerte ihm zu, rauschte aus der Hütte in die Nacht hinaus und ließ einen verwirrten Lorenz zurück, dessen Herz wild klopfte.

Tango Bavaria

Freitag, Tag 4 nach dem Mord an Sarah Lubner

»Da sind eindeutig Rückstände in den Schuhen, die mit Gras- und Schmutzpartikeln vom Tatort übereinstimmen. Es ist also durchaus möglich, dass die Füße der Trägerin die Partikel aufgenommen haben und diese dann in den Schuhen zurückgeblieben sind.« Juffinger reichte Franzi die versiegelte Tüte mit den grünen Pumps, die sie gerade untersucht hatte. Nachdem sie in die Inspektion zurückgekehrt waren, wollten Lorenz und Franzi die Theorie mit Tanja Zachels Schuhen überprüfen. Dabei assistierte ihnen Katrin Juffinger, die zu Lorenz' Überraschung über ein nicht unerhebliches Wissen in forensischer Serologie verfügte.

»Na dann«, sagte Lorenz, »schau'n wir mal, ob wir das Vöglein zum Singen bringen.«

Tanja Zachel war bereits in den Befragungsraum gebracht worden. Sie wirkte gefasst und verzog keine Miene, als Lorenz und Franzi zu ihr hereinkamen.

Lorenz legte ihr die Tüte mit ihren Schuhen vor die Nase und sagte: »Die beweisen, dass Sie am Tatort waren. Und nun möchte ich noch wissen, wie und warum Sie Sarah Lubner umgebracht haben.«

»Is des ned die Stelle, an der i einen Anwalt fordern kann?«, fragte Zachel.

Ach geh, dachte Lorenz. Komm mir jetzt nicht damit, du Ziege. Wir haben dich doch schon im Sack, du musst es uns nur noch bestätigen. Laut sagte er: »Natürlich können Sie das. Aber was nützt es Ihnen? Die Beweise sprechen gegen Sie, und Sie sind vor uns weggelaufen. Kooperieren Sie doch einfach und machen Sie es nicht noch schlimmer. Warum musste Sarah sterben?«

Tanja Zachel war zunächst still. Lange sagte sie nichts und Lorenz hütete sich, das Schweigen zu brechen.

»Weil sie alles kaputt machen wollt«, antwortete Tanja schließlich leise.

»Was wollte sie kaputt machen?«

»Alles. Sie hätt mir den Cornelius g'nommen und auch den ›Dirndl Porno‹. Ich konnt des nicht zulassen.«

»Woher wussten Sie, dass Sarah aussteigen wollte? Hat sie Ihnen das gesagt?«

»Nein. Cornelius hat's mir erzählt, am Freitag, nachdem Sarah bei ihm war und sich ausg'heult hat.«

Und deswegen konntest du Luder es auch nicht Ludwig Graser erzählen, weil du dem armen Tropf sonst hättest erklären müssen, dass du mit seinem Spezl in die Kiste steigst, dachte Lorenz.

»Und weil Sie Angst hatten, dass Sarah die Filmveröffentlichung platzen lassen würde, haben Sie sie aus dem Weg geräumt?«, fragte er.

Tanja nickte nur und blickte auf ihre Hände. Sie hatte sich den Nagel ihres rechten Zeigefingers eingerissen und pulte jetzt mit einer solchen Hingabe daran herum, dass sich Lorenz' Nackenhaare aufstellten. Gleich würde es ein Blutbad geben. Mühsam riss er sich von dem Anblick los.

»Erklären Sie mir Ihre Sorge, Sarah könnte Ihnen Cornelius Wagner wegnehmen.«

»I wollt den Ludwig verlassen und hab mich für Cornelius entschieden. Aber der wollt nicht, er wollt, dass es eine Affäre bleibt. Mir geg'nüber hat er immer so argumentiert, dass er seinen Spezl Ludwig ned verletzen wollt. Aber i glaub eher, es hatte damit z'tun, dass Sarah sich wieder an ihn rangeworfen hat. I konnt des ned ertragen.«

»Wie sind Sie an das Messer von Johann Neuberger gekommen?«, fragte nun Franzi, die an der Wand neben dem Tisch lehnte. Auch sie war mittlerweile von der Anstrengung des Tages gezeichnet und trug ein Make-up aus dunklen Schatten unter ihren Augen.

»Des war leicht. I hab's ihm in der Menge vor der Bar einfach aus der Hose 'zogen. Der alte Sack hat des gar ned bemerkt«, antwortete Tanja.

»Und warum gerade der Gauvorstand?«, fragte Lorenz.

»Der schien mir am logischsten. Sei' Hass auf den ›Trachtenstrip‹ ist doch allgemein bekannt, und wenn man nun sein Messer finden würd, wer käm da auf mich? Dacht i zumindest. I hab aber ned weit genug gedacht, wie's aussieht. Ach, Scheiße …«

»Ja, ach, Scheiße. Das trifft's, Fräulein, das trifft's. Aber etwas stört mich an Ihrer Geschichte. Ich muss ganz ehrlich zugeben, dass ich Ihnen den Clou mit Neuberger nicht zutraue. Sie wirken auf mich nicht schlau genug, um sich so was allein auszudenken. Wer hat Ihnen den Tipp gegeben, Sarah mit dem Messer des Gauvorstands zu töten?«

»Was bild'n Sie sich eigentlich ei', Sie Penner?«, giftete Tanja, ihre Augen verengten sich zu schmalen Schlitzen. »Des is Ihre Sache, wenn Sie mich für eine dumme Landpomeranze halt'n. Sie können sich aber hinter die Ohren schreib'n, dass i sehr wohl mei' eigenes Ding durchzieh'n kann.«

Lorenz seufzte. Er war müde, alles tat ihm weh, und er hatte schon viel zu viel Zeit in der Gesellschaft dieses unausstehlichen Mädchens verbracht. Er stand auf und sagte: »Na gut, Frau Zachel, wie Sie wollen. Sie warten hier, bis ich zurückkomme.«

Lorenz nippte gedankenverloren an seinem Kaffee. Der war längst kalt geworden, doch das fiel ihm nicht auf. Er und Franzi saßen in dem kleinen Raum neben dem Verhörzimmer, durch dessen Scheibe sie Tanja Zachel im Blick hatten.

»Die Zachel hat sich das nie und nimmer allein ausgedacht. Übersehen wir was?«, fragte ihn Franzi und riss ihn damit aus seinen Gedanken. Sie tigerte wie ein gefangenes Raubtier auf und ab.

»Möglich. Wir könnten den Wagner noch mal befragen.«

»Willst du hinfahren?«

Lorenz dachte an seinen letzten Zusammenstoß mit diesem unangenehmen Mann. Wie konnte er Wagner nur packen? Sicher nicht auf dem Fotografen vertrauten Boden. Er fasste einen Beschluss: »Nein. Wir holen den Kerl hierher und konfrontieren ihn mit der Zachel. Ich will sehen, was dann geschieht.«

Eine knappe Stunde später führte Polizeiobermeister Kerschl einen sichtlich verärgerten Cornelius Wagner in ein freies Büro neben dem Befragungsraum. Lorenz wartete dort bereits auf ihn.

»Herr Wagner, freut mich, dass Sie sich's einrichten konnten!«, begrüßte Lorenz den Fotografen. »Sie brauchen sich gar nicht erst zu setzen, wir wechseln gleich noch mal das Zimmer. Wissen Sie, warum Sie hier sind?«

»Erleuchten Sie mich, Herr Kommissar, bevor Sie platzen.«

»Gerne, Herr Wagner. Wir konnten heute den Mörder von Sarah Lubner überführen. Und ein Geständnis haben wir auch bereits erhalten.«

»Wie schön für Sie. Und was wollen Sie dann noch von mir?«

»Sie sehen nicht sonderlich erfreut darüber aus, dass der Tod Ihrer Muse gesühnt wird. Aber gut, es ist nicht meine Aufgabe, das zu bewerten. Sie sind hier, weil es da leider noch die ein oder andere Unstimmigkeit gibt, die ich gerne aus der Welt geräumt sähe. Es hat sich herausgestellt, dass Christoph Lentner und Johann Neuberger unschuldig sind und Letzterer sogar als buchstäbliches Bauernopfer herhalten musste. Der tatsächliche Mörder sitzt im Raum nebenan. Gibt es da etwas, das Sie mir sagen möchten?«, fragte Lorenz.

»Ich habe keine Ahnung, was Sie meinen, Herr Kommissar.«

»Sicher. Dann wollen wir mal. Wenn Sie mir bitte folgen würden.«

Lorenz führte Wagner hinaus in den Flur und hinein in das Verhörzimmer, in dem Tanja Zachel und Franzi bereits warteten. Das Gesicht des Fotografen war wie versteinert, als er Tanja erblickte. Kein verschwörerisches Zwinkern, kein Wutausbruch, nichts. Er blickte demonstrativ zu Lorenz.

»Und, was soll ich nun hier? So, wie es aussieht, haben Sie doch bereits, was Sie wollen.«

»Habe ich das?«, antwortete Lorenz, und ein Lächeln stahl sich auf seine Lippen.

»Ja, und mehr bekommen Sie nicht, denn Sie haben nichts, aber auch gar nichts gegen mich in der Hand«, gab Wagner zurück.

Anstelle einer Antwort wandte Lorenz sich an Tanja: »Möchten Sie nicht auch etwas dazu sagen, Frau Zachel?«

Die Angesprochene hatte den Dialog stumm verfolgt und schwieg auch jetzt mit beharrlich zusammengepressten Lippen.

»Na gut. Dann zeige ich Ihnen etwas. Franzi, wenn du bitte so lieb wärst …«

Seine Kollegin öffnete ihre Mappe und entnahm ihr drei Ausdrucke mit Szenen aus dem Film, den Wagner in der Mordnacht heimlich von seinem und Tanjas Liebesspiel gemacht hatte.

»Wussten Sie davon?«, fragte er das Mädchen, als Franzi ihr die Bilder hinschob.

»Was zum …«, entfuhr es ihr. Sie riss die Bilder an sich und blätterte sie hektisch durch. »Was bitte is des?«, fragte sie dann mehr an Wagner als an Lorenz gerichtet. »Filmst du uns, wenn wir im Bett sind? Und warum hat die Polizei des?« Die letzten Worte hatte sie geschrien.

»Nicht nur Sie beide, wenn ich das mal einwerfen darf«, antwortete Lorenz an Wagners Stelle. »Herr Wagner hat uns seine komplette Sammlung als Alibi überlassen, und ich darf Ihnen versichern: So ein Video scheint er von fast jedem seiner Models zu haben.«

Tanja Zachel starrte zunächst fassungslos auf den Fotografen und ließ dem brodelnden Vulkan in ihr dann freien Lauf: »Du elender Drecksack! Stimmt des? Du fickst dich durch all deine Foto-Schlampen, und i darf hier den Kopf für dich hinhalten?«

Lorenz wartete gespannt auf Wagners Reaktion. Der schien sich von Zachels Zorn anstecken zu lassen, denn auf seiner Stirn pochte eine dicke blaue Ader. Mühsam beherrscht antwortete er: »Pass auf, was du sagst …«

»An Teufel werd ich! Du Hurenbock! I hab alles für dich aufgeben! Und so dankst du des mir!« Sie sprang von ihrem Platz auf und stürzte sich auf den völlig überrumpelten Fotografen. Ehe Lorenz und Franzi eingreifen und das wütende Mädchen wieder bändigen konnten, hatte sie Wagner schon quer übers Gesicht gekratzt. An seiner Wange bildeten sich rote Striemen. Franzi presste die schwer atmende Zachel in ihren Stuhl zurück, während Wagner wie vom Blitz getroffen dahockte und fassungslos seine zerkratzte Wange rieb.

»Reißen Sie sich zusammen, Frau Zachel!«, sagte Lorenz. »Erklären Sie mir lieber, wie Sie das gemeint haben, dass Sie alles für ihn aufgegeben haben. Hat Herr Wagner nun doch etwas mit dem Mord an Sarah Lubner zu tun?«

Tanja Zachel öffnete den Mund und schloss ihn sofort wieder. Grund dafür war der steinerne Blick, mit dem Wagner das Mädchen jetzt anblickte.

Lorenz gab Franzi ein Zeichen und sagte zu dem Fotografen: »Sie verlassen uns jetzt bitte für einen Augenblick.«

Franzi führte den Mann aus dem Verhörraum, und Lorenz wandte sich wieder an Zachel: »Das ist Ihre letzte Möglichkeit, die Wahrheit zu sagen. Welche Rolle spielt Cornelius Wagner in dieser morbiden Scharade? Sie können ihn ohnehin nicht ewig decken. Denken Sie an die Videos, der Mann schert sich einen Dreck um Sie. Der benutzt Sie doch nur!«

Da begann das Mädchen erst zu schluchzen und dann hemmungslos zu weinen. Tränen vermischten sich mit dem Rotz, der ihr aus der Nase floss, und nichts war mehr von der schönen Pornodarstellerin übrig. Sie war nur noch ein verheultes kleines Gör. Schließlich blubberte sie leise heraus: »I kann ned. I lieb den Mann, trotz allem. I hab die Sarah umgebracht, i allein.«

»Das weiß ich, Frau Zachel. Aber mir geht's eher darum, dass Cornelius Sie zu diesem Mord angestiftet hat. Und das auch noch vertuschen wollte, indem er den Verdacht auf andere wie den Neuberger lenkte. Wenn dem so ist, könnte ihn das nämlich auch ins Gefängnis bringen, vielleicht sogar lebenslang. Und Ihnen würde die Kooperation mit uns bestimmt Vorteile bei Ihrer Verhandlung bringen!«

Tanja Zachel zog geräuschvoll den Rotz hoch, blieb jedoch stumm. Ihre Augen bekamen einen glasigen Blick.

Schließlich gab Lorenz auf. Er erhob sich und sagte zu dem Mädchen: »Sie decken einen Mann, der Ihre Loyalität nicht verdient hat. Rufen Sie mich, wenn Sie Ihre Meinung im Laufe Ihrer Haftstrafe ändern.«

Draußen im Flur fand er Wagner vor, wie er wartend auf einem Stuhl saß und auf seinem Smartphone herumwischte. Franzi stand ihm teilnahmslos gegenüber. Als sich Lorenz dem Fotografen näherte, blickte dieser auf und sagte: »Na endlich. Kann ich jetzt gehen?«

»Gleich«, antwortete Lorenz. »Eines würde ich gerne verstehen: das Warum. Sie hätten gewonnen, auch wenn Sie Sarah nicht hätten umbringen lassen. Sie hatten ja einen wasserfesten Vertrag mit ihr. Sarahs Vater hätten Sie trotzdem erpressen können. Und wer weiß, vielleicht hätten Sie die Sache ja auch zivilisiert lösen und Sarah umstimmen können. Dann hätten Sie jetzt nicht diese tickende Zeitbombe namens Tanja Zachel im Genick, denn, und ich denke, dass wir beide uns da nichts vormachen brauchen: Früher oder später knickt die ein. Und dann packt sie aus und Sie sind dran. Ich würde mich an Ihrer Stelle also nicht zu sehr auf ein langes Ernten Ihrer Erlöse aus dem ›Dirndl Porno‹ einrichten. Also, warum dieser Weg?«

Wagner spitzte die Lippen und lächelte dann böse. Die jetzt blutigen Striemen auf seiner Wange verstärkten seine diabolische Aura. »Schauen Sie, Lenz – ich darf Sie doch Lenz nennen? –, so, wie ich das sehe, haben Sie nichts, aber auch gar nichts gegen mich in der Hand. Und selbst wenn Tanja mir etwas anhängen wollte, welche Beweise hätte sie denn? Ich schlage vor, Sie lassen mich jetzt gehen, dann verzichte ich vielleicht darauf, meinen Anwalt auf Sie loszulassen.«

»Wenn Sie mich noch einmal Lenz nennen, übernachten Sie heute in einer Untersuchungszelle bei Wasser und Brot, und da hilft Ihnen weder Ihr Anwalt noch Ihre große Klappe heraus. Aber auch wenn Sie das nicht tun, werden wir uns schon bald wiedersehen. Denn ich habe mir erlaubt, Herrn Lubner darauf hinzuweisen, dass er Sie wegen Erpressung anzeigen kann, und meines Wissens wird er das auch tun. Wenn Sie möchten, dann können Sie jetzt Ihren Hintern hier rausbewegen. Einen schönen Tag noch, Herr Wagner!«

Da letzte Walzer

Montag, der Tag, an dem Sarah Lubner stirbt

Sarah beobachtete aus den Augenwinkeln die beiden Kerle, die sie schon die ganze Zeit vom anderen Ende der Bar her musterten und offensichtlich über sie sprachen. Einer der beiden war ansehnlich, groß, dunkel, buschige Brauen, tiefgrüne Augen. Er trug eine schöne Tegernseer-Jacke, darunter ein hellblaues Trachtenhemd. Mehr konnte sie nicht von ihm sehen, sie war sich jedoch sicher, dass er auch eine Lederhose anhatte. Sein Begleiter sah aus wie ein typischer Burschenschaftler. Blonde, mit fettiger Pomade zurückgekämmte Haare, spitzes Kinn und stechender Blick. Der war ihr sofort unsympathisch.

Sie nippte an ihrem Hugo und überlegte, ob sie nun wollte, dass der hübsche Kerl sie ansprach oder nicht. Verdammt, dachte sie. Was ist nur los mit mir? Seit dem Telefonat mit Cornelius konnte sie keinen klaren Gedanken mehr fassen. Natürlich hatte er recht. Er hatte immer recht, und sie war nichts weiter als ein kleines, feiges Mädchen. Und auch Tanja hatte recht. Sie hatten sich noch eine Zeit lang vor der Toilette unterhalten, und dann war ihre Freundin wieder in der Menge verschwunden. Sie wollte einen Kerl abservieren und dann wieder zu ihr zurückkehren.

Wenn es falsch gewesen wäre, diese Gelegenheit mit dem Film zu ergreifen, dann hätte sich ebenjene Gelegenheit ihr gar nicht präsentiert. Wie viele große Chancen erhielt ein Mensch im Leben gleich noch mal? Drei? Was, wenn sie die ersten beiden schon übersehen hatte und das der letzte Zug war, der ihren Bahnhof mit Endstation Erfolg verließ? Zum Teufel damit!

Sie leerte ihr Glas in einem Zug und hielt es mit demonstrativ auf den hübschen Kerl gerichtetem Blick hoch. Der verstand den Wink, klopfte dem anderen auf die Schulter, bestellte an der Bar Weißwein mit Holundersirup und ein Weißbier und bahnte sich einen Weg zu ihr durch die Menge. Er hatte tatsächlich eine Lederhose an, eine kurze aus hellem Leder, aus der muskulöse, glatt rasierte Beine wuchsen, die in echten dicken Trachtensocken und teuren Haferlschuhen endeten.

»Wie fühlt es sich an, die schönste Frau auf dieser Party zu sein?«, fragte er sie grinsend und überreichte ihr das Glas.

»Hängt ganz davon ab, wie viele schönste Frauen dieser Party du heute bereits getroffen hast«, antwortete sie.

»Nun, mit denen hältst du locker mit«, entgegnete er.

Sarah musste schmunzeln. Sie stellte sich vor, was er denken würde, wenn er wüsste, dass sie eine Pornodarstellerin war. Der Gedanke fühlte sich immer noch fremd an. Nicht unbedingt schlecht, aber fremd. Würde es ihn abtörnen? Oder wäre das Gegenteil der Fall? Sie malte sich aus, dass er ihr Freund wäre und wie er sie seiner Familie und seinen Freunden vorstellte. Hallo, das ist Sarah, meine neue Freundin. Sie verdient ihr Geld mit Pornos. He, hässlicher Burschenschafter-Kumpel, schau, was ich aufgerissen habe, ein echtes Pornostarlett!

Sarah schauderte. Beinahe hätte sie seine Antwort überhört.

»Nein, im Ernst, du gefällst mir einfach. Du bist wirklich das schönste Mädchen, das ich seit langer Zeit gesehen habe. Ich heiße übrigens Klaus.«

Wenig später stand sie mit dem Rücken an die kalte Mauer an der Rückseite der Alm gepresst und spürte Klaus' heißen Atem an ihrer Wange, während er ihr mit einer Hand den Slip zur Seite schob. Er hatte ihr linkes Bein angehoben und war ohne viel Federlesens einfach in sie eingedrungen. Es war keine Romantik im Spiel, als er immer wieder energisch zustieß, und Sarah war das nur recht. Schließlich war sie eine Pornodarstellerin, und in Pornos gab es keine Gefühle.

Gott sei Dank musste sie ihre Lust nicht schauspielern, denn die Art, wie Klaus sie nahm, war genau jene, die sie jetzt brauchte. Hart und schnell, rücksichtslos. Sie musste sich beherrschen, nicht laut zu stöhnen, denn obwohl es wahrscheinlich ohnehin niemand gehört hätte, widerte sie der Gedanke an, Geräusche wie aus einem schlechten Film von sich zu geben.

Der Orgasmus kam mit einem Heulkrampf, über beide hatte sie keine Kontrolle mehr. Sie schluchzte sich die Seele aus dem Leib, den ganzen Schmerz, den Kummer, die Ungewissheit – ein

Schwall an Gefühlen, den sie viel zu lange zurückgehalten hatte und der nun wie eine erleichternde Sturzflut, die alles mit sich riss, nach draußen rollte. Sie sackte an der Mauer zusammen.

Klaus war verwirrt, dachte zuerst, der Ausbruch wäre eine Begleiterscheinung ihrer Lust, doch als er merkte, dass er nicht mehr zu ihr durchdringen konnte, all sein Einreden auf sie keinen Erfolg zu haben schien, suchte er verstört das Weite.

Als schließlich keine Tränen mehr übrig geblieben waren, blieb Sarah trotzdem sitzen, die Beine angezogen, das Gesicht im Rock ihres Dirndls vergraben. Eine angenehme Ruhe umgab sie, die Welt wurde dumpf und ihr Kopf endlich leer. Sie wusste nicht, wie viel Zeit vergangen war, als sie schließlich eine Hand auf ihrer Schulter spürte.

»Und scho' wieder haben wir uns verloren, Prinzessin! Komm mit, lass uns spazieren geh'n«, sagte Tanja mit weicher Stimme.

Sarah sah ihre Freundin, die ihr die Hand reichte. Sie ergriff sie und ließ sich hochziehen. Hinter der Alm erstreckte sich eine gemähte Wiese, etwa halb fußballfeldgroß, auf deren anderer Seite friedlich Kühe schliefen oder grasten, gänzlich unbeeindruckt vom Lärm und Trubel des nahen Festivals.

Tanja hatte sich ihre Pumps ausgezogen und am Wegrand liegen lassen. Sie selbst stakste unbeholfen in ihren High Heels durch das Gras und sank immer wieder ein. Wie ein Schlachtkalb ließ sie sich an der Hand auf die Wiese führen, paralysiert, jedoch seltsam frei. Sie fühlte sich wie in einer Kugel voll mit Watte gefangen. Plötzlich blieb Tanja stehen, drehte sich um und fiel Sarah um den Hals. Sie vergrub ihr Gesicht in Sarahs Haaren und seufzte tief. Dann zog sie sich wieder zurück, richtete sich auf und griff unter ihre Schürze.

»Süße, i wünscht, du würdest mi ned dazu zwingen.«

Dann rammte sie Sarah Johann Neubergers Hirschfänger bis zum Heft in den Hals.

Zunächst spürte Sarah nichts. Sie hatte nur den irrwitzigen Drang, schlucken zu müssen, aber das ging nicht. Ihr Hals fühlte sich an, als wäre er mit Beton ausgegossen, und wurde ebenso hart. Die Kälte kam, sie glitt auf spitzen Spinnenbeinen von ihren Gliedern aus zur Körpermitte und in ihren Hals. Gleichzeitig spürte sie eine widernatürliche Wärme, ein scharfer Kontrast zur Grabeskälte im Rest ihres Körpers: Es war ihr Blut, das ihr langsam und dickflüssig das Genick herabrann. Sarah wollte es abwischen, aber sie konnte sich nicht bewegen. Sie fiel nur nach vorne auf ihre Knie, gestützt von Tanja, die leise weinte. Wie theatralisch, dachte Sarah. Ihre Lungen füllten sich mit Blut, ihrem Lebenssaft, der sie nun töten würde.

Warum habe ich keine Schmerzen?, fragte sie sich und versuchte wieder zu schlucken. Doch dazu war sie genauso wenig in der Lage wie zu atmen. Pornofilme haben doch kein Happy End, dachte Sarah und kippte zur Seite. Ein dünnes Rinnsal hellen Blutes floss aus ihrem Mundwinkel und tränkte die schon nachtfeuchte Wiese.

Es herbstelt

Samstag, Tag 5 nach dem Mord an Sarah Lubner

Das Steak auf dem Grill brutzelte fröhlich vor sich hin und hätte sich sicherlich hervorragend entspannen können, wenn nicht Bernhard Eibl von Zeit zu Zeit mit seiner überdimensionierten Grillgabel in ihm herumgestochert und es herumgedreht hätte. Seine drei Kinder spielten im Sandkasten in der Ecke des Gartens und quietschten vergnügt.

Franzi saß auf der Terrasse des Kurdirektors und genoss die warme Herbstsonne. Sie war in eine bunte Decke gewickelt, hatte es sich auf einem bequemen Gartenstuhl gemütlich gemacht und eine Pilsflasche in der Hand.

Eibls Haus lag in einem Bad Feilnbacher Neubauviertel ganz am Ende einer Sackgasse, wo die Straße in eine Wiese überging, von der aus man das ganze Alpenpanorama überblicken konnte. Dieselbe Aussicht genoss man auch von Eibls Garten aus, einzig verstellt von einer alten, aber buschig gewachsenen Fichte, die zu fällen der Kurdirektor noch nicht übers Herz gebracht hatte.

Nachdem Lorenz am Vormittag bei Eibl angerufen hatte, um ihn als Ersten davon in Kenntnis zu setzen, dass der Fall gelöst war und Johann Neuberger und Christoph Lentner freigelassen worden waren, hatte dieser sich so sehr gefreut, dass er Lorenz, Franzi und Frau Gruber spontan zum Grillen eingeladen hatte. Lorenz hatte den Verdacht, dass seine Vermieterin ihre Einladung vor allem wegen ihrer vollen Speisekammer erhalten hatte, zumindest konnte man den Eindruck gewinnen, wenn man sich ansah, wie viele Körbe voller Leckereien die kleine alte Frau in den Kofferraum von Lorenz' Wagen gewuchtet hatte.

Jetzt rumorte Frau Gruber zusammen mit Eibls Frau in der Küche, und Lorenz selbst stand neben dem Kurdirektor und beobachte ihn bei seinem Versuch, das Fleisch nicht allzu sehr verkokeln zu lassen. Lorenz hatte es sich nicht nehmen lassen, seine neue Lederhose anzuziehen, und so stand er in voller Trachtenmontur an der Feuerstelle und fühlte sich pudelwohl.

»Jetzt im Nachhinein betrachtet: War die Verhaftung von

Christoph Lentner und Johann Neuberger tatsächlich notwendig, Herr Hölzl?«, fragte Bernhard Eibl plötzlich.

»Was erwarten Sie denn, was ich darauf nun antworten soll, außer ›Ja, war sie‹?«, fragte Lorenz. »Doch im Ernst: Ja, war sie. Wir mussten davon ausgehen, dass die beiden etwas mit der Sache zu tun hatten. Obwohl zumindest Neubergers Rolle als Bauernopfer schon recht offensichtlich war.«

Lorenz starrte ins Feuer.

»Was geschieht jetzt mit Cornelius Wagner?«, fragte Eibl.

»Ich kann ihm nichts beweisen. Noch nicht. Mal sehen, wie lange die Zachel ihr Schweigen durchhält.« Lorenz zuckte mit den Schultern und nahm einen tiefen Zug aus seiner Pilsflasche.

»Und Ludwig Graser?«, fragte Eibl.

»Den haben wir gestern auch noch einmal verhört, aber den trifft wohl tatsächlich nur die Rolle des gehörnten Freundes, der die Zachel schützen wollte und nichts von der Affäre wusste.«

Lorenz nahm noch einen Schluck aus seiner Flasche und dachte an das Häufchen Elend, das Graser gestern Abend gewesen war. Mit einem Schlag war seine gesamte Welt zusammengebrochen. Nun war er Teil eines Pornofilms, dessen eine Darstellerin ermordet worden war und in dem er mit der Mörderin, seiner Freundin, vor laufender Kamera schlief. Wo er doch eigentlich nur ihr zuliebe mitgemacht hatte. Und sein Freund, der Regisseur des Films, hatte auch noch eine Affäre mit seiner Freundin gehabt. Wie die Leute sich das Maul darüber zerreißen würden … Rosige Aussichten.

»Nun, Schwamm drüber. Der Fall ist zu. Offiziell war Tanja Zachel die Mörderin, Lentner und Neuberger wurden Opfer der Umstände. Ich denke, uns kann keiner verübeln, dass wir zunächst die beiden im Visier hatten.«

Er merkte, dass das wie eine Rechtfertigung geklungen hatte, und schob hinterher: »Wenn der Feuerwehrkommandant Pech hat, verklagt ihn Manfred Lubner allerdings wegen der Belästigung seiner Tochter. Nachdem er ja vom ›Dirndl Porno‹-Kuchen nichts abbekommen wird, könnte ich mir vorstellen, dass der auf diese Weise noch ein wenig nachtarockt. Und auch das Drohbrieflein wird ein Nachspiel für den Mann haben.«

»Die Veröffentlichung des ›Dirndl Pornos‹ können wir also nicht mehr aufhalten?«, fragte Eibl beiläufig, während er ein Steak anschnitt, das Lorenz sicherlich noch zehn Minuten länger über dem Feuer hätte liegen lassen, bevor er es als medium bezeichnet hätte. Nachdem eine kleine Blutfontäne herausgespritzt war, hatte Eibl ebenfalls Einsicht und warf das Fleisch zurück auf den Grill.

»Wagner wird ihn auf jeden Fall veröffentlichen, daran hat er keinen Zweifel gelassen«, antwortete Lorenz.

»Hm. Ich muss den Mann morgen mal anrufen und prüfen, ob ich das so steuern kann, dass zumindest Bad Feilnbach aus der Schusslinie gerät. Und wenn das nicht klappt, frage ich ihn, ob er noch einen privaten Investor gebrauchen kann«, sagte Eibl und schmunzelte.

»Och, ich könnte mir vorstellen, dass der ›Dirndl Porno – präsentiert von Ihrer Fremdenverkehrsverwaltung‹ – sicherlich einschlagen würde wie ein Bombe! Vielleicht ist das ja die Lösung für Ihre Tourismus-Probleme?«

Lorenz klopfte dem Kurdirektor lachend auf die Schulter, und kurz stimmte auch Eibl in das Gelächter mit ein.

»Die ganze Sache wird mich auf jeden Fall noch eine Zeit lang beschäftigen. Gestern habe ich die E-Mail eines besorgten Hoteliers erhalten, der sich um den Ruf seines Kurheims sorgt. Und ein Gewerbetreibender hat gar gedroht, umgehend den Standort zu wechseln, sollte der Film tatsächlich veröffentlicht werden. Wenigstens kommt die Bürgermeisterin am Mittwoch wieder aus ihrer Kur zurück, dann bin ich immerhin kein Einzelkämpfer mehr. Außerdem wurde mir schon die nächste Baustelle angekündigt. Angeblich hat das frisch renovierte Hotel an der Passstraße oben einen neuen Besitzer. Allerdings munkelt man, dass der da einen Swingerclub –«

Eibl wurde mitten im Satz von Frau Gruber unterbrochen, die mittlerweile von der Küche auf die Terrasse gewechselt war, um dort den Tisch zu decken, und Ohren wie ein Luchs hatte.

»A Swingerclub? Da bei uns im Ort? Ja endlich rührt si' mal was!«

Eibl, der noch nicht ahnen konnte, welch Freigeist in der

alten Frau schlummerte, blickte entsetzt drein und bemühte sich um Schadensbegrenzung. »Frau Gruber, bitte, das ist streng geheim, behalten Sie das ja für sich!«

Lorenz blickte hinüber zu Franzi, die just in diesem Moment den Kopf wegdrehte. Hatte sie ihn gerade beobachtet? Da spielte jedenfalls ein leises Lächeln um ihren Mund herum.

Lorenz nahm einen weiteren Schluck aus seiner Flasche, blickte noch einmal in die Berge, drehte ihnen dann den Rücken zu und schlenderte zufrieden zu den Frauen an den Esstisch.

Danksagung

Mit diesem Buch geht einer meiner Lebensträume in Erfüllung. Ohne meine Familie und meine Freunde wäre das nicht möglich gewesen! Sie haben sich durch die rohen Frühversionen des Werkes gewälzt und danach nicht mit ehrlicher und konstruktiver Kritik sowie ermutigendem Lob gespart. Kristina hat mir erlaubt, ihr Foto fürs Titelblatt zu verwenden, und Fabrizio stand dankenswerterweise Pate für meinen Kommissar Hölzl. Wenn ich auch die meisten Scharmützel um meine geliebten Schachtelsätze und ausschweifenden Beschreibungen gegen meinen Lektor Carlos Westerkamp verloren habe, danke ich ihm dennoch zutiefst, dass er meinem Manuskript den nötigen Schliff und damit dem Buch den richtigen Zug verliehen hat. Zwei Personen möchte ich besonders hervorheben und ihnen an dieser Stelle Danke sagen: Florian, meinem wichtigsten Motivator und Freund, wie jeder einen haben sollte, sowie meiner Muse Claudia, deren Liebe und Zuversicht mein größter Antrieb war und ist!